zhi yu yang mu

止于仰慕

薛舒 / 著

zhi
yu
yang
mu

中国文史出版社

目　录

关于爱，或梦想

关于生活，或琐碎

关于远方，或身旁

关于写作，或阅读

关于活着，或遗忘

关于爱，或梦想

止于仰慕

毕业十五年后的首次见面，是在高中同学的聚会上。他依然老样子，没有如别的成功男士那样发胖或者浑身散发出市侩气。人们把那种中年男人锈迹斑斑的状态叫“油腻”，似乎，他和“油腻”不沾边。在她的印象中，他向来是傲气而沉静的高才生，以优异的成绩保持着整个高中时代一骑绝尘的优势。她知道，学生时代，自己仰慕他，却从未敢认真。

有些细节，现在回忆起来，与面前的他对照，依然觉得近在数日之前，而她一贯表面开朗，内心自卑，记住的尽是考试如临大敌，成绩捉襟见肘，虽然那时候，她的作文也当属独占鳌头。她一直记得最窘迫的一次，是她因下课时间与同学追闹而不小心踩到了他的脚。他咧嘴叫疼，说了一句“重磅压迫啊!”彼时，她竟连说声“对不起”的勇气都失去了。

那一年他们正念高二，青春发育让她莫名对自己的躯体产生羞耻心，她讨厌上体育课，不喜欢运动，哪怕广播体操，亦是缩手缩脚以遮掩益发凸凹有致的女性形象。如此，她便觉得自己像一只急速积聚脂肪的企鹅，以不可阻挡之势变成一个胖女孩。

同学聚会中再度相遇，她首先想起的还是那一脚踩下去后的尴尬，甚而生出自取其辱的羞惭。这与他那句“重磅压迫”无关，耿耿于怀，只为自己也许在他记忆中不够美好而自惭形秽，这让她又重拾起十多年前那种似是而非的仰慕之心。这么想的时候，她侧头看玻璃窗中的自己，身材适中，衣着得体，报社记者的职业使动态的她更显优雅知性。

她努力保持着与他的距离，心理上，精神上，默默抗拒。她亦是与他说说笑笑，但不敢正视他的目光，不知自己偶尔一瞥中流露的卑微，是否会被他捕捉到。

然而，让她有记忆错位感的是，学生时代她从未发现，他居然是口拙的，像一个不善言辞的老实人，“喏喏”说话，并不好笑，自己却率先憨笑起来。所以，青春时的沉静与傲气，人到中年，便显不合时宜？笑容，自然不是呆笨的，而是温和并带点小小的局促。他也会紧张？她这么想，便去看他的眼睛，视线交汇，她迅速惶恐，即刻平静。其实，就是一个普通的男士，每天在地铁、咖啡馆、马路边擦肩而过的无数中年男人中的一个。

聚餐结束，分头返程，他跟在她身后进电梯。相对无言，她琢磨着什么样的话题可以在三十秒内结束，而后道别。他却忽然开口：你有微信吗？我加你。

她把微信号给了他，回家的地铁上，她收到一只蓝色海豚请求加她好友的信息。

从那以后，他们开始有一搭没一搭地问候彼此，譬如春节，抑或三八妇女节。当然，偶尔也会来一句：你上班的地方，好像离我公司不远。

他在黄金地段的投行工作，她是沪上著名报社的不著名记者，的确离得不远，大都市的天下，人群熙熙，相遇的可能比彩票中奖低。他终于向她提出约见，在她报社楼下的咖啡馆，未道理由。

冬天的上海潮湿阴冷，她要了甜蜜的卡布奇诺，然后像主人接待客人一般问：你呢，要什么？我们这里的拿铁不错。他说“和你一样”时，抬眼看她，温和依然，局促也依然。她忽然知道，自己已然不是十五年前的自己了，面对被采访者，她何曾自卑过？于是笑说：高中的时候，你还记得我是什么样的吗？

他没有回答，却拿出手机，给她看他的投资项目，未来可期的财务自由等待着他，还有，他手机里的妻子和儿子，当然是照片。一个看起来很阳光的女人，和一个像极了他的、有着白门牙和亮眼睛的青春少年。

覆盖着奶油散发着肉桂粉异香的咖啡袅袅升腾着热气，她看见他在笑，露出牙齿，很白。那一刻，轻微的酸痛袭击心脏，她低头喝咖啡，卡布奇诺竟有些苦。

在咖啡馆门口告别，他伸出手很紧地握了一下她的手：以后有空，记得找我喝咖啡。

她回答得干脆：好啊！

多年前的羞耻感，并非来自一个陷入暗恋的女生，而是，人总是容易把对自己的鄙视，误解为对爱情的需要。

他穿着厚重外套的高大身影在玻璃门外远去，她的手心里，依然留着他的温度，有些潮湿，风一吹，变得冰冷。可她还是不甚明白，他约见她，意欲何为？

也许，他从未记得她踩他的那重重一脚。她为那一脚，一直逼迫自己在精神上拒绝他。现在，她明白了，她只是在拒绝自己的青春，那段并不完美的、充满了无以名状的羞耻感的青春。

太过青春的爱情，无须追求结果，止于仰慕，兴许才是最好的结果吧。

纯真年代

今天想说说T，我的同学。并不算十分高大的男孩，戴黑边框眼镜，有些孩子气，嘴角常常流露调皮的笑意。这个大男孩，在我十八岁的年代里，以一个文学青年的形象给予我长久的回忆。可自从毕业，我们几乎不再联络，知道他身在何处，却并无欲望去了解。我们只是同学，尽管学生时代我们常常簇拥在文学社里，煞有介事地朗诵各自用幼稚的笔墨写下的诗文，可如今我们早已疏离。

我以为我已把他遗忘，这物质性的遗忘，是大多数成年人被生活消磨了青春意趣之后的百无聊赖，只在偶尔慨叹时光如梭的时候，我们才在脸上呈现稍稍刻意的沧桑和衰老。年轻是没有资格淡然和平静的，嘴上表示低调，内心的浓烈和动荡却无以阻挡，低调倒成了矫情。衰老的最好证明，就是开始慨叹人生，而人生也在我们嘴里、笔下或者举手投足中十分配合地呈现出未老先衰的征兆。所以，我以为我已经把T遗忘，直到那天收到他的短信：读了你的小说集，你的文字让我遭受难过。

在我们都是文学青年的岁月里，T已经是文学社社长，而我，只是偶尔在校刊上发表几句短诗或者一段呻吟的女生。我的稿子总要经过他的审核，他一目十行地看完，轻描淡写地说：不知所云，文字堆砌，哗众取宠……他的评价总是残酷，语调却并不犀利，也许他试图用平静和随意表示他的老练，可还是让我感到被生硬的棱角撞痛，我因此而对他心有余悸，因为他掌握着我所谓的文学命脉，他是我的社长、编辑，还是我的评论家。

如今我已不再青涩轻狂，他也早已是一个成熟男人，懂得在不刺伤我的同时，表达他对我的文字的反对，所以，他只是用“难过”这个词。可终究，他是在批评我的文字，我理解为，他并不认可我已成为一个写作者。

我们终于相约咖啡馆，准备来一番彼此的审视。彼时，T突兀地从沙发中耸立起来，依然是肩膀魁梧，黑边框眼镜，嘴角微翘，笑意流溢而出，竟还是调皮一如从前。他开口说话，声音也没变，音色略哑，语调平畅，如小行板，每分钟六十九的节律，比安静略微多一丝活力。这一丝活力便无以掩饰地暴露了他消逝的青春留下的遗迹，我分明看到十八岁的年代里，我们拥挤在简陋的校园一隅，谈论着过去、现在或者未来……

那时候我们的话题轻易不敢涉及爱情，我们总是以友谊为主旋律，重申友谊，加固友谊，浓墨重彩地演绎友谊所延伸的力量。可友谊竟也如此脆弱，在我们离开校园后不久，它便随之销声匿迹。它躲藏了起来，似乎要保持它的纯粹，拒绝与凡俗的社会同流合污。于是我们以不约见的方式让友谊永葆几近透明的洁净度，也有巧遇的机会，但我们总是举着盾牌保护着各自的记忆，我们怕自己不再洁净的精神玷污那份情感，所以我们彼此阻隔，彼此远离，直到如今。

咖啡将尽，话题终于牵到文学。我斗胆询问：是觉得我小说写得差，所以难过？

他摇头，镜片后的眼睛有忧伤的薄雾氤氲：阅读那些故事的时候，我总是想到故事里的主人公，就是你。该死的，我怎么做不到把你当成一个陌生的作者？你还是你啊！

霎时，眼睛热辣异常。这么多年，也许我们的确遗忘了物质的彼此，可我们从未遗忘过精神的对方。

想起毕业后的第一个季节，他来我上班处的宿舍，因公干而顺便探望。他斜着身子倚在楼梯口等我，我换好衣服出门，他笑着叉起手臂，留出三角形的空当给我。不用提示，我伸手挽住他，我们踏着年轻的脚步飞速下楼，留一楼梯欢声笑语一溜烟绝尘而去。我们是在为这与众不同的友谊示威吗？笑得那么无所顾忌，没心没肺，然后，什么都没有了，然后，是十多年的空白，然后，直到那天，他看了我的小说集……

其实，以如今成熟的身心审视那个纯真年代，我们不约而同地发现，也许我们是可以把那种与众不同的情感示威到底的。那种情感，怎可以仅仅用“友谊”二字概括？

隔着咖啡桌，我说：T，现在重新认识，是不是太晚了？

他嘴角轻扯，调皮的笑意流溢而出：不晚啊，是不是从我开始，先简单自我介绍？

我们大声笑起来。咖啡已冷，秋雨恰至，窗外的世界，正凝结出潮润的韵意。

雪山、河流和旅途

年轻的作家方子东在博客上写到我：我有一个朋友，生活在杭州湾，和她聊天是件愉快的事。她说话时一惊一乍的语气很有感染力，她说起某段八卦新闻，面部表情显现出孩子般的惊诧神情。她还爱喝酒，不管是啤酒还是葡萄酒，总之能喝上几口，醉了的时候会疯癫地笑。我没和她喝过酒，但就因为没喝过，所以我觉得她醉了的样子一定很美好、单纯。她写作，擅长写美丽的小说。她写东西时一丝不苟，甚至沉默不语。她有个孩子，不知道有没有爱情，但是好像很快乐。我很羡慕她的生活，从某种角度讲，她就是雪山、河流和旅途。

读完这段文字，我开始努力回忆与方子东的每一次聊天。早已忘了我们面对面聊过什么，因为很少有见面的机会，所以我们常常在电脑屏幕的两头，一起听他推荐给我的张楚的“女人不是肥皂，不能用她清洗头脑”，说说他最近的女朋友，或者，谈谈他喜欢的毛姆，和在他眼里代表了绝望的爱情的《永别了武器》。有关文学和艺术的话题总是显得书面化，所以当我们见面时，也许什么都不说了。也有一不小心深刻起来的时候，当我们发现时，便会同时抽身而出，犹如惧怕某种堕落。我们并不虚伪，只是羞于敞开心扉让人看到自己的灵魂。所以，我们用八卦新闻掩饰自己的窘迫，其实，各自回家，对着电脑打字，我们会重拾思索。

方子东的事业很成功，现在他几乎没有时间写作，隔几天在博客上贴一些文字，有些是旧文，读起来，依然会让我想起那些挣扎的年月。

说挣扎过于严重了，但我清晰地记得，那时候，我们一个礼拜见一次面，青年作家创作班一共十七人，一天课程，中间有一餐午饭。我们总是算计着吃面条还是炒饭，淮海路和陕西南路上的快餐店价格不低。我们各自都有工作，收入却贫瘠，艰苦地挪出一些时间打字，稿费亦是低廉。我们走在繁华的街头，看上去近乎寒酸，但我们告诉自己，我们心里充塞了思想。那时候的挣扎里，总是带着一些希望，尽管我们说不出希望的具体内容。

现在，我们好像都脱离了原来那种挣扎的、贫穷的生活，如果再坐在一起吃饭，菜可以点得好一些。可是我们一直没有时间见面，而且，方子东已经不写小说了。

偶尔，方子东会打字给我：我一直羡慕得不到的生活，在沙滩漫步，头脑里是商品琳琅满目的百货公司；在田野间旅行，心里想着带空调的舒适房间。也许，旅途的魅力，就在于这份“陌生感”。

方子东说出了魅力与距离之间的关系，就像他羡慕我的生活，他把这种生活叫作“雪山、河流和旅途”。事实上也许我体无完肤、遍体鳞伤，可遥远的他，因为距离而陌生，因为陌生而向往。

说到喝酒，微醉的感觉我是喜欢的。因为没有和方子东一起喝过酒，所以他对我醉态的想象仅仅是想象。我并不介意，当然，大多数人会想，被一个年轻的男作家作为想象的对象，并且想象的内容是“醉态”，那似乎有些暧昧。但他说：她醉了的样子一定很美好，很单纯。

这句话让我忽然眼眶潮热。自此我决定，绝不在男人面前喝醉，因为，想象比真实美好得多。

其实大多时候，我是一个没什么方向的人，虽然经常会谈起理想。我总是被一种叫作理想的东西引诱着、蛊惑着，与喝多了酒一样，微醉，也许还会疯癫地笑。但一定，我会让自己尽量笑得单纯，以及美好。

与谁同行

过去每过春节，都要为自己写一篇短文以示纪念。然而以写作为业后，就开始不屑起来，认为只是无聊的形式而已。

形式确乎不太重要，然而，你是否还愿意被某种目光注视？抑或，你是否还介意自己的存在对别人亦是不可或缺？当一个人不再愿意在任何纪念日里做一点点以示纪念的形式，那么这个人，是否已经不爱自己？这就是这个春节期间我不断质疑的问题，是不是，我已经不爱自己？

除夕后第一个晴天，正好是高中同学聚会的约定日，很久以前我们说好的，每年的这一天要一起过，这一次商量好了准备逃离上海。也许我们一年都不会联系一次，但我们的内心，并不以为这是熟稔而至的寡淡。我们只是珍存，默默地，在时间和距离中发酵。佳酿的产生，从不需要过多的调制和翻动，静静地储藏，如此而已。

那天，上海以高悬的艳阳表示对我们的支持和欢送，尽管，我们只是出逃一夜，仅仅一夜，已然奢侈至极。

去的是乌镇，冬日的水乡，在老茶馆里喝竹壳热水瓶倒出来的粗茶，在濒河的酒家吃原汁原味的清蒸白水鱼和坛装花雕，佐以往昔的青春校园、花季欢笑，以及错失的爱情……

那一夜我喝的酒超过了去年的总和，临水斟酌，醺而不醉，乌篷船幽然灯火于窗外的河上缓缓游弋，此种气氛下，我们都觉得应该掏心窝说点什么，于是相互逼问初恋是谁；何以娶了现在的妻嫁了现在的郎抑或单身至今；是否有过怦然心动的人，有没有遗憾；假如时光回溯，是否会表白。

没有人能尽然说清，复杂的，何止情感？我们都不是青春少年，我们圆滑而老于世故，我们顾左右而言其他，词不达意，不知所云，甚至宁愿喝酒而拒绝回答。生活使我们紧紧把守着心门，轻易，我们不敢去打开它。于是我说，做一个心理测试吧，假如你要过原始森林，有几种动物，可以选择其中一个与你同行，大象、老虎、猴子、狗、孔雀，你选哪个？

有人选老虎，兽中之王有能力打击所有敌人；有人选机灵的猴子替他探查敌情；有人选大象，大型食草动物最安全可靠；有人选忠诚的狗，它对主人总是不离不弃；有人什么都不想选，独行侠自信有能力过原始森林……

他们问我要答案，我摆手卖关子，酒后再说。

酒过九巡，夜色已深，我们踏上了悠长、悠长的雨巷，并没有下雨，只是某一位脑中戴望舒的诗句忍不住跃然而出。青石板路的尽头，过石拱桥，水边的酒吧正列阵等候。鞋跟敲击石板发出空空的回声，灯火倒映于水面如繁星荧荧烁烁，一如少年时代夜自习下课后回家的路上，走在前面的并不回头，跟随在后的也不追上去并肩同行，只是隔着距离，用脚步声彼此遥相呼应……

好吧，宣布心理测试的答案，我说，原始森林代表庞杂漫长并且险象环生的人生，大象代表事业，老虎代表丈夫（妻子），猴子代表子女，狗代表朋友，孔雀代表情人。你选择哪一种动物与你结伴同行，说明你生命中最重视的是什么。

那么你呢？他们问我。

我说，当年我选择了大象，现在，我有些不知所措……

深夜的青石板路上，我们走得很慢，似不舍轻易度过短暂的青春，又似回到少年时代早晨的出操。我们一列纵队，我们的影子前后重叠相连，每一个人，都把虚拟的拥抱和亲吻，送给了彼此，以及彼此的彼此。

那时候，我在想，爱自己，是不是首先要去爱别人？或者，爱别人，亦需从爱自己开始？

我的青春小鸟一去不回来

将近中年，季节的变换不再能令我焦灼和烦躁，走在午后大街上，眼里是一派静谧安宁，心却告诉自己，春天怎么可以不出行？一双运动鞋、两套换洗衣衫、清凉油、止痛片，便可游走天涯。哪怕老到无所欲求，心，依旧要力求年轻……然而我知道，这只是不再年轻的我给自己的强心剂。

安静的大街上忽然出现四五辆自行车，统一的粗轮山地车，看上去坚实牢固，质量上乘。自行车的主人，清一色少男少女，深蓝色与纯白色镶边校服，脚上一律阿迪达斯或者耐克。他们猫腰蹬着自行车，从我身边飞擦而过，洒下阵阵近乎喧嚣的欢声笑语。

这群年龄相仿的少年，似乎并不介意各自成长的脚步有先有后，只一味地簇拥在一起。对比之下，男孩们显得更弱，几乎全数细瘦如豆芽菜，身高还不及扎马尾辫穿蓝校裙的伙伴。女孩们，却已有了些许显山露水的女性特质，强悍到可以吆喝她们的小男朋友，女王般跋扈，不自知的骄傲。比如那个骑天蓝色山地车的女孩，宽大的校服掩藏不住她微微隆起的前胸，长而密的头发并不柔顺，似倔强而又生命力旺盛的杂草。一阵风吹过，白色校服蓬勃展开，猎猎鼓动，风戛然停止，校服迅速收拢，衣内健康到近乎结实的青春躯体玲珑毕现。许是被母亲逼迫着刚穿上成年女人的内衣，背胸之间紧紧勒出的凸凹肌肤，流露出一丝与少女并不符合的肉粉气息。可她好像并无羞涩，她扶着自行车龙头理直气壮地大呼小叫，目标是骑在前面的几个男生：张家骏，不要骑那么快，你要保护我的！

有一个男孩放慢速度，回头顾盼，女孩追上去，两辆自行车终于并排行驶了。然后我看到，男孩伸出手扶住女孩的自行车后架，做推动状。我还听到，男孩嘴里似乎在喊：加油，加油！可是，细瘦的男孩怎能推动比他结实得多的女孩？她居然把“保护自己”的任务交托给了看上去比她小的他？我开始同情那个男孩，又同情着那个女孩，他们并不知道自己的鲁莽，亦不知在我这样的路人眼里，他们也许不够“得体”。

自行车在十字路口的红灯下集体停住，那个也许叫“张家骏”的男孩不经意间回头，于是我清晰地看见，细瘦的男孩，拥有一张柔嫩明亮的脸庞和一双清澈活跃的眼睛。

我明白了，还未来得及长大的男孩，就像一粒在炉子里加热的玉米，在他成为一颗爆米花之前，他总是最具膨胀力。精瘦的他给予那个头发浓密形貌粗略的女生一些“加油”的鼓励时，他确信他是有这资格的，他一点儿都不在意自己还没女生个子高。女生呢，因为男生的用力一推而兴奋地大声尖叫，带着故作欢愉的刻意。她终究要比男生早了那么一截，仅仅一小截，就开出了青涩却迫不及待的花儿。

这盛开如花的青春啊，这小鸟一样鸣叫的青春，让我在春天午后的街头静静思索。阳光渐渐隐没于云层，远处有滚雷响起，轰鸣声渐渐接近。女生们又一次发出集体尖叫，自行车一溜烟地向前飞去，扬起大片尘土，男生追赶上前，少年的群体渐渐远去，留下路人侧目而视。

那一刻，我的心，有一些疼痛。

青春岁月，稍纵即逝。我小鸟一样的青春，永不会回来了。哪怕背着简单行囊，脚蹬无名运动鞋，行走在山川丛林中，我亦是无以寻回我小鸟一样的青春了。

北方与南方的误解

黄梅雨季将至，北方的气温却先于南方到达了炽热。6 月天，北京三十二度烈日炎炎，上海人却在氤氲凉意中吃着粽子，看窗外厚重如帷幕的雨，怅惘抑或忧愁的情绪，就在油纸伞和丁香花的想象中产生。

曾经和一位叫小白的吉林文友视频电话，大冬天，我裹着羽绒服坐在电脑前，屏幕那一边的北方人，在二十八度的室温中穿一件跨栏背心，喝一罐冰可乐。视频直播告诉我，长白山下的北方人，正在欢度一个热气腾腾的冬季。

这是有关冷和热的误解，也一直是北方与南方的误解。

某年 11 月下旬，去北京开会。朋友们闲暇相聚，其中一位南方人说：以为北京冷，带了秋裤，看来不用穿。北方朋友惊问：还没穿秋裤？以为你们南方人受不了，要穿棉裤来北京开会呢。有人一时兴起，统计了一遍在座十多位的秋裤上身率。结果，所有南方人都没穿秋裤，而北方人全都穿了。就是那次，感觉自己的常识被颠覆，总以为北方人生活在寒冷中，比较抗冻，这么看来，南方人比北方人更耐寒。

好像，穿不穿秋裤和是否抗冻的误解，亦是北方与南方的误解。

在上海念过四年大学的辽宁文友晓鹏说：上了大学才知道，上海的寒假很短，那个冷啊，一到冬天我的耳朵就会冻烂。正在哈尔滨念大三的侄女已经过了三个漫长的寒假，那两个月，她躲在上海家中的被窝里，思念着白雪覆盖的北方温暖的宿舍。没错，和我们相反，他们的寒假是两个月，暑假才一个月，这事，三年前我刚知道。

大概，寒假和暑假的误解，也是北方与南方的误解。

再来说说一位叫潭渊的铁杆诗友，他曾经是哈工大冰球队队员。要知道，哈尔滨冰球队，几乎是中国国家队的水平，而哈工大冰球队，又是黑龙江省最好的冰球队。也就是说，如果潭渊没有在大学二年级时发现患有先天性心脏病，也许他就是国家冰球队的队员了。事实上，我从没见过他，但和他通过很多次电话。每次都是我先给他发短信，然后等他回电，他说过，电话铃声乍然响起，他的心脏无法承受。可这并不妨碍我们的交流，还记得，电话里他的声音是磁性而低沉的，听起来稳重成熟。他说：来哈尔滨玩吧，我家就在松花江边，冬天的时候来，带你去滑冰，看冰灯。我答应：好！你养好身体，我会去看你的。

这话一说，就过去了几年，工作、写作、生活，与潭渊的联络越来越少。大约，人与人之间最常态的关系，就是渐渐走向疏离。

后来，又是一个冬天，去哈尔滨开会，冰天雪地的北方，可以滑冰，可以看冰灯。整整三天，一直在想要不要联系潭渊。给他发个短信，也许就能在半小时里见到他。一个人走在中央大街上、松花江边，积雪的马路，结冰的江面，我走得缓慢而犹豫，最后还是回到了住处。没有给那个叫潭渊的电话号码发出只字片言，我想，也许我只是一个微笑自闭症患者，愿意与陌生人隔空对话，却羞涩于和朋友面对面交谈。

一年后，从另一位诗友处得知，潭渊的心脏早已停止为他工作，我在松花江边犹豫着是否要见他的时候，他已经离开人世半年之久。

很奇怪，听到消息时，我竟没有太多悲伤，脑中闪过的，是一个飞驰在冰球场上的哈工大学生，抑或，一只在我的 QQ 上闪烁呼叫的企鹅，一个将要发布最新诗作的诗人。是的，我没见过他，便不觉得死亡与他有任何关系。那会儿，想到旧年冬天在哈尔滨，独自逛中央大街，买了一根著名的“马迭尔”冰棍，零下十八度的天，咬下一口，含进嘴里，感觉，竟是温润的。

也许，对温度的误解，终究是北方与南方的误解。可是好像，我更喜欢这样的误解，亦许，永不遭遇真实，才会有更长久的想象，以及怀念。

半个月亮爬上来

Mark 邀请我参加歌剧沙龙，他打电话给我：也许我会穿上西装、扎上领带的。

Mark 用僵硬的中文说话，我大致能听懂，他在上海居住了五年，中国话说得不错。我告诉他：Mark 你放心，我不会穿牛仔裤站在你身旁的。

8 月末的上海，气温三十多度，为了配合 Mark 的西装领带，我从衣橱里找出整个夏天未上过身的白色吊带细褶连衣裙，配上银灰细高跟凉鞋，顶一头梳得笔直的长发和略施淡妆的脸蛋欣然前往。

与 Mark 在一次朋友聚会中相识，他喜欢过中国式生活，喜欢中国人。他说：Sue，你长了一张典型的中国脸，我喜欢。

中国脸，扁平，无立体感，颧骨突出，塌鼻梁，单眼皮……这就是我？有些沮丧，却因了自己的典型而略有安慰。于是，和 Mark 成了朋友。

这个夏天，Mark 却隐匿了身影，两个月来没一个消息，据说他去美国西海岸外的太平洋上钓鱼了。接到他回来后的第一个电话是周末，他居然在虹口公园的自发表演团体中玩得像个孩子一样手舞足蹈，不亦乐乎。他隔着话筒给我哼一首新疆民歌：半个月亮爬上来，咿啦啦，爬上来……过于卷舌的发声几乎被身后巨大的老歌热浪淹没，略微沙哑的嗓音让我隐约感到他身体的疲惫，情绪却是欢欣愉悦。

Mark 工作很忙，但休息日常常会出现在贺绿汀音乐厅、艺术小剧场，或者诸如虹口公园这样的公共场所。别的日子，他在距离新天地几步之遥的办公楼里埋头充当总经理，常常要到天色漆黑才能走出大楼，一抬头，看见繁星点点的夜空，一弯明月如钩，便想起海边的中国小女人 Sue，于是发一个短信表示他独特的问候：Sue，愿每一个夜晚皆如此刻，请世俗让位给这当空的如洗明月吧！

他当然不会用“如洗明月”这样的词汇，那是我的翻译，我想我懂他的意思，他说月亮就像被洗过一样白而洁净，一切庸俗的东西离我远远的，我希望每一个夜晚都这样。

诗歌般的短信让我也注意起那段日子的上海夜空，水泥高楼林立的城市里，天被撕成条条溪流，一弯明月，却一如既往地在某个日子跃然于破碎的夜空。

这就是我认识的 Mark，他站在上海大剧院玛克西姆餐厅门口，含笑的蓝眼睛传递出两缕温暖的光芒。我笑着走上去，Mark 伸出手臂给我：Sue，今天很漂亮，像玲宝。

玲宝是我小说里的女主角，70 年代美女，穿的确良花布衬衣的小镇女子，在 Mark 眼里，是中国最美丽的女人。

我笑着携了 Mark 的臂弯走进餐厅，钢琴边有两位盛装女子正演唱歌剧《拉克美》的段子《茉莉花和玫瑰花》，优美的歌声在透着华丽光彩的西餐厅里弥散开来。高脚酒杯里的嫣红液体散发着瑰丽的光彩，周遭人等窃窃而语，抑或专注聆听。有时候无法听明白那些以旋律的方式流淌而出的意大利语到底诉说了一个什么故事以及确切的意义，但分明能感觉到浓郁的情感正交汇相融。

一曲终了，接下去，更为精彩的唱段在我身旁、身后或者遥远的角落里相继传来。孤独的、寂寞的歌剧，在上海 8 月傍晚的玛克西姆餐厅袅绕荡漾。端着浓酽的红酒，听着《茶花女》《图兰朵》或者《蝴蝶夫人》的低吟浅唱、咏叹高歌，有关爱情与人生、赞美与贬斥、快乐与悲伤、忠诚与背叛……所有的音乐叙述，在我听来，却是心领神会。

Mark 在我耳边低声说：也许我们的语言并不相通，可音乐，却是忠诚而永远的译者。

我举起杯子，轻碰 Mark 的红酒杯，我们相视而笑，红色琼浆一饮而尽。

沙龙在此起彼伏的“半个月亮爬上来”的歌声中进入尾声，出玛克西姆餐厅，上海的夜，已在阑珊的灯火中进入黄金时段。看不见天上的星，亦没有月亮，却听到 Mark 正轻轻哼唱着那支维吾尔民歌：半个月亮爬上来，咿啦啦，爬上来，照着我的姑娘梳妆台，咿啦啦，梳妆台，请你把那纱窗快打开，咿啦啦，快打开，再把你的玫瑰摘一朵，扔下来……

我知道，在他眼里，那些远离尘世的男子和女子，那些等待着半个月亮爬上山坡，然后彼此一表淳朴爱情的男子和女子，才是最美丽的。一如他在某个深夜走出白昼般的办公楼，看到漫天的繁星与一轮明月，于是发来一条短信：愿每一个夜晚皆如此刻，请世俗让位给这当空的如洗明月吧……

冒险之旅

几年前，我的一位合唱班“女歌友”去婚介所登记求偶，资料一经进入系统，“适配男方”便频频进入她的视野。那些单身男人中，不乏让她动心的，但每每考虑是否要继续发展，她总是犹豫。因为并非知根知底，想以感情定局，几近苛求，并且，彼此很难建立起信任感。于是，相亲的原则，就只剩一条：条件。条件的匹配度，决定了相亲是否会成功。

可她还是与其中一位“在刑警大队工作”的“适配”对象交往了一段时间，甚至，还安排我这样“擅察人心”的“小说家”和他俩一起吃了一顿饭。作为关系甚密的歌友，她说她相信我的判断。事实上，我的表现肯定令她很失望，我被男人那张像农民般忠厚朴实的脸，以及诚恳得近乎过分的举手投足所蒙蔽。

关键时刻，女人生出自我保护的警觉，她托人调查，发现那个所谓的“刑警”，只是警队大院内的一名保安。我没有问过女歌友是怎么发现他在骗她的，事实上，她自己都无法分辨，是不是一开始就错误理解了“在刑警大队工作”这句话。

也许，最初的谎言只是自我安慰，可以说，一个谎言，就是一次意淫。高速发展的通信科技做出的巨大贡献，就是让谎言成为人们判断与评价物事的信息。信息让我们得益于获利，信息让我们受骗和上当。于是，有人成为骗子，有人成为受骗者。

好吧，让我们跳开物质，进入情感世界，抑或，说说爱情。

乞丐对美女说“我爱你”，他该怎么证明他没有骗她？他把讨来的三餐冷饭都给美女吃，自己饿肚子，这是他的全部身家，他爱她，可谓满分。

富翁对美女说“我爱你”，然后动用十个手指头中最小的那一个，豪车、别墅、小部分财产，将美女捕获。美女享用之余，偶尔会想，他爱自己到底有几分？

没有哪个美女愿意把一生许诺给对她全心全意的乞丐。富翁并未把全部身家给美女，但他绝不会被当成骗子。好了，说来说去，情感的度量衡依然是物质，那么是否就可以这样说，拥有物质越少的人，越难以得到属于他的爱情？尽管一个物质贫乏的人可能拥有丰富的情感。

于是，就有了“条件”，那是度量衡上的砝码，它成为爱情抑或婚姻的重要参考，甚而决定性因素。所谓条件，就是一些信息的汇总，很多时候，真实的信息经过意淫，最终成为谎言，或者，“被谎言”。

某日听一位台湾作家转述一则曾在台湾备受关注的新闻事件，高学历高薪女工程师被网络上号称美国中情局局长的骗子骗了，骗金钱，还骗爱情。女工程师却执迷不悟，她坚信此人存在，还秀出云端情人寄给她的婚戒，并向媒体宣称“我的爱情是真的”。

这是一个一不小心就会遭遇骗子的时代，这也是一个一不小心就会沦为骗子的时代。我们在接到陌生电话时心里立即架起防线，我们在相亲时不断试探对方“条件那么好为什么要选我？”我们的手机相机拥有自动美颜功能，我们为自己做种种有关美貌、幸运、财富的角色设计，并沉浸其中乐此不疲……我们一次次地意淫，造就了一个个谎言的诞生，然后，习以为常，并继续生活。

自打发生“相亲事故”后，我和“女歌友”，我们渐渐疏远了关系。不是她要躲避我，也不是我要逃离她，而是，彼此心照不宣地脱离对方的生活圈子。因为，真相被两个人所知，便不再安全。很多时候，我们把精神安全看得比人身安全更重，尤其是，当我们发现，我们被自己愚弄时。那种时候，我们不需要他人的安慰，我们要的是以孤独遮羞。

也许，我们应该苛责的，根本就是自己的功利心。想通过婚姻改变命运的人，一开始就选择了冒险。或者说，每一次相亲，都是一趟冒险之旅。

很多时候

黄梅季，一整天闷热与阴郁，气压低到近乎令人窒息，这样的天气，本身就是小哀伤。推窗，外墙上挂着橘色的凌霄花，藏匿在浩瀚浓厚的绿叶中，花瓣萎缩，蔫垂零散，一缕一缕地耷拉着，颓丧的样子。就好像，一些被忽略的凡人，自己都看不上自己，于是就有了那么一点小小的、弱势的、被动的哀伤。

一场大雨突如其来，只下了十分钟，却滂沱酣畅。雨过，天未晴，空气却似“透析”过，滤去了杂质，澄清，明白。橘色的凌霄花跌落在草地上，竟比挂在枝叶上时多了几许神色，依然是小小的，却有柔软湿润的草丛铺垫和包围。这弱势的、被动的、被掐断了命脉的花儿，却微微张开了，花瓣上缀着小水珠，鲜嫩着，一副小确幸的样子。

很多时候，哀伤，是因为活得乏善可陈。也有时候，因死得其所，而幸福。

独自报豪华旅游团去川西，没与朋友同行，只有一车临时组成的陌生旅伴。大巴车上，只我一人选择坐最后一排，一路看所有人的后脑勺，以及车窗外的山和山外的山。然后，下雨，遭遇塌方，山路被阻断。小情侣、老夫妻、母女父子、姐妹兄弟，彼此质询，又彼此抚慰。坐在最后排的人，只看着他们每一颗扭来扭去的惊惶的头颅，沉默。没有人倾听我的惊惶，亦没有人需要我的抚慰。

塌方路段修复，重新起程，一车人复又欢欣鼓舞，吃零食，喝矿泉水，相互嘲笑适才的胆小。依然坐最后一排，静静地看他们因为兴奋而转来转去的头颅，直到那片蓝宝石般的湖泊出现。一车人欢呼着向湖边冲去，相互拍照，摆各种造型，每一张脸都要做出与湖泊无比亲密的样子，于是那些脸，已与他们自己无关。没在湖边留下自己的影像，因为没人给我拍照。可是那会儿的我，莫名地，觉得很爱自己。

很多时候，屏蔽了“相互”或者“彼此”的人际关系，才知道你是不是爱自己，或者，要怎样爱自己。

一日朋友聚会，散席已近夜深。步行去地铁站，坏了路灯的康平路，茂密宽阔的梧桐树冠阻挡了更远处的灯火。白日的绿荫，此刻是墨荫，罩出一洞漆黑。并不觉得走在黑洞里有恐怖感，恰是，一眼看不到边的温暖。偶有渐近的车，大灯忽然射来，照耀得一街肃杀，温暖顿失。下意识闭眼，这黑夜里的剧烈灯光，让温和的世界变得坚硬。

走得缓慢，亦没有搜寻附近的共享单车。有临街的民居，家门就对着人行道。偶有声响，是夜归的子女，停下共享单车，敲开门，“夜饭吃过了伐”的废话式问候声响起的即刻，又消失在很快关闭的门内。黑洞归复黑洞，喧嚣的世界依然在，只是离这里远。好像，这巨大的黑夜便是一幕水帘，遮蔽了洞里这个寂静、深暗、缓慢、温暖的世界。而大上海，就是洞外的那座花果山，灿烂，直白，激烈，凌厉。

很多时候，我们闭上眼睛，是为了躲避太亮的灯光。很多时候，我们睁开眼睛，是为了更深更深地探进，那种黑暗里的温暖。

消受春意

3 月伊始，天空阴涩沉郁，冷雨以淅淅沥沥的方式延续着冬的顽冥。外挂空调器嗡嗡作响，加以雨的和声，淤积着越发浓厚的湿气。

因了潮湿，寒冷比之隆冬更凛冽与尖锐。仿如沾水磨刀，柔软的水，赋予钝硬的物质以锋利。

而我们的身躯，依然要用羽绒包裹，是为保暖，却隔绝了潮暖空气的浸润，于是，迟迟不醒。

倘若开窗，让雨滴溅入纱帘，却忽然发现，寒冷只在臆想中存在。空气已然带着温润，春天正借着雨的降临见缝插针地注入大地。

所以，开窗吧，让春天早点进入密闭已久的房舍，即便只是数滴混沌的雨。

试图断却一切音信，拒绝微信群美食晒图、励志故事、历史真相，拒绝短信问候、今日新闻、快讯报道，拒绝倾诉或者聆听，为保持灵魂的洁净，做心无旁骛的纯粹之人。

告诉自己，即便爱一个人，亦只需爱他的宽阔笃厚，而非聪明；爱他的散漫淡泊，而非敏锐；爱他的简单愚钝，而非伶俐。

甚而爱他的不欲不求、无知无觉，以为那才是智慧的境界。

爱便是一场匆匆而过的走马观花，赏心悦目却无关痛痒，是站在屋檐下观望雾霭笼罩的山峦，遥远朦胧，而无所触及。

不能彼此触摸的两只手，这一只必然不知另一只的温暖；两潭互不渗透的深渊，亦是不知交汇融合才是永不枯涸的捷径。

两个在平行轨道上前进的人，须以不变的恒速，维持永远的彼此相望。

爱，岂是一封永不寄出的邮件，一条不能任人遨游的江河，一座无法打开大门的城池……

我在城内闻到醉人的花香，花在城外寂寞妖娆地绽放。

雨水阻挡不了春天的脚步，3 月伊始，即便寒意踌躇不离，我依然在寂静的窗下嗅吸到几缕煦暖，寥寥而无声。

如柔软的水，流经之处，悄悄地，变锈钝为锋利，予委顿以葱茏，默默地，消受春意。

我亲爱的你——黄梅雨季

这一年的日子已然过半，不知从哪一天开始，竟过得越发谨慎起来。不敢熬夜打字到天明，不敢在一个月内出席三次以上饭局，不敢不抹防晒霜直接走在太阳底下，不敢不涂口红顶着两片焦渴爆皮的嘴唇在台上忘我狂言，不敢不戴庙里求来的佛珠手链伸出光秃秃的手臂把握方向盘，不敢为爱而以身相许，不敢妄自尊大，不敢信口开河，不敢探险、发誓、游戏，不敢拿起，因为做不到淡定地放下……并非回归青涩，而是，生命将至中段，命书上说，是到了该胆怯、该畏惧的年岁了，于是学会了以居安思危的忧患思维审慎度日。

夏天到来之前，我们必须经历一季此起彼伏的黄梅雨，绵柔抑或暴烈，稀疏抑或密集，一如既往的潮闷燠热。暖湿空气吹在每一寸肌肤上，吹得心头不由滋长出带绒毛的紫藤幼叶芽苞。雷声偶发于暮春与初夏的交集点，并不炸闹，是未变音色的男童女高音歌者信手拈来的即兴演唱，声线如抽枝三日的杨树枝，清脆而硬朗地伸向无尽的天空。单纯的轰隆之声在遥远的云端奏响，质地光滑，略微沉闷，一经响起，便不可阻挡地刺破云层，刺向更远更高的天际。

倘若把季节分为不同的人生阶段，黄梅雨季，便是一个行走在南方某所大学校园里的大男生，聪明的头脑，如洗的笑容，蜡封的内心……如果可以，我愿意把这个让我变得审慎起来的黄梅雨季叫作——你！我亲爱的你。

我亲爱的你，从未走进过你的内存空间，亦从未在今日之前的所有时光里彼此相视微笑。曾在想象中赋予你一个角色，一个有着拳拳爱意的大男生，你天生就是要做我爱慕的偶像的，我便让你在我脑中的油画里永不衰老。完美，却是虚拟，又分明散发出灼烫的光耀，构图还有些荒诞，却从未泯灭消失，平凡的日子因此而充满艺术光泽，单调的生活被爱意困顿弥漫。

如此我便知道，倘若一切都是虚构，那才可活得更长久，变成现实时，真实已经死亡。

这一季没有制订长段的出行计划，许是为等待某个沙哑而性感的声音的召唤——来吧，来拍拍我的肩，我就会听你的安排……雨季已到，闪电还未撕开云幕的遮挡，雷声却已捷足先登，相逢与别离在交替中轮番出场，我的目光却已落入你的陷阱，无法自拔。

可那并非我最美最好的时光，是的，你知道我善于虚构，虚构是我走进现实的面具、盔甲，虚构是我的忘忧水、孟婆汤。当遭遇真实时，我依然怀疑一切的真实性，我常常以为那是我用真实的身心打造的又一桩虚构事件，或者是某一部刚创作的小说的华彩段，过于光艳璀璨，以至于酝酿了悲剧走向的结局。也许，你就是我的悲剧，我热衷而迷恋的悲剧。

这些年，你就是这样以意象的方式，虚拟地活在我的光阴里，或者，活在我生命中一寸光阴与另一寸光阴的缝隙里。你隐没身手，我亦从未寻找，仿佛一枚星球与另一枚星球的旋转，沿着两条不同的轨道，兀自欢愉或者落寞，坦然或者自闭。我相信，我们有着同样轻视的目光，轻视约定的相聚、经久的美好、窗外的风光；轻视春华秋实、冬暖夏凉、心澜微漾；轻视健康、生命、时间，轻视生活，轻视爱情……

最美的时光在哪里？是迟迟未有到来，抑或早已在某个不起眼的时刻默无声息地与我擦肩而过？你并未确告，可我依然心怀憧憬，把荒漠当成港湾，把幻觉当成理想，了无前途地等待着无花果鲜花绽放的芬芳。而你曾经的、此时的，以及未来的生活，却在我的虚构故事里演绎得一地鸡毛，活色生香。讲故事的人，却已遗忘了春天，遗忘了追求，遗忘了彼此……

如此，便也活得安然，无须置疑！

拿什么来思念你

秋天在日渐凉意的风中悄悄地来临。白天的太阳不再热辣，温煦的光线散淡地洒在发间，如一张大而柔软的手掌抚弄我的头颅，仿佛被一个巨人沉甸甸地爱恋着，满足，甚而骄傲。偶尔晚归，夜露落在身上，潮冷隔着单薄的衬衣沁入，一如某种无名的思念，轻轻地袭来，而后，浸透每一寸肌肤。

这是一个可以思念一些什么的季节，在那些没有微信、微博，没有网络的岁月里，思念，就这么悄无声息地进入我的躯体，以及灵魂。

那个初恋的傻小子，多年过去了，如今不知在何方，做着什么样的职业，又娶了一个怎样的女人做妻子。抑或有了儿女，谢了曾经浓发覆盖的头顶。柴米油盐的生活把那个力图摆脱庸常的年轻人压榨得只剩下一身烟火气，还是依然在一地鸡毛中撑着他草绿色的雨伞，默默地在心里念一首曾与我一起背得滚瓜烂熟的诗……还有，多年前的一次旅途，邂逅的那个高大帅气的身影，因为他说的一句话，“爱恨由人，我只在你左右”，便记住了他。后来，当然是旅程结束了，他并没有在我左右，他在很远很远的地方，左右着我每一个秋季必定到来的某一款思念……还有还有，六年前，与两位男生结伴，驾越野车行进在天路。到达纳木措，正是傍晚时分，我们停下车，站在白雪覆盖的念青唐古拉山下，看余晖落在浩渺的蓝色湖面上。夕阳完全隐没的时刻，那一泓无边无际的湖水，霎时间变成了一枚深蓝色的眼眸，几乎把站在岸边的渺小的我们吸入到它多情而迷人的旋涡中。那是一种令人窒息的美，摄人心魄的美。那会儿，他们两个，一左一右搭着我的肩膀，我的两条手臂，一左一右揽住他们穿着厚实的冲锋衣的腰身，我们站在纳木措面前，躯体紧靠着，轻轻战栗，并且，热泪盈眶……

这一切，都是随着秋天而来的某种浪漫和忧伤的思念，一种带着季节性的无名情愫。因为，他们，抑或它们，存在于我的记忆中，而非现实。也许是生活太过喧嚣繁忙，抑或是刻意逃避，那些故人，早已不在我的通信联络网中。也正因为不知那个被思念的人如今究竟过得怎样，甚至那人姓甚名谁我都不确知，这思念，就变得神秘、恒久起来。我可以任由想象，为那个人设计无数个身份，为自己与他的重新邂逅创造无数种可能性，亦是因为这样的设造大多时候不会有一个正确答案来与我对证，我便可以让自己在想象中保持着长久的年轻漂亮，以及魅力四射，我可以肆无忌惮地自恋着，永远不去拆穿这场在秋天里为自己做的伤感而幸福的梦。

是的，思念不需要答案，也不需要原因。思念一旦落于现实，便由微妙和清澈，变得混沌而世俗。一个一览无余的人，一个在微信朋友圈里随时可以看见他的踪迹的人，还需要思念吗？因为远离、隔阂，便思念着，或者，因为需要这份思念，我便让自己远离那些可以思念的地方，或者，与那个可以思念的人保持着隔阂。

这一个秋天如约而至，那种无名的思念，再一次随着温煦的秋日抑或潮湿的夜露，淋洒在我的身上。我便再一次捡起那个久未联络的人，或者，已然失去联系方式的人，以及那个可能再也不会去的地方，轻轻地咀嚼，吞咽，而后反刍，再咀嚼，再吞咽。

一道未知答案的题目，才具有可重复的价值。思念，就是一种屏蔽了现实，以记忆和想象去反刍，再反刍的——爱。

你爱我吗

他已经九十岁，他正走在全面失智的路上，大多时候，他不记得面前的女人是与他生活了几十年的爱人。忽而他又会想起什么，他会微笑，和眼前的人开玩笑：你很美哦！目光却并无焦点。她问他：你还好吗？你有什么不舒服吗？他满是皱纹的老脸上一片漠然，然后，她按照惯常的次序问了第三个问题：你爱我吗？

他的目光终于指向她，而后，奇迹发生了，他嘴角的皱纹牵动起来，随即，枯叶般的双唇掀开：爱。

她喜不自胜，这是她的胜利，更是爱情的胜利。她认为，爱情，是一个能够刺激到他的问题，仿佛给枯竭的大脑打一剂强心针，亦如在一层仅仅淹没碗底的水里投入一粒苏打片，顿时，碗里泡沫四起，少得可怜的脑细胞被激活了。他依稀想起一些什么，于是，他行将就木的躯体以一个字的方式给她答复——爱。她是他生命中最重要的人，爱她，亦是他生命中最重要的内容，她确信。

写到这里，你们也许已经猜到，我说的正是最近发生在琼瑶家里的故事。不能叫故事，那只是一桩家事。七十九岁的老太太给了围观群众一个话题，被叫作“玛丽苏”的自恋人生，从少女时代至今日，她从未改变过。且不说对于“有尊严地死”还是“全身插满管子苟且而痛苦地活”的选择，网络上占比极大的谩骂声，却是针对那些被称为专属琼瑶的生命表达。

一个七十九岁的老太太，总是问她九十岁的老公“你爱我吗？”不矫情吗？太会作的女人，她以为她是十九岁少女吗……而我，在看到这些指责的声音时，却不由地心生一丝惺惺相惜的疼痛。

三年前，我的父亲也成为了一个失智老人，他远比九十岁的平鑫涛年轻，他才七十五岁。他已经不认识他的老妻我的母亲，也不认识我这个女儿。每周我去浦东的医院看他一次，每每见到他，我总是会问：爸爸，你认识我吗？

他当然一无反应，我再问他：爸爸，我是女儿啊，你喜不喜欢我？

他听见了，看了看我，忽然张开缺牙的嘴大喊：喜——欢——

他的语言能力已经退化到不如一个牙牙学语的孩子，他拉长了声调，就两个字，却是挣扎着，咬牙切齿地说出来。是的，谁都知道他喜欢我、宠爱我，过去，他总是在同事或朋友面前把我作为吹嘘的资本。我把自己推到他面前，希望他生命中最爱的女儿能激活他的脑细胞。他果然没有让我失望，他艰难地回答：喜欢。母亲在旁边也欣慰地笑了，好像，这么一问就能证明，只要揿下这个心动按钮，我们随时都能唤醒他。

还记得他刚开始失智的时候，有一次去看父亲，他已经不认识我，可他的目光里充满了似曾相识的疑惑。我问他：爸爸，你认识我吗？那天，我穿了一件红色的衣服，他盯了我好一会儿，忽然说：认识，女儿，漂亮！

那以后，我尽可能在去看父亲的时候穿红色的衣服，并且，我总是会问那么几个问题：爸爸，你认识我吗？爸爸，你喜欢我吗？爸爸，我漂亮吗？

我是一个长相太过普通的女人，绝算不上漂亮，可我依然这么问父亲，因为我相信，在他心里，女儿一定是漂亮的。不曾陪护过失智亲人的朋友，未必能够理解，为什么我会那么在乎他说喜欢我，他说我漂亮。并不是要从一个失智老人那里获得认可，并不是为满足自己的虚荣心，亦不是听到有人说爱我多么重要。恰恰相反，因为我爱他，我想让他记起那些爱，倘若他偶尔能回答“爱”，那就是我们又一次把他从远去的路上拉回了一小步。

所以，这就是为什么，我并不反感七十九岁的琼瑶每次去看九十岁的失智丈夫时，都要问一遍“你爱我吗?”即便她可能确有“玛丽苏”的自恋型人设倾向，但在失智者面前，我赞同每一个亲人都可以扮演一下“玛丽苏”。

清淡生活

2月14日，清晨醒来，天色阴郁，适合做白日梦，便继续睡，在半眠中等待雨滴落下时冷意的侵袭。

话机响，快递送来朋友新出的书。洗漱完毕，郑重拆开包装。两本青灰基调的书，淡静，儒雅，隐藏着激情，却是不会怦然而出的那种，只躲在封面下静静地暗涌。

喜欢，因是由平静覆盖着潮浪，如发生于内心的海啸，喧嚣大约永世不会为海面上的船只感知，至少，也要在千百里之外，以喑哑无声的默默沉奏自我消解；或者多年以后，以沧海桑田的变迁告诉人们，前世的某一天，曾经有过这样一次撼动，翻天覆地，漫长至今。

两本书的作者，是一位比较著名的男作家，给他发短信：权当你送我的情人节礼物，谢谢！另，作者的照片，好熟悉。

他哈哈笑回：照片正是你的作品，也是你送我的礼物，以书谢礼，请笑纳！

两年前的一次笔会，我给很多作家拍了照片，有他的几张。不想书中用到，甚是欣喜。随意翻看书页，彼时，窗外响起“唰唰”的雨声，当属春天的气息和色音，却不弃料峭，带来更深的寒意。这个情人节，因了雨声，寂静到彻骨。

下午，和年轻的作家方子东闲聊，他问：情人节怎么过？我说，从没有过情人节的习惯，那么多年都是看别人过，安心而无所欲求。情人节这样的形式，只是如同在一天内吃完一年的维生素C，过量的营养并不能完全吸收，只能通过体内循环的废水一起排泄掉。

方子东独自待在宾馆里无所事事，他正出差在外。这么多年一直奔波，他依然单身。他曾说过想有个家，可至今未实现。我猜测，一个总是在旅途中的人，是否会对现有的生活次序既厌烦又迷恋，如烟瘾般欲戒而不休？

现在，旅途就是我的情人。方子东说。

如此，这个情人节他并没有独自度过，甚至，他每天都在过着情人节，流离抑或回家，人之所至，便是爱的归宿，有什么不好呢？

那么你呢？方子东问我。

一时语塞，思索片刻，回答：看书，打字，这是我的日常。

方子东说：清淡的日子。

清淡，这说法打动了我。我一直以为我是一个有追求的人，这些年我总是督促自己不断前行，几乎不敢停下一分钟。然而，方子东的话忽然让我看到，也许我的方向并不是繁华昌盛，而是日渐清淡。

感谢方子东，他让我明白，我愿意自己的生活是“清淡”的，倘若这是我最终的追求，我会为此感到欣慰。

零点之前，久违的诗人忽然打字给我：你要快乐!!!

三个感叹号让我忽然因温暖而鼻酸不已，我说：我清淡，所以我快乐。

他说：你更像一只比春蚕更有梦想的蜘蛛。只是，蜘蛛和春蚕也有交集，欲望恰如烛火亦有明灭。

诗人给了我情人节最后一秒的懂得，我以沉默不复表达我深潜于海底的感谢。我希望我是一条鱼，我在水深处舞蹈，水知，却不需以涟漪波纹予我答复。

其实，2 月 14 日，与任何一天一样，在这一天，我可以遗忘所有人，我也可以向所有人传达我“清淡”的情感。我们告诉彼此：任何一天，你不必担心因忘掉我而被我记恨；任何一天，我亦不必介意因被你惦念而需要以牵挂回报。我们可以在每一天爱别人，而无须彼此告知。

是青春让秋天变得哀伤

秋天是一个爽朗的季节，可不知道为什么，“爽朗”这个词给我的意象和回味，却是散淡、凉薄，而至于哀伤。也许是渐近深秋，前方等候的不是花开缤纷，不是绿意葱茏，而是枯萎，是失色，是更为深寂的寒冷。于是，连带着与这个季节有关的记忆，都少了圆润和柔软。哀伤，就这么悄悄地爬进了血管。

其实大多时候，我不会想起二十多年前的那个小伙子，当然，如今他早已不年轻，只是在我的记忆中，他是一个敦实、矮壮、黑皮肤、小眼睛、不太帅的青年。好像，他有一个叫“刘光辉”抑或“石光荣”之类太过大众化的名字，很适合穿军装，站在小组唱队伍里，立即被声势浩大的歌声和绿油油的军装色淹没的那种。所以干脆，我把他的名字也忘了。

可是，总会在初秋与深秋的交界处，某一个爽朗的日子，忽然就闻到一股桂花悠甜的香气，于是，丢弃在记忆角落里的细节，隐隐绰绰地呈现。

那时候我还是高中生，文艺女青年，一颗长满绒毛的青涩果子。大约是八一建军节，去驻地部队与官兵联欢。他是小组唱《军营男子汉》前排左起第二个兵，我有两首独唱曲目。联欢会上我们邻座，于是假装成年人，与他寒暄、交谈，间隔大段的沉默。忘了聊过什么话题，只记得8月浩瀚的暑气把我逼得热汗淋漓，内心里，挡不住的蠢蠢欲动悄然溢出。

联欢会结束时，他不知从哪里找出一张从作文簿上扯下来的纸，撕成两半，我们分别在半张格纹纸上留下了姓名和通信地址。我留给他的是：XX 中学高二 2 班。他留给我的是：XX 部队 3 连 6 班。

很轻易地，我就把他忘了，也没收到他的来信，也许，那只是两个初涉人生的年轻人给自己安排的一次邂逅实习，实习而已。然而，两个多月后，他来信了，漂亮的钢笔字涂满三张报告纸。我读了三遍，思考了三十分钟，斗胆决定赴约。十八岁的女生，第一次被一个偶然邂逅的青年追求，第一次在一封信里读到“爱”的表达，猎奇心，抑或成就感，情绪微妙，需用行动去求证。

约会自然在白天，我们太稚嫩，不敢奢用夜晚。周日午后，就近的公园，桂花树下蘑菇亭，老土极了。可是天气是多么适宜，淤积的潮热已被凉意赶走，阳光干燥而不激烈，空气中没有沉甸甸的水分，风亦是轻逸清新，悬铃木正凋零，视野变得疏朗……这情形，唯“爽朗”最为贴切。

可是，当我试图想象一下自己将与一个什么样的人在蘑菇亭里相见、微笑，然后在石凳子上坐下……的时候，脑中却是两排穿军服的人，他们扯红了脖子吼着歌，帽檐儿两侧的太阳穴一律青筋暴突，我知道他是前排左起第二个，可是，那只是其中一张别无区别的脸谱……忽然发现，我根本不认识他，恐惧感悄然袭来。

把自己藏在远处，盯着二十米开外的蘑菇亭，等待一个穿军装的人出现，鼻息里，却是阵阵悠甜的桂花香。时间到了，来的是一个穿蓝白条纹 T 恤牛仔裤的家伙，矮壮、敦实、黑皮肤，这回看清楚了，是小眼睛。

我无法把那个穿便装的人和小组唱前排左起第二个兵对上号，或者，是我不愿意对上号，所以我逃跑了，带着萦绕一身的桂花香，逃出了公园。他没有再找过我，也没有写信追问何以失约。

深秋，收到一封来自湖北谷城的信，那个叫刘光辉抑或石光荣的年轻人说，他已复员回故乡，成了一名警察。我没有回信，既已失约，就该永远消失。

我是怎么处置那封信的？对了，那张大纸片，被我剪成一把小碎片，捧进抽水马桶。最后一片碎纸随着螺旋卷动的水流钻入下水道时，一阵风正好吹进半开的窗户，带着深秋的寒意，有些凛冽。彼时，我年轻而不知所措的心里，弥漫了散淡、凉薄，以及一丝莫名的哀伤。

这个易感的春天

也许是春天的缘故，夜里多梦，并非惊悚的梦境，也非令人焦虑的赶飞机迟到、考试忘了带准考证之类，却总在醒来时发现颈窝里积了潮汗。今日亦是，醒时天还未亮，于是静静地躺在床上，试图忆起适才梦里的细节。

那两个男子，一个中年，一个青年，中年矮壮，青年高瘦，他们在二十米之遥的地方看着我，向我张开双臂。似乎，我只是一个十岁的女孩，不知道该选择哪一个敞开的怀抱。犹豫半晌，我向着高瘦的青年迟疑走去。青年准备要欢呼他的胜利了，因为女孩显然是冲着他的方向而去，她选择了他，而不是他身边的对手——矮壮中年男。他自信而阳光的笑脸上带着骄傲，以及骄傲背后的一丝不屑。

对了，想起来了，这个高瘦的年轻人的笑脸，像那部《远去的飞鹰》里的男主角“高志航”，国民革命军空军战斗机飞行员，抗战英雄，他的扮演者叫朱亚文。2015 年春晚，朱亚文和张丰毅、段奕宏联手，塑造了一个耍酷熟男歌手组合，那个一身红西装顶着锃亮的时尚脑袋的朱亚文，忽然让我对“高志航”曾经的迷恋一扫而空。

可是，高志航的笑脸居然出现在我的梦境里，并且，那个十岁的女孩正走向他张开的双臂。他笑得实在阳光，以及骄傲，骄傲背后的那丝不屑，虽然隐藏得很好，可还是被年幼的我发现了。于是，就在走到离他仅一米左右的时候，我忽然折身，向着他右侧三十度方向走去，那个带着轻微皱纹的脸，正在高志航的肩胛处笑得朴素甚而局促。那是一张略带岁月痕迹的脸，接近安全。

其实我并没有认出这个中年矮壮男是谁，可是对梦境的回忆让我依稀记起，这样的场景似乎出现过。多年前，也是这个季节，要去做一次川藏与青藏之路的自驾。两位男作家朋友，一个叫马，一个叫强，他们在成都等待我的会合。出站，一眼看见远远伫立的两人，于是向着他们飞奔而去，然后是挨个拥抱。后来马开玩笑说，为什么先拥抱强？其实没有刻意选择，只是强站得更靠前一步，况且他们几乎一般壮实，马略微高，强比他稍矮半头。梦里的瘦高青年与矮壮中年与他们两个差之千里，可我还是莫名地想起了他们。那个春天，我们驾着一辆越野车，在318 国道与青藏线崎岖不平、雪山漫布的长路上度过了一个月料峭的春日时光。

自驾结束回上海几个月后，有一天，无意中听到韩红的一首歌，叫《归来》。音乐声还未起，却闻高原浩瀚的风声，以及牧羊人与孩子在风里依稀的对话，是藏语，听不懂，藏匿于脑后的那一个月高原生活怦然而出，继而萦绕不散：雪山下稀疏的草场上，孤独的牧羊人裸露着黑红的脸膛儿，他的身边，一个同样黑红脸庞的孩子用警惕的目光看着我们。马、强，还有我，我们在那片荒袤的土地上停留了许久，沉默无语……韩红的歌声从高原风背后远远飘来，眼泪霎时涌出。我摸出手机，给马和强发出一条短信：我想你们了！

我断然确信，这个季节，做了一个看似毫无逻辑的梦，起因，大概就是我想念他们了。他们是我在鲁迅文学院念书时的好朋友，而我，已经有四年没见过他们。

这一个早晨的上班路途，我始终在记忆里搜索着那两张向我张开手臂的男人的脸，隐约想起，梦里十岁女孩最后放弃瘦高青年，折身转向的那个中年男子，他脸上略微的岁月痕迹，在马和强的脸上，似乎也有。

然而，他们是谁？我依然是不知道的。可是，在这个易感的春天，他们闯进我的梦里，给我带来的，是一身积汗，以及某种无以名状的怀恋。

珍藏疼痛

那日睡前，儿子忽然对我说：妈妈，这几天我老是想起过去的事，以前赵少敏和江宇声经常来我们家玩，那时候多好啊！

那是儿子小学时最要好的两位同学，后来升入了不同的初中，但假期或周末他们还会来找儿子玩。直到进入初三，全身心投入升学前的拼搏，再没有多余时间聚首玩耍。

儿子继续说：今天放学走过立交桥，看到江宇声骑着自行车从我面前一闪而过，我想叫住他，可他已经骑远了。我看着他的背影，忽然觉得好伤感啊！

男孩似是若无其事的诉说，眼睛里却有轻轻的忧伤，他追问：妈妈你说这是为什么？

我想了想，说：那是因为你体验到了什么叫“分别”，你发现了时光的逝去，你学会了怀旧，这一切都说明，你在长大，你长大到有足够的过去可怀念了。

他若有所思地点了点头，又问：妈妈，你像我这么大的时候，有过这样的感觉吗？

我实事求是地回答：嗯，好像没有，我当时生活的小镇上，只有一所幼儿园、一所小学、一所初中和高中，我们几乎人人都从幼儿园开始做同学，一直做到高中毕业，所以，我初三时还没有机会体验分别，也还没学会怀旧。

可是，怀旧为什么会让人伤感？我看着江宇声越来越远的背影，心里真的很难过啊!

他已经第二次声明，那个远去的背影给了他无比的伤感。也许，在这个男孩的情感世界中，伤感这种东西第一次以这么明确清晰的姿态突显而出，他柔嫩的心忽然被触动了，于是懵懂的少年感到了轻轻的疼痛。因为他未曾经历过坎坷，所以这轻轻的疼痛足以让他惊惶和紧张。我确信，随着成长，这种体验他会越来越多，可能发生于第一次失恋、第一次落选、第一次决裂……

成年人总是健忘，当我们的脸皮越来越厚，当我们的老茧密布全身，当我们的睡眠不再有梦，当我们以嘲笑的口吻把脆弱和易感的年轻人叫作“愤青”时，我们恰是忘了自己的青涩年代。在被生活磨砺得失去痛感的成年人眼中，少年离别的伤感抑或失恋的疼痛，大约只是一次蚊虫叮咬的刺痒，而我们忽略的，也许正是孩子成长中遇到的“处女痛”。

男孩沉默片刻，又问：妈妈，那你第一次觉得伤感是在什么时候?

他可真是把这份伤感体验看得很重，几乎有些小题大做，可我相信，我真的不需告诉他，你要学会坚强、学会乐观，要正视人间的离别，要接受所有得到和失去……没有必要，这些，都会在他不断长大的路途中无一遗漏地学会。现在，我更应该表达的是我的理解，甚至，我只需在他面前回忆一下我曾经历过的疼痛和伤感，那样我才能如他一样，拥有和保持新鲜敏锐的触角；那样，他才更容易明白，这就是他必经的人生。

于是，我把他当作我的朋友，在他面前娓娓倾诉起一件往昔的旧事：……他是一个高大英俊、温和善良的小伙子，我们恋爱了，那一年我二十三岁。可是他在部队工作，我们离得很遥远，一年只能见面三次。那时候电话还不普及，我们只能写信联络。终于，不敌时空距离的考验，我们分手了……三个月后，我做了一个奇怪的梦，我走在人流如潮的大街上，一抬头，竟发现他高大的绿色背影正在前方。我拔腿追赶，可是人好多啊！那么多人阻挡着我的脚步，我左冲右突奋力前行，我大声呼唤他，他听不见，只是稳健有力地朝前迈步。他正朝着海边方向去，我认定了那个草绿色背影不舍不弃地追赶，人群在我四周涌动，我追得筋疲力尽，嗓子干哑疼痛，他却始终没有回头看我一眼。他离我越来越远了，我无可奈何地看着他的背影走上沙滩，走进浑黄的海水，然后，消失了……醒来，我发现，我的心好痛好痛啊！那是我第一次感觉到心也会疼痛。

后来呢？男孩追问。

后来，我听说，他在一次海战演习中出了事故。

男孩惊愕地瞪大眼睛：他死了吗？

不知道，那以后，我们失去了联系。

男孩沉默良久，而后小心启唇：那，再后来呢？

再后来，我就嫁给了你爸爸，再再后来，就有了你……我伸出手，轻轻捻了捻他紧锁的眉头，所以，我现在真的感到很幸福！

男孩舒展眉心，笑意漾出双眼，然后喃喃道：你肯定还记得那个背影，对吗？

我点头：当然，永远记得。

他也点头，然后朝被子里一钻，大叹一声：啊！睡觉啦！

我笑：睡吧，愿你好梦！

我们可能永远无法忘记一个曾经远去的背影，我们的心也许永远会藏着忧伤和疼痛，然而，如果我们可以让一辈子的睡眠始终有梦，那么疼痛抑或忧伤，也许更是一路走来的私密珍藏。我确信，我的男孩，会把今日的伤感体验，当作他稚嫩人生的一份珍藏。

有珍藏的人生，才不枉称为人生。

致 “盲” 的爱

十八岁，读过一首叫《黄梅雨季》的诗，忘了作者名字，依稀记得，年轻的大学生在雨季的南方怀念故乡。站台上，一列绿皮火车冒着白烟驶向远方。那个远方，被大学生用一个重复的词汇娓娓念来，余音不绝：北方，北方，北方……那个在细雨中吟咏诗句的男子，让我忽然爱上了那片叫北方的土地。

后来，与北方男生“君”和“渔”做了朋友。那年冬天，他们邀请我去攀登长白山。果然坐上了一列绿皮火车，是的，世上最浪漫、最骄傲的火车，这列火车的名字，我想应该叫——北方男人。我藏身于这个“北方男人”的胸怀，穿越白雪覆盖的山岭一路向北。我看见了炫白的雪，岳桦林和杨树林错落于雪原，日光融于雪色，飞鸟展翅掠过，晴空被划破，又瞬间弥合。长白山高耸的银色峰巅下，“君”和“渔”正遥遥等候。

把墨镜遗忘在背包里，目光裸露于茫茫雪野，失去遮蔽的双眼疼痛欲泪。通往天池的山路上，高空寒风猎猎刮过面颊，冷冽而坚硬。脚下是凝固的雪，山崖上的积雪亦如有着尖锐快口的石斧，它若不割伤我的目光，我就只能用目光去割伤它，为自己刨开一条冰雪的道路。

“君”那一抹殷红温热的身影引领着我，他托着相机，走得快速而稳健，却始终未消失在我的前方。“渔”独自在悬崖边伫立无语，他亦悄悄写诗，却从不示人，诗句只在内心独白，此刻，他纤尘不染的沉默，让长白山保持了冰清玉洁的优雅和肃穆。

直至鹰嘴峰下，我已完全失去了视觉感知，只有白，白，还是白。风声隆隆，雪坡渺茫，阳光离我很近，脚下万丈深渊，往前跨一步，便可直坠而下，便可与死神亲密相遇，或者，某一片白云擎托住我，死亡便不再是沉重和黑暗，而是，如羽轻盈，如云飘逸，如雪明净，如此美丽的——白茫茫的死亡……那时刻，我在想，世上最美的，莫过于死亡。

幻觉，这是一个深陷于幻觉不能自拔的人毫无障碍的想象，因为雪野太广袤了，雪野一片素白，雪野让她变盲。她因此而洁净纯粹，而忘乎所以，而轻巧，而安然，而空，而静……而不再记得所有忧愁和烦恼。

这个跌落在幻觉中的人，就是我。

神志清醒时，已在山坳木屋里喝一杯热姜茶。厚厚的雪雾蒙住了窗户，木桌凳上，岁月的肌理散发出温暖的柔光，我视线里的人迹隐没如常，窗外梦幻的冰天雪地亦然，我却回到了人间。

回到人间，离开北方，后来，或者再后来，总要离开。夜行列车阻隔了皓白的北方之色，灯光混沌冰冷，站台空寂寥落。“渔”低头用一只脚搓水泥地，“君”在车窗外向我挥手。汽笛鸣响，我亲爱的北方，他正用缓慢乃至快速的节节后退，与我静静地告别。那首叫作《黄梅雨季》的诗，恍然映入头脑：北方，北方，北方……

后来，查百度，知道《黄梅雨季》的作者叫“甘伟”。那一年，复旦大学的忧郁男生正为爱情做一名“诗人”。诗其实青涩，然而青涩的诗句却致我以盲，我便迷失于北方之梦，在盲白中寻找爱情，青春的心，却充满骄傲的忧伤。

然而，一个为爱而盲的人，内心终归有着无与伦比的静寂和纯洁。我确信，年轻时，拥有一处梦中的爱情故乡，是一种幸福。

深夜陪伴我

每个周末的夜晚，总是在电脑前独坐到天亮，并没有把每一分钟用于打字，很多时候，就这么枯坐发呆，看着某一个页面，直到屏幕保护图一跃而出。可总有那么几个人，在这样的夜晚，亮着他们的头像，在一框小小的QQ里，陪着我。偶尔问候，更多的，便是沉默着，一直到凌晨，星月渐落，逐一告别，一个个消失在了日出前的黑暗中，留下我，用十个手指，开始了午夜后键盘上的舞蹈。

今夜，L从雪窦寺小住回来，发照片请我欣赏。那个叫溪口的小山村，因某位政治人物而著名。我却从来只喜欢它的地名。据说寺庙里出家人过百，静谧的清晨，没有众多游人的干扰，可以欣赏湖里跳跃的鱼，静听寺里传来的撞钟声。L说，佛音静心，不如听听《睡莲》，那是他在雪窦寺里听得入迷后，回家下载的。他发给我，连同一些小小的瀑布、绿色的山峦，和空山新雨后的照片。音乐响起，竟听到一些哀怨，L说：难道是尼姑们在倾诉生活的艰辛？也许，只是我世俗之心多欲念，故而这般领悟。其实，在佛界中人听来，许是清净至极的，哪里会有哀怨？

我笑，头颅里有隐痛，丝丝牵扯而出。找出止痛片，吞下一颗，窗口恰巧飞进一只蛾子，翅膀划过我的脸颊，粉质扑簌落下，眼前一闪，它便一头撞进了我的水杯，漂浮着挣扎，片刻后，一切都停止了。《睡莲》还在轻播，L沉默着，头像依旧明亮。

我开始打字，就用《睡莲》做背景，试图找到一个画面。雨后的清晨，山路泥泞，溪水潺潺，游鱼跃动，空气潮湿，远处，有钟声响起，鸟雀声此起彼伏，却并不嘈杂，周遭依然安静。有人在晨雾中散步，身披袈裟，三三两两。眼过之处，尽是平静淡定。我把自己安放在画面上空的云层里，我用目光俯瞰这个静谧世界，我看到山坡上的新绿披挂着雨珠，雾气渐散，香烟缭绕处，诵经的男声隐约传来，辽远，旷达，持久。

L终于暗下了灯火，夜深已久，我的书写艰难起来，音乐持续，反复播放。静到无所渴求，只想这样枯坐，哪怕这是一个无所作为的夜，亦是不再介意。

止痛片终于发挥作用，或者，《睡莲》有催眠作用。我的头脑混沌而困意强烈。高山乌龙茶已冰凉，喝一口，清苦弥漫口腔，睡意顿消。屏幕一角闪烁，X在说话：新的文字看到，朴素却耐读，让我近乎落泪。

我笑，X总是不失时机地给我鼓励，并且总是在第一时间阅读我贴在网页里的文字。他善感而多思，却常常因过于传统正直而无以理解我很多近乎幻觉的文字。可我总是确信，艺术是从偏见和错觉中产生的，真正的艺术探索，便是在荆棘里独行，也许，没有任何人可以帮助你。

X肯定不会同意我的观点，他会说，你写下的一切，总要人们认可，总要成立。可我坚持，也许我的确过于敏感，或者，我的精神有变异，我把所有人都认为的偏见和错觉给予成立的可能，我书写，然后，直到有一天，生活充满了偏见和错觉，偏见便不再叫偏见，错觉也不再叫错觉了。那时候，也许人们也把我忘了。可我，早已在书写新的偏见和错觉了。X不同意，可他总是愿意在思想上纵容我，我们的争论，差不多会停止在他的一句话后。他说：让我想想，也许你说得对。

这是他给我的空间，容许我留下更多发现错觉和发表偏见的勇气。我便肆意与他争执某一个观点，毫不留情。他的留情，给我的是更固执的坚持。他的宽容和耐心，是持续阅读着我的文字，第一时间，并且在读完后，把这些文字里的错别字一一校对后发给我。他认为，如我这样的写作者，是不可以写错别字的。我依然错别字满天飞，X不断纠错，好像没有失去过信心。可我，却从不认为错别字会给我带来麻烦。他宽容我，包括我的态度。

夜更深了，X 终于说他要睡觉了。他临走时送了一杯咖啡给我，瓷杯在屏幕里冒着热气。我笑着和他道再见，然后，继续我偏见和错觉的创作。

十指如飞，却并没有足够的信心。S 始终没有说话，直到天快亮了，他终于告诉我，他写了一首诗，请我阅读。我丢下键盘，开始读他的诗。我看到一个伤痕过深的人在撕开纱布时的疼痛表情，每一次换药，总是伤口裸露的时候。他疼痛了几十年，伤口从没有痊愈过。

我问他：为什么不是隐痛，而是剧痛？

他说：错失的，总是最最痛惜的。

我说：你完全可以遗忘。

他说：正因为无法遗忘才痛。

我感觉，他还没长大，男人的幼稚，竟可以保持如此之久。然后，他开始劝导我，因为他看到了我的新作里流露的冷漠和残酷。他自觉成熟，他有责任给予我人生的一些经验，他甚至用婉转的方式表达，生怕我看出他的刻意。可我还是看到了屏幕背后的他，在谆谆劝说时的自我陶醉。他用他的失落和经验告诉我什么是对的和错的，他因此而显得十分可爱，让我常常失笑于他在某一种情境下的成熟发言，其实是如此天真。

S 的那首诗，还保留着十八岁的激情。

二十岁之前，我会用流泪的方式争取我的精神空间；三十岁之前，我会用反击的方式保卫我的精神世界；三十岁之后，我只会用平静、沉默来表示我的坚持。是我过早进入衰老，还是 S 的青春意气衰退得过晚？

他说，昨天，他和女儿讨论到女人和猫。他说，有一种女人就像穿了衣裳的猫；还有一种女人脱去了衣裳，就像一只猫；而猫，总是如此女人。

我问他：你女儿多大？

他说：十九岁。

我没有问他我算哪一种女人。或者，他并未把我当女人，他只是把我当女儿。

S终于说：我要睡了。

我祝他晚安，他的头像暗下时，我看到窗外的天边已染上晨晖。该道早安才对，可他已经走了。

我继续用十个手指跳着一个人的舞蹈，伴随着太阳的升起，终于打上了最后一个句号。

《睡莲》依旧轻播，鸟雀在鸣叫，这里不是雪窦寺外的山林，我却仿佛听到隐约钟声，古老的声线飘摇而来。

也许，俗世人生，便是在这样的哀叹中完成的。我无法走进《睡莲》的清净，即便我以为，这已经是万分清净。

关于记得

如果这是一个思索未尽的夜晚，那么我将力抵睡意的侵袭，我必须记录一些什么，因为我独享着一种寂寞。

C说：小女人是需要有独处的时间的，所以，我不去打扰你，正如你说的，有时关心是不问。我不问你，并不表示我不记得你。很多时候，即便沉默到潭水一碧，水底下的暗流，依然在涌动。你能说，这不是通俗到常人愿意说的那个叫作“默默地”的词组吗？我是常人，所以，我会默默地读你。

C是一个安静而悠闲的人，我常常能和他面对面喝一壶茶，一直把飘着红玫瑰绿莲心的茶水喝得索然无味，我们的话题却依然意犹未尽。茶水变得寡淡，黑发露出斑驳，岁月渐近沧桑，这个世界上，有落花流水，有瓜熟蒂落，有生老病死，有秋来冬去，唯有思索不断，生生不息。

所以，C是可以做朋友的人，也许是整个人生。以他作为叙谈的对象，叫倾诉也好，叫闲聊也好，都无所谓，我们只需一壶茶，然后，一个会思索的头脑，和一双可以与对方相视而笑的眼睛。

如果这是一个有所想念的夜晚，那么我只能用虚空的想象堆垒一座城堡。这城堡是建筑在某一位我熟识的男性个体上的，我展开虚构的翅膀，然后，故事便发生了。

L找到我的时候，是用了一个古老的名字做索引，然后他便看到了，有一个女人正在虚拟世界里展袖轻舞，轻灵与沉重、清晰与混沌、简单与复杂的舞姿欲盖弥彰地显露着某种落寞和忧伤、彰显和张扬。

L说：老车站边有一幢小楼房，小楼房边有一个晒谷场，如果我没有记错，那一年我十岁，你应该有六岁。我在晒谷场前的小河边钓鱼，你在河边的桑树下采桑葚，你是那个皮肤黑黑的小女孩，你很瘦，你一边采摘一边吃了满嘴红桑葚。是的，我记得你的嘴唇是红的，只是那时候，你是一个瘦女孩，不知道现在你是不是变白变胖了。

那个索引着他找到我的古老的名字，被我叫作“我奶奶”。小镇往昔岁月，已于二十年前落幕，我遗忘了某个高个子瘦男孩在故乡的小河边钓鱼的身影，我不知道他是谁，直到某一天，他告诉我，他在不远的地方面对屏幕读我的文字，每天读。

霎时间，我被感动了。

见到L时，他已经是一个六岁女孩的父亲，戴无边框眼镜，穿黑色T恤，高个子瘦男人在我的记忆中了无踪影。我叫他：哥，你好吗？他笑，笑着说：你真的变白了，只是不胖。

回忆真是一种毒品，我们居然可以把儿时的故事翻来覆去地念叨着，任凭秋天的风把太湖的寒气吹进骨髓。然后，我竟然发现，侵入骨髓的，还有某些不明所以的情感，是少年时代梦想中的爱情。这爱情是在毫无管束中疯狂生长着，直到长成了绿荫，我依然无知于它的繁茂，于是，它便渐渐走向了枯竭、凋落。

如果枯萎的植物可以返青，那么故事就可以重演。但我已不需要，重叠着复杂年轮的树干，难以承载一片嫩绿的飞扬，它委顿了积极向上的生长力，它拽不住不断向着蓝天无尽延伸的绿荫。所以，我告诉L：让我们守着一段回忆，各自生活着，直到死去吧。

如果S出门前并没有打电话告诉我，我亦不会责怪他。他是去打牌了，是一种叫作“八十分”的纸牌游戏。S说：露西宝贝，这是一个男人的世界，所以，这期间我不会接任何电话了，包括你的。

这个在某一次旅行中巧遇的男人，现在成了我的某一个对象，用“某一个对象”作为定位，是因为我并不清楚这对象，究竟如何命名。我可以在任何时候拨通他的电话，除了他的打牌时间。我可以告诉他我高兴了，我生气了，我困了，我醒了，或者，我哭了。然后有一天，我发现，我居然离不开他了。那么他是谁？当然，他是一个没有老婆管束、没有情人监督、没有困境缠绕的人，于是，他成了我的“某一个对象”。

S不是C，C是被我叫作“朋友”的人，S却不是。我自始至终不能明晰S是什么角色，为此我有些内疚，因对于他随时做好准备迎接我的电话的真诚，因要去打牌偶有不能做我的倾听者的时候而告诉我那时刻他是不会接任何人的电话的，他的意思是“此刻免扰”，我却分明看到了这话背后的另一句话：除了此刻，任何时候，我会随时接纳来自你的一切打扰。

我该用什么样的方式去感激他报答他？没有人回答我，我亦不需问他。某一次，他出差南方途经上海，短暂的停留中，我们坐在火车站嘈杂的快餐店里喝一杯冰镇啤酒。他瞪大了眼睛看我：那次旅行时，你的脸上有三颗痘痘，现在，只有一颗。

哑然失笑！如果可以用痘痘来表示对人的关爱，那么我自作多情地以为，S关爱我。关爱不在于询问，不在于探知，而在于记得。他记得三颗痘痘的我，我亦记得健壮的他变瘦了。我无须了解这消瘦的原委，我只记得，沉默地记得。

其实，打下这些无聊的文字，是因为今天是Z的生日，那个陪伴着我二十岁前的校园生活的男生，我想给他一些祝福，但他已经与我断绝了一切消息。某一天他告诉我，如果你愿意，请你等我，我会来接你，然后向我们所有的老同学们宣布，我们结婚了。

结婚，这个如许陌生的词汇一经出现，在那一刻，我便陷入了美好的憧憬。白色婚纱、婚礼进行曲、香槟酒、百合花束、祝福、干杯、夜灯下的凝视……用一些琐碎的细节编织起来的幻想，在某一个平凡的日子里忽然终止了。是因为我的逃离，这等待何其漫长，这等待几乎毫无希望，于是我抽身而出。他没有责怪，没有质问，他悄悄地消失了，他用沉默的退却给予我一次无言的重击，即便是一个生日祝福，也不给我寄予他的余地。

也许，是因为玫瑰花开放得过于灿烂，枯败时便显得更为颓丧。爱情过于完美，便是极易被摧残，连挣扎的机会都没有，一落地，便腐化了。

这倒也好，戛然而止，留下万般遗憾，才是刻骨铭心。

C说：小女人是一个让我愿意亲近的人，但读了小女人的《关于爱情的梦呓》，发现你是一个令我恐惧的女人。你的复杂让我望而生畏，可是分明，这复杂又吸引着我去了解你、探究你、读你。

感谢C对我持久而寂寞的解读，只是我不敢告诉他，其实，我自己未必能读懂自己。但是，这又何妨？即便自己不懂，旁观者C能懂，未尝没有可能。这是一种理解，我喜欢。

L说：秋风起了，知道你喜欢披肩，下回哥给你买一个漂亮的大披肩，既可以当围巾，又可以当裙子，还可以当桌布、地毯、床罩、窗帘……

感谢L给予我的随性幽默的承诺，这随性的背后亦是关爱。我没有告诉过他我喜欢披肩，但他看到了我用款款披肩围裹的文字。每天，一个太湖边的ID在我的字里行间穿梭游荡，一如幼年时，那个看似目不斜视专注于钓鱼的男孩。其实，他的眼里，是有一个满嘴浆果的又黑又瘦的女孩的。

S说：露西宝贝什么时候想飞翔，我就借你一双翅膀，我懂得什么叫起飞升空，什么叫接地着陆。我已着陆，现在我已是一片平坦的停机坪，你可以在我的胸膛上自由起落，先放起落架，再收油门，方向，速度，好，漂亮！安全着陆了，鼓掌！

感谢S驾轻就熟的想象，他牵引着我，让我随心所欲地亦飞亦落，让我在快乐痛苦欲笑欲泪的时候，可以拨一个背诵得滚瓜烂熟的电话号码，话机那头，是塔台的指令，让我安心于任何一次展翅的、成熟的指令。即便那指令只是一次无声的呼吸，我亦知道，他在看着少了一个痘痘或者多了几条皱纹的飞鸟，飞鸟在他的注视下，于蓝天自由翱翔。

Z说：如果某一天，你离开我了，我会把自己关起来，过两天空白的日子，然后把你遗忘。

我不知道Z有没有关自己两天禁闭，但我知道，他果真在设法把我遗忘。但我依然感谢他，感谢他曾经给予我的那个词汇——结婚。尽管我们终究没有把彼此的手携起来共同走过哪怕最短暂的路途，但我依然感谢。我失去了他的所有音信，但我还是要借着这文字，祝福他，Z，祝你生日快乐！如果想起我，请你多想想那些快乐的时光；如果忘了我，请先忘了我的顽劣不羁。我愿意看到你的成功，一切，一切。

某位朋友在我的散文《有时关心是不问》后面回帖：关心是问，有时关心是不问，倘或一无消息，如沉船后静静的海面，其实也是静静的记得。

用这句话，送给我亲爱的C、L、S和消失的Z，任何时候，我都记得你们，此刻，尤其，甚切。

关于生活，或琐碎

月亮每个月都要圆上一回

月亮每个月都要圆上一回，一年十二次，所以月圆并不稀奇。可就是八月的这一天，要搞得特别正式，特别隆重，特别有仪式感，而且，特别不能创新。从没听说过狂欢中秋的，从古至今，过中秋节，过的就是思念、怀恋，以及带点温暖的小体贴。

正月的月圆日，叫元宵节，人们习惯于扎上兔子灯、舞个龙、逛个庙集，是属于人间的狂欢；七月的月圆日，却是亡故之人的节日，谓之中元节，也要点上茄子灯，祭祖、祀亡魂、放河灯，为鬼魂们的狂欢照亮黑色的夜空。

只有中秋节，是偏属清寂的气质，连吃食都是带着凉意的。一直觉得，月饼必定是要凉吃，才叫月饼。现烤的鲜肉馅、小龙虾馅之类带荤腥的酥饼，但凡要趁热吃，我从未把它们看作是正式的月饼。还有糯米糖藕，煮烂了，糖汁在糯米与藕片之间深入渗透，放凉了，就如胶似漆黏在了一起，筷子夹起一片来要用点力，藕断丝连的效果，因为凉而真实。桂花酒也是清凉的才好喝，倒不需冰镇，只常温下的凉酒，倒进冷水洗净的瓷盅，凉凉夜露中，桂花纯酿的清甜，才是恰如其分。

想必，那是中秋季节的天然温凉致使。这个时节，万物从烈夏的亢奋中走出来，冷静下来，安稳下来，忽然有了落幕的预感，其实是早已料及的，却也不免先行寥落起来。

所以，这么容易陷入抑郁的季节，需要亲人、爱人的抚慰，需要无所事事而抱团取暖，需要百无聊赖而面面相觑，需要什么话都不说的时候，也有人和你静静地在一起。于是，人们不约而同地想到，最好要聚一聚了，坐下来，聊聊最近好不好，谈谈过去曾经的好，再想想以后会不会更好，或者，也许会不太好……干脆，什么都不说，只看看天尽头的满月，这样岂不也是一种温暖？

好吧，我承认，中秋节的温暖，是用“凉”字来体味的。中秋节的团聚，也要用“凉”字来未雨绸缪，人间终是聚少离多，冷暖之间的藩篱，意犹未尽的，岂不就是一个“凉”字？

过中秋节，要的不是火热的欢聚，而是对坐清秋的体贴。可不是吗？凉凉的体贴，就是过中秋节的情绪节点。所以，月饼还是凉的好，净素最佳。所以，糯米糖藕也是凉的好，藕断丝连的寓意不需明说，只需有一个人与你一起举筷。所以，凉凉的桂花酒，三盅足矣，千万不可喝醉，醉了，就太过热烈了。况且，桂花酒是不容易醉的，顶多，让你有点恍惚。恍惚的感觉，岂不也是警醒与酣醉之间的那个“凉”？

楼道里的圆形吸顶灯坏了，只平时三分之一的亮度，昏暗而忽闪，随时要隐灭的样子，原因是变压器不稳定。中秋节，隔壁高一女生下晚自习回家，电梯里出来，一抬头，说：它假装自己是月亮。

中秋节，男人被女人拖到阳台上去看月亮，男人捏着手机，心不在焉。女人悠悠道：你但凡还能懂得一点点欣赏月亮的美，我们的生活就不会那么无趣了。照她的意思，她和他过得很无趣，可是无趣，他们也在一起过着。

中秋节那一天，有些时候，或者有些地方，多数是要下雨的。看不见月亮，就与想象中的月亮相会。一如古人，路途遥远，无法团聚，那就写首诗来表达想念。如今的人，发一通微信，在朋友圈晒晒各地的月亮。相见太容易，无所谓想念，亦没有千里迢迢的体会。要见的，从古至今，都是亲人、家人，和已经变成亲人与家人的爱人。所以，聚在一起过中秋节的，就是那几个天天见都不厌烦的人，过的，也就是一份安宁的守旧。

月亮每个月都要圆一次，没有人会在一年里赏十二次月。一次就够了，清淡生活，凉凉情意，才是长久的。

凡人的尊严

送儿子去安排他的住宿，儿子的新学校叫“格致中学”，上海历史最悠久的老牌中学，很是有一些格调和品位。只是位于大上海最繁华的寸土寸金地段，学生宿舍是在校外，离外滩不到千米的延安东路上，一幢想必是孤岛时期建造的老上海大楼里。大楼有着厚重的石砌外墙，坚实庞大的构架，线条简洁，具有西方古典复兴式风范，楼洞的双开门拱楣上有雕刻，稍带了巴洛克的华丽，只是年代久远，有些磨损。老电影里，这样的门楣上，大约会吊一只红十字灯箱，低调而又显然的西医诊所标志，通宵亮着，在 1930 年冬季的夜晚，以暗弱的白底微光安抚着周边每一栋居所里生息着的市民。

这里并没有大型购物商城，也没有商业街举步维艰的拥堵，高架路的两侧便是一幢幢老楼，以及躲藏在门脸背后弄堂里依然生存的石库门居民。站在儿子的宿舍大楼门口，举目即可眺望黄浦江东岸的东方明珠以及中国第一高楼环球金融大厦，只不过并不是旷阔的视野，而是由楼群开辟出的一条银河，银河通向的那一边，是高耸入云的当代金融文明，这一边，却是老上海历史的沉淀。小门面的私人胭脂店，昼夜经营的连锁便利店，修理电视机照相机的铺子亦是由透亮的玻璃围绕，收拾得干净利落……此地，让我感觉甚好，比黄浦江东岸好，好在有着缕缕生活气息。

儿子和他爸爸提着行李进了楼洞，因为街边没有停车位，我只能留守在车里等候。亦不想停得大摇大摆，便想把车开到靠边一些，不要影响路上的行车才好。可是街沿边站着一个中年男人，即便在我的车几乎贴上他身时，他也不移动寸步让一下。我只能再倒退，在离他三米远的身侧停下，才闭了发动机。心内却已是对这个中年人有些不满，站着不走看风景，也不必如此逼近车道，倘若不小心擦到他身上，岂不闯祸？上海的街头，现如今很少见到诸如乱穿马路、走车行道之类对自己的生命不负责任的人了，便好奇地隔着车窗打量中年人。

兴许并不是中年人，因为我在他瘦削而微黑的面容上看见几近深刻的皱纹，大约有五十岁吧，只是穿着红色条纹T恤，略显年轻，并不太大的眼睛坚定地看着马路对面的远方，目光竟纹丝不动。心里一惊，随即发现他手里还有一根细棍，红白荧光条纹，夜间发亮的那种。顿时明白，他是一个盲人。兴许已经站了良久，他一手撑住腰，不断交换着双腿的支撑点。对面是江西路岔口，也许，他要过马路，但车流如水，汽车的轰鸣声没有停止过一秒，他的听觉一定告诉他，他过不去。

于是打开车门，走到他身边问：先生，你要过马路吗？

他立即侧耳向我，脸上露出笑容：不是，我在等人。

果然是盲人，只是站得太靠车道，不安全。刚想告诉他退后一步，却听他开口道：请问，现在几点了？

一口纯正的沪腔。我拿出手机看：现在是十点五十分。

哦，谢谢你啊！那再请问一下，马路对面是不是云南路？有没有一个车站？他又含笑询问，态度谦逊有礼，语气却没有一点卑琐。

云南路离这里还有两公里左右，我拉起他的手指向右边。他点头微笑道谢，便不再说话。

我有些放心不下，倘若与他相约的人说好是在云南路的某个车站等，那么他站在这里，岂不永远等不到？我说：你是想去云南路吗？还有好几个十字路口呢。你等的那个人有没有手机？我给你拨个电话给他吧。

他说有，随即报出一个电话号码，报完又补充道：谢谢你啊！我会给你钱。

电话拨通，是一位男士，我说：请问，您是不是要去见一个……我不知道如何说下去，他就站在我身边，造次的称呼会不会对他不尊重？

却听见他在我身旁提示：见一个盲人。

他自称盲人，十分坦然地提示我。我赶紧对电话说：请问您是不是要去见一个盲人？

得到肯定回答后，便对电话中人说，这位盲人正在江西路口延安东路 270 号门口。

挂下电话，告诉他，他要等的人很快就到，至多十分钟。他连道谢谢，手里早已捏着两个准备好的硬币递给我。才打了两分钟，公用电话都不需要两元，他居然一点都不给自己打折。

我说不要，便朝车上躲去，他长长地伸着手，却是无法追着我给钱。最后，许是感觉我已经走开，便朝着我的方向又微笑着道了声谢谢。然后扭头，继续安静地“眺望”着远方，等待着他相约的人。

我就坐在车里，隔着挡风玻璃看离我只三米远的他。他可真不像个盲人，他的眼睛不是那种显然失去视觉的一双黑洞，也没有戴那种欲盖弥彰的墨黑眼镜。他的衣着质地并不华贵，却干净，颜色还鲜亮，他一定是希望以健康良好甚至帅气的形象示以世人。可适才他还坦然地提示我，我可以把他称为“一个盲人”，他好像并未因此而自觉低人一等。他在接受我的帮助时，更不忘及时告诉我，他会给钱的，并且早早地把两块钱准备在手里。也许，他最担心的就是那些所谓的健康人的误解，他想让我知道，他不是一个乞讨者，他不需要施舍，他只是身体残疾，可他一样有着独立的人格和自尊。

这么想着，我就觉得，他可真称得上是一名绅士，谦逊、明智、坦然，并且自尊的绅士。

我无法猜测这个年似五十的盲人的出身和学养，想必他是住在延安东路后面某条弄堂里的居民，一个最普通的上海人。然而，他让我想起那些游走在地铁、车站、公园里的衣衫褴褛的乞丐，这个城市到处散落着以自身的残疾为筹码的索取者，当然，也许那些乞丐有着无可躲避的理由让他们不得不乞讨。然而，一个双目失明的残疾人都可以有着如此的尊严，即便只有两块钱的卑微的尊严，亦是显示出一个有尊严的人的品格，如此，便让我不由地对他心生敬意。

倘若这个大都市里每一个健康的市民，都具备如此高贵优雅的绅士风度，倘若大都市怀拥的市民们，每一个都是如此的自尊而省明，这个城市，大约就会不愧为一个百多年文化积淀下来的文明优雅的城市了吧。

五分钟后，一个年轻男人从江西路过来，与中年盲人接上头，搀扶着他走了。我终于放下心来，那会儿，我忽然为自己身为这个城市的市民而感到略微的骄傲。只是暗觉奇怪，这份骄傲的情绪，未曾从举世闻名的世博会抑或陆家嘴金融区那幢 101 层的中国第一高楼上得到，而是来自一个盲人，实在令我意想不到。

儿子的爸爸从楼洞里出来，由他坐在车里，换我上楼“视察”儿子的宿舍。毕竟是老牌建筑，近百年的风雨沧桑并没有使它腐朽变质，宽敞的走廊，洁净的电梯，红漆地板的房间，没有双层叠铺，而是一张单人床、一架书橱、一张书桌组成的个人空间，比现今普遍住房高出至少一米的屋顶，使六人的房间丝毫不显拥挤……儿子的床铺临窗，窗外是车水马龙的延安路，侧过视线往东看，就是万国建筑博物馆的外滩，老上海的标志，将在儿子十六岁以后的高中生涯，与他咫尺相伴。

小　　贵

7 月，从北京回到上海，发现家里添丁了。大头儿子说，还没有名字。

我说，就叫他小贵吧。请原谅我在未知小贵的性别时，已擅自确定用“他”这个代词，至于小贵究竟是男是女，至今亦是未知。姑且用“他”，是因为，小贵六一儿童节那天来到我家，与大头儿子成了朋友。一个男孩子的朋友，自然应是男性。就这样，我家小贵有了一个土气的名字。

在北京生活了四个半月，其间回家四次，京沪快线繁密到十五分钟就有一架飞机在两座城市间架起航线的桥梁。订上一张电子客票，半天时间，就从北京东四环外的鲁迅文学院到达上海的家，方便如此，犹如从我居住的海边回一趟浦东的娘家。回家四次，所见景况一切如故，还是那所并不宽敞但温暖的房子，还是那个占据一面墙壁的大书橱，还是那架久未开启却锃亮如新的钢琴，还是那个大脑袋、圆脸蛋、沉默是金、视人民币如粪土、感情细腻、一触即发、愿意在睡前与我做严肃的沟通交流的儿子。然而，7 月的回家，却有了小贵。大头儿子的欣喜，让我顿觉醋意。我说：是不是有了小贵，就不想妈妈回来了？

他说：小贵是小贵，妈妈是妈妈。

回答正如我所料，这个年纪不大却始终客观理性的孩子，从不知道如何拍马屁，哪怕让我在一只小乌龟面前占些赢数，他也不干。对，小贵就是一只乌龟，一只不知性别的乌龟。

炎夏，小贵的居所，是一口小小的玻璃缸，想必因过于狭窄而闷热不堪。夜半，在我十指敲击键盘的“嗒嗒”声中，常合以他四爪抠剥玻璃的伴奏。待走至他跟前，他又害羞地缩回脑袋，绿色硬壳覆盖下的柔软身躯被全部包裹。我想，小贵是一个保守的男孩。

大头儿子找来一个宽大的塑料盆，给小贵搬了家。夜晚，我的键盘成了独奏的乐器。天地宽大几许，小贵终可安宁入睡，彼时，大头儿子亦在我的键盘声中沉眠。我家的两个男孩，都睡了，此刻的打字，便分外安心流畅。

一日，送大头儿子去夏令营，他一路叮咛我：小贵的粮食在冰箱里，爷爷买的鸡肝，切成小丁子，每次喂一块，化冻后再给他吃，别把他饿死了。

儿子的嘱托沉甸甸，岂敢懈怠？于是即刻履行义务，回家把鸡肝化冻，送至小贵的新家，上帝！塑料盆里竟空空如也。我家小贵不见了。

不知小贵的听觉如何，亦不知我所用的语言是否能为小贵所懂得，总之，那一日晌午，小贵在我的呼唤声中成了一个意志坚定的隐居者，毫无疑问，他与大头儿子一样，坚守沉默是金的原则。这让我几乎掉下眼泪来，三天以后儿子回来，如何交代？

努力回忆小贵身上是否有胎记，实在找不到他，只能再去买一只相仿的。还是叫他小贵，还是让他吃鸡肝，还是……可是小贵，你到哪里去了？你为什么不出来呢？

三天后的下午，在儿子即将回家前两小时，我绝望地换装梳洗，准备出门购买一只假小贵。然而，当我从鞋柜里拽出凉鞋时，竟发现小贵在鞋柜低层的角落里，伸出脑袋，笑嘻嘻地探看我。对，他就是笑嘻嘻的，三角形的脑袋，脸颊上的两块红斑双双一闪。离家出走居然还嬉皮笑脸，气死我了！一巴掌打过去，他坏笑的小脸迅速缩进了绿色的硬壳。

再次给小贵搬了家，塑料盆太浅，小贵住进了厨房里的水池，天地越发宽大。傍晚，儿子回家，小贵以他甩手甩脚的爬行热情迎接他的朋友。幸好有硬壳遮挡，他饿瘦了的躯体未让儿子看出端倪。

从那天开始，小贵成了我洗菜做饭的旁观者。粗心如我，家庭主妇的职称显然不能升级为贤妻良母。有一次，居然在塞下水道盖子的时候，把小贵的一只脚卡住，并且，发现小贵的身躯如雕塑般凝固不动，已是一小时之后。心脏猛一颤抖，我成了过失虐待儿童的可耻的成年人，自责不已。不需知小贵年龄，与大头儿子做朋友，他即是儿童。小贵命贱，生命旺盛，堪比忍者神龟。

一晃进入冬季，气温骤降，小贵第三次搬家，回归玻璃缸。大头儿子说，居委会阿婆每天举着喇叭在小区里宣传，晚上睡觉要关上厨房门，与卧室隔离，谨防煤气泄漏危及生命。把小贵留在厨房里，不放心。

好吧，小贵连同小贵的玻璃缸，移居卫生间。小贵安静接纳，毫无异议。

进入 12 月，气温接近零度。

过去一直以为，北方寒冷，南方温暖。然而见识过北方的冬天后，才知道上海的冬天才叫真正的寒冷。北方的冷，只是单纯的、干燥的冷。而“寒冷”这个词汇，用于上海的冬天，是再合适不过。空气里饱含冰湿的水分，潮湿的冷，这冷，就有了钻入骨头里的寒意。

小贵开始进入冬眠，新鲜鸡肝亦无法引起他的兴趣。给自己添衣时，不忘为小贵盖上一片蘸水的纱布。他睡得很好，一动不动，安静得像摆设，工艺品一般趴在玻璃缸里，为冷寂的卫生间平添几许绿幽幽的色彩。

晚饭后洗澡，打开取暖器，浴缸里放满热水，正欲伸脚探入热气腾腾的水中，忽闻一阵窸窸窣窣，爪子抠剥玻璃的声音持续不断。回首看小贵，他正弓起绿背，纱布的棉被已被他顶掀于一边。小贵正伸出脑袋左右张看，蠢蠢欲动的身姿似在询问：什么情况？这么暖和？春天来了吗？

小贵自然不能与我一样洗热水澡，但小小的玻璃缸亦不影响他在虚拟的春天来临时摩拳擦掌、跃跃欲试的热身运动。洗澡完毕，卫生间热气散尽，小贵探索的脑袋智慧地意识到，原来春天如此短暂，冬天很快又来了。小贵的冬眠重新开始。

晚上九点，大头儿子完成功课准备洗澡睡觉。再次打开卫生间里的取暖器，再次在浴缸里放满热水。于是，爪子抠剥玻璃的声音再度响起，探索的脑袋再度伸出幽绿的硬壳：什么情况？这么暖和？春天来了吗？

可怜的小贵，三小时内几度冬春，冬眠计划支离破碎。大头儿子心疼他的朋友，小贵第四次搬家。

如今，小贵住在家中最少有人迹光顾，亦未安装空调的客厅榻榻米里。小贵已经沉睡了两个星期，小小的玻璃缸里，白色纱布的棉被下，他绿色的身躯安静得如同充当摆设的工艺品。大头儿子和我，我们都知道，那个坚硬的外壳里藏匿着的躯体，虽然不需进食不需饮水，然，生命却依然鲜活着。

我的一天

上午：

邻居孩子上学的脚步在楼梯上纷至沓来，又渐行渐远。然后，寂静再次扑面而来。太阳还未醒完整，云层亦未撩开帷幕。我的睡眠时段已到，于是，舒缓跃动一夜的头脑，平躺于寂冷的棉被，棉被逐渐温暖起来，梦境依次呈现。

和早已失去音信的友人不期而遇，俊朗依旧，背影俏挺，只是，冷漠回眸，便转身远离，脚步义无反顾。我追逐，追逐，一直追到北方的一个院子里，我谓之心灵家园的地方，已经变成了一所旅馆。苍老的掌柜问我借宿还是打尖，我答：方才进去那人，住几号房间？

掌柜恪守职业道德：我不能告诉你，这是规矩。

我便坐在门槛上守候，所有出去或者进来的人都低头看我。为了表示我并非怨妇，我向所有的路人点头致意并寒暄微笑。古朴的店堂内，掌柜的身后挂着毕加索的立方主义，它们正用平面的双眼窥视我的失落。掌柜催促：打烊了！

竟看到达·芬奇举起他的美貌少妇，他说：看一眼吧，看一眼她。于是，我看到，蒙娜丽莎正露出微笑。凡妇俗女的生活依旧让她剖露甜美的内心，我深知她的痛苦，而却无法声张。因为，她的微笑，恰是我的。

我站起身，最后看了一眼吞没了他的身影的长而幽暗的走廊。我知道，我再也等不到我的故友了。他已消失，永远。

而我，终于从梦中，如期醒来。

下午：

北方的寒假还未结束，封冻的大地和河流依然凝固着，江南却已绿意盎然。去万寿寺进香，看到粉红的梅花崭露新蕾，远远的，在斋堂外花园的墙角边，优先沐浴起了早春的阳光。尽管春梅的身后有着几枝嫩绿的新芽映衬，却并未显得热闹起来，只是如水墨画般的清淡、寂寞。便想起，大约，这就是孤芳自赏。

周围，常绿的香樟四季葱茏着，祈愿的红绸带系在黄杨冬青丛中，“出入平安”乃至“升官发财”被寄托于春风中摇曳的枝头。钟楼的影子斜印在寥无人迹的寺院内，我的影子，融入其中，不见行踪。

黄袈裟的僧人围成一圈，装着阿明牌长生果的塑料袋已敞开口子，白麻果壳如碾碎的沙砾纷纷跌落，果仁的香气突兀而又和谐地混入香烛的烟雾。看得出来，他们聊得挺开心。他们聊一只铜香炉在著名的古玩街上的卖价；他们聊配电房里的小僧玩忽职守，长明灯因此而断电一个半小时；他们聊香客的进供，阔绰何人，寒酸何人，捐赠一笔修缮佛像的巨款为何人；他们聊春节团拜会上他们的合唱《感恩的心》受到了各界人士的欢迎，从此以后他们拥有一个在各种重大庆典场合演出的保留节目……

远处，烟黄色的围墙边，粉红的梅花依然在葱茏中独自含而不露。撞钟适时响起，我默默心念：阿弥陀佛！

夜晚：

我的工作由几项职责组成，读者、观众、打字员、游览者。我预备在春天真正到来的时候实施我游览者的任务，而现在，我每天都在做一名称职的读者、观众和打字员。黄昏过后时段，我阅读关于一个盲女孩的《田园交响曲》，一位叫纪德的牧师向我传授某种用眼睛观看的爱与另一种用心灵触摸的爱。然后，博尔赫斯用迷宫的幻象为我解答人生的悖论：双叉道自桦树林中分出，遗憾我不能同时走两条路，我选择人迹较少的一条，自此面对截然不同的前途。

万籁俱寂，现在，我可以打开早已预备的影片，我观众的生涯在接下去的两小时内完成。幕府时期的下等武士矜持的爱情终于打动我，如果爱情只用凝视和想念来完成，那么爱情永远都不会如打开真空包装的食物在短时期内变质。绰号叫“黄昏清兵卫”的男人因为爱而退缩，因为爱而落魄，又因为爱而勇敢，因为爱而终老于爱的守护。在无须知晓意思的片尾曲唱响时，寂寥而荒芜的村落里，太阳的最后一丝余晖正落入远处山谷。于是，我落下两滴清冷的眼泪。

响起珠子撞击玻璃窗的声音，春雨在凌晨突如其来，跌落一颗，再跌落一颗，终于未有成串，只是这么一颗一颗地，撞击着我的心脏。于是，我把十指放在我的电脑键盘上，我以打字员的身份，写下了以上的字。

这就是我，一天的生活。当我打下这最后一行字的时候，珠雨渐停，第一缕朝阳已经穿过子夜的帷幕。又一个早晨来临了。

致快乐者

记得我家小儿还是幼儿园孩子时，有一次与同事的儿子一起玩耍，两个男孩促膝相对搭积木。无意间发现，同事的儿子仿如面对一份事业，始终保持沉默，一脸深刻，玩得十分有范儿。我家小儿却时不时发出一些不明所以的呢喃，欲与玩伴交流的意思，玩伴并不搭理，他又发出一些似是自我解嘲的嬉笑。一眼看去，便觉出两个男孩截然不同的性格。同事说：你家儿子很滑稽哦！

时隔多年，小儿长成十四五岁的少年，每遇我沉默无语，他总会与我搭讪，说些并不好笑的笑话，一副没话找话的无聊样。过后问他为何如此，他淡然道：姆妈咬嘴唇了。

此话似是随意，而我听了，却忽觉微微心痛。想起自己小时候，亦是可以敏感到嗅出父母的情绪而替成年人无端操心。今日里父亲为何一下班就捧着书看，而不似平时谈笑风生？母亲为何整日坐在缝纫机边干活，不说一句话？便找出话题去打扰父母，让父母为解答我的问题而从不良的情绪陷阱中摆脱出来。直到现在，母亲都会说我小时候是个“小大人”，父母的好几次冷战，就是因为我的“插足”而偃旗息鼓，不了了之。

母亲每说起此类往事，意在赞扬我年少时就聪敏细心，而我却常常怕提到这样的话题。其实，小小心灵受创的感觉，如今想起，依然隐隐作痛。自然已经遗忘小时候用了什么方法克制某种无以名状的恐惧，而装作若无其事的样子，在父母面前说这说那，耍宝，故作无知状、开心状、傻妞状……好似一派天真，其实真是用心良苦。是想了解真相，想博得他们一笑，内心煎熬着，暗暗察言观色，发现阳光照回父母的容颜，才窃窃欣喜而放下心来。

长大以后，父母再发生唇齿磕碰的事，我就是当仁不让的裁判了。说理、劝导已可信手拈来，长辈之间发生矛盾，不会再让我产生些许恐惧。成竹在胸，何足忧患？

我不再恐惧，是因为我自认为有了足够的能力和胆量去解决困境。而一个拥有很多孩子所不能企及的能力的成年人，往往最容易忘记自己不曾具备这些能力时的无奈和恐慌。我，亦是如此。直到儿子说：姆妈咬嘴唇了。

从那以后，我不再轻易咬嘴唇，是因为我家的少年，他知道我的牙齿和嘴唇之间用力地触碰，是某种坏情绪的流露。他敏感如此，让我感到心疼与自责。当一个孩子表现出活泼天真、无忧无虑时，我们是否想到，他们快乐的表面之下，也有恐惧和忧伤？我们自以为是地认为，孩童的心，应是简单而快乐，却不知他们亦是有着我们曾经有过却已遗忘的创痛。

孩童如此，成年人也一样。未必开朗者即快乐者，未必欢笑者即幸福者。有些人爱说笑话，爱幽默一把，是为周围的人开心而笑。被他逗笑的人，往往定论他是一个开朗而少有忧愁的人。甚少有人想到，制造快乐的人，内心淤积的伤怀，很有可能比那些看起来整日忧虑愁苦的人更加累重。

并非所有看起来快乐无忧的人天生没心没肺，天生简单乐天。我想，每个人的内心，都是由一半快乐和一半忧伤组成，只是，有些人隐匿快乐，示人忧伤；有些人却收藏忧伤，表达快乐。于是，我便要自问：你更愿意把什么给予他人，把什么留给自己？

现在，我想我必须真诚地向那些快乐的人们致以敬意，因为我相信，他们是把快乐展示给了别人，把痛苦和忧伤悄悄地收藏在自己的心怀里。

卖书男孩

很久以前，我梦想有一只巨大的书柜，它占据一整堵墙壁，从地面直插云霄，我分门别类地把书塞满书柜，有的书，需要借助梯子爬上去才能找到。坐在A字梯上找书，是我梦想的场景，那感觉一定很好，像一个拥有庞大财富的人，随时清点着属于自己的金钱。那时候，我刚开始赚钱，工资是二百八十元。后来，凡俗生活所需的家什一直占据着我并不宽大的房子，我的书柜总是克制地立于家中并不显眼的一隅，需要随时清理，丢弃一些，保存一些，才不至于无休止地购买新书柜。再后来，书柜被填满的速度越来越慢，很多书，变成了“数字”，它们用肉眼看不见的体量隐藏于电脑或手机，抑或“云”中。梦想中直插云霄的书柜，始终没有拥有。

就这样，春天过去了，又来了，一晃二十多年。然后，在一个阳光好得令人不敢直视的午后，我赴了一趟“约会”，与一个叫“透河井”的男孩。男孩从上海的另一个城镇到我所居住的海边来，并不是来看海，更不是来看我，他是来卖书的，二十多本书，卖给我这个素不相识的人。我觉得，我在充当一个善良而又残酷的施救者，他说了，他需要钱。

对了，我应该说一下这个叫透河井的男孩的来历。其实我不知道他的来历，我只是在一个读书群里看见过这个名字，有一天，他在群里贴出一张卖书的告示，书单上列着：周作人《知堂小品》《谈虎集》，昆德拉《欲望的玫瑰》，《林语堂散文集》，钱钟书《写在人生边上》……

大约二十八本书，要价三百元。

这些书，我全有，它们在我的书柜里扮演着长者的角色，长年累月。可是彼时，我还是被某种莫名的心态左右，于是做了一个居高临下而又爱心泛滥的决定。我发私信给他：我想要其中的十本。他回复：把书名列出，我会给你送去。为什么不用快递？我问。他给我一个咧嘴笑脸：我比快递便宜。

他真的缺钱，我想，可我还是问他，虽然有些不礼貌：你多大？为什么卖书？卖啥也比卖书赚钱啊！他说：我十九岁。他没有告诉我为什么卖书。

我开始怀疑这会不会是一个骗局，首先他的书来历不明，其次他这个人，同样来历不明。他又发来一句话：如果能全部要下书单里的书，价钱还可以便宜点，因为我也不想让这些书分开。

因为这句话，我选择了相信他。然后，便是我去车站赴约的这个午后。蓝色指路牌下，一个短袖格子衬衣男孩背着两个鼓鼓的包站在春天的阳光下，他的身后是一棵开满白色碎花的八重樱，风过，花瓣像雪片一样洒落到他肩膀上。他看见我，黝黑的小方脸上露出笑，生涩而粗放。他太年轻了，他应该还是个学生吧？我想。

我们站在路边，他把带来的书一本本摊在草地上，用川渝口音的普通话说：你数数，二十八本。

我没有清点，我看着他急切的脸，缀着黑色绒毛的上唇，在 4 月还缺一天的日子里穿着短袖衬衣露出的微黑手臂。我以我的直觉确认，这是一个没有赚头的"骗局"，于是从口袋里掏出三张钞票，我说：今天我们就用最传统的方式交易吧，一手交钱，一手交货。

他目露惊异，而后收下钱，笑了笑。我抱着一大摞书，心里忽然升起莫名的责任感，仿佛面对自己的孩子，抑或学生：我还是想知道你为什么卖书，能不能告诉我？

他低头想了一会儿，仿佛终是下了重大的决心：好，我告诉你，不过不是现在，晚上，我在微信上告诉你。

直到晚上十点半，他都没有发来信息。二十八本旧书躺在地板上，我在犹豫，要怎么处置它们。他已经得到报酬，不需要回答我的问题了，答案不在售后服务范围内。我有些失望，却也只当做了一次游戏。然而，十一点多，他居然来信息了：我刚下班，现在，告诉你为什么卖书，那是，因为爱情……

文艺青年拿腔拿调的开头，他无须面对我，打字让他忘了自己黝黑而粗放的面孔。我几乎想放弃倾听，然而，还是好奇。他发来第二个段文字：但是，我丢了一个客户的包裹，报价两千元，赔不出的话，我就要丢工作。要是丢了工作，她就要和我分手。谢谢你，愿意买我的书……

忽然想起他说：我比快递便宜。这就是为什么他要亲自把书给我送来的原因？他卖掉的，大概是他拥有的所有书了吧？不知道他还能卖掉什么才能凑满两千元。他把这一次变卖“家产”的理由，归结为“爱情”，他已经学会用“爱情”这样的词汇去描绘他的生活，我确信，那是他从二十八本抑或更多别的书里学会的。

这么想着，我哑然失笑，笑完，却陷入隐隐的哀伤，为他，抑或，为爱情。

他有过梦想吗？比如，拥有一只直插云霄的书柜。我没有问他。

潜入春天

这个春天不太适合出门，然而可以模仿蚂蚁，把触角伸向身周的一切，春天的气息也许就这么被你闻到，抑或尝到。

快递小哥送来一捆网购的红菜薹，一小时达，抠着新鲜的时辰，并非饭点，也要抓紧时间尝鲜。清水洗净，拗断，不要用菜刀，对，用手，长短不一无妨，自然的参差才是恰当。快快，猛火油盐爆炒，无须别的作料，甚至不要起锅装盘，就站在灶前，夹一段尝尝。小心烫了舌头，齿间万不可用力过度，亦不需细嚼慢咽，只在口腔里速速翻滚而过，连着热腾腾的烟火气一并咽下，味觉顿时被唤醒，微苦的清香，粗鄙的细腻，以及简陋的丰腴。

再来一把青韭，切碎，搅拌进鸡蛋浆液，农家土鸡蛋最好，热油锅，“刺啦”一声，香味扑面而来。青韭的香，是小泼辣，鸡蛋的香，是小肉感，加在一起，黄黄绿绿的一盘，莫名基因突变，成了小清新。配着一汤盅米饭，香软白亮，粒粒晶莹，三口两口，一嘴余韵。可也不能小觑了后劲儿，毕竟是小泼辣和小肉感，发酵片刻，或许就会变成小刺激。所以，饭毕，还需一杯清口的茶。

窗外的世界早已是浓重的春天，远方的朋友一个礼拜前刚寄来新茶，此时泡一杯来喝，恰到好处。当然是绿茶，还有比绿茶更能与春天般配的吗？不管是龙井，抑或碧螺春，总之，要绿，要青，茶汤的色泽要透亮，泡开的叶尖要滴出春天的青涩和嫩黄。喝一口，只一小口，清苦茶香霎时沁透心脾，眼睛都亮了，于是明白，这就是春天了。

这就是春天给予味觉抑或嗅觉的抚慰吧？应季而生，自然而然。想象，便也即刻在脑中生成，遍野桃花，艳俗艳俗的，青的红的菜薹在桃树的间隔中生长，顶出黄灿灿的花，也是艳俗艳俗的。倘若放眼望去，红红绿绿粉粉黄黄，天哪，真是艳俗艳俗的。可是，人就愿意在想象中这么打扮春天，对撞的色彩，调配出跳跃的诗意，心情便也朗亮起来，脚下就有些兴头头，想要往外走。

可是，这个春天不适合去外面看那个艳俗艳俗而又无比可心的世界，于是，只能站到窗口，向外眺望。自家小区的樱花树，居然也挂了满树深红的果，鸟儿不知道从哪里得来的消息，竟成群而来，被啄食过的红果落了一地嫣红，倒是有了不被过度保护的野生趣味。还有，枇杷树上也坠了一串串青黄的果，看着就酸，酸出少女般的忌妒和怀恋，酸得探头看果子的人腮帮子里汪出湿润的馋意。

再也忍不住，于是，换一身红红绿绿的春装，戴起口罩，走出家门。站在小区成排的樱桃树下，捡起一颗完整的落果，就这么把玩，然后，任凭春天在想象中开出花香，任凭自己在想象中尝出春天的酸甜。

是的，即便想象，也要盛装接驾，并且动用所有的嗅觉和味觉，用最敏锐而又最疏离的方式，不被春天发现，却悄悄潜入春天。

织田与王富贵

织　　田

“织田”是一只家猫，女性，黑白黄三花夹色。它不是我的宠物，它在八十公里外我亲爱的闺密家生活了多年。我从未见过它，但它的形象和事迹，却屡屡通过微信或电话传递给我，于是，我便似乎与它已然相熟。

闺密要给我快递土制咸鸭蛋和自家包的粽子，纸箱半开，准备装物，织田纵身一跃，把自己先装了进去，只露出圆脸，黑亮的目光里满是戏谑。闺密发来照片，附言：织田要把自己快递给薛舒妈妈。

哑然失笑！作为一名从未热爱过宠物的实用主义中年女性，我对闺密此般言语暗暗嗤之以鼻。然而，织田俨然已是闺密重要的家庭成员，我便不敢表现出不屑，只回复：哈哈，好玩！我确信闺密知我，亦知我的喜恶。自然，我知她，不能爱她所爱，但理解她之所爱。

一日傍晚，精力过于充沛的织田在家里有限的空间内努力消耗体力，它把自己从卫生间射到客厅，从客厅的地板上把自己高射至沙发，又从沙发跃到阳台，然后，它骨骼清奇的小小身躯一个腾跃，从五楼阳台上飞射出去……

天色向黑，闺密在后花园里搜寻了两个小时，“活不见猫，死不见尸”。闺密的女儿放学回家，又去楼下搜寻，依然不见踪影，遂大哭。

之后三日，女儿以泪洗面，闺密也伤心，却安抚女儿：它是从阳台直接飞去了天堂，我们要为它祝福。

第四日，亦是傍晚，听到叩门声，微弱，似疲惫的人有气无力的抓挠。闺密一惊，心跳怦怦，大喊：快快开门！

刚开了一条门缝，只见视线下端，织田拖着一瘸一拐的腿脚，一个踉跄，挤进了家门。闺密和女儿喜极而泣，英雄归来，瘸了一条腿，砸了一颗牙，断然还是英雄。女汉子织田，嘤嘤倾诉不是它的风格，平日里它是连叫唤都不屑的。如此，闺密一家就永远不知，那三日它是怎么度过的了。

坠楼事情发生过后，闺密再度提到织田，我竟发现，内心里竟也对它生出了些许怜爱。

王 富 贵

“王富贵”是我弟弟家的猫，高颜值帅哥，“美短”，银虎斑纹，简单的灰和白，交织在一起，古朴而华丽，毛色异常滑亮，可与貂媲美。我问弟弟，为啥不叫薛富贵？弟弟说，她养的，跟她姓。

她是我弟媳，重庆美女，古怪精灵水瓶座，话不多，慢性子，聪明却超级淡定。王富贵果然得其真传，高贵的圆脑袋，拒人于千里之外的冷漠表情，恍若隔世的幽深目光，似乎，从不叫唤。弟弟说，自从王富贵来到他们家，他几乎没听见过它发出通常人们印象中的猫叫声。弟弟一家生活在重庆，如此，我总是想象，王富贵一旦发出叫声，会不会叫出活泼泼的麻辣味？可是我见过它唯一一次，也未曾听见它叫唤。

五一休假，带老妈去重庆，弟弟和弟媳把我们从机场接回家。山城坐车，感觉随时在上天入地，泊车在山坡坡上，进电梯，不知到了山顶还是山脚，反正，出电梯，就是他们十一楼的家。

弟媳打开家门，只见客厅与阳台之间，一架腾空木制小屋，一只玩具猫蹲守屋前。与照片上见过的王富贵长得一模一样，不同的是，眼前蹲守高架屋的玩具猫是一动不动的，想必是王富贵的玩伴。

进屋，煮咖啡，喝茶，聊天……忽然想起，问弟媳：王富贵呢？

弟媳冲着小木屋喊：富贵儿——婆婆来喽，孃孃来喽，朗格儿不下来见一哈？

半空蹲守的玩具猫忽然扭身，缓缓起立，而后，浑身不情愿地、慢吞吞地、一脸无可奈何地……爬下高架。上帝！玩具猫就是王富贵本尊，家里来客人了，它竟毫无情绪波动，静止如雕塑，要什么样的心理素质才能做到！

明星终于落地，一屁股坐在沙发上，扭头视向窗外。它自是不稀罕理睬我等粉丝，即便我对着它拍照，学着重庆口音喊：富贵儿——它却兀自凝望窗外，一丝眼神都不愿意投向我。

重庆美女一脸歉意和骄傲，摸摸它的茸茸脑袋：我家富贵儿，可高冷喽……

前些日，宜宾地震，重庆亦有明显震感。弟弟正在柬埔寨出差，看到朋友圈地震信息，即刻打电话回家。彼时，弟媳正在卫生间“哗哗”淋浴，既没感觉到地震，也没听见手机响。王富贵想必是感觉到了异样，等到弟媳出浴室，发现它正躲在床底下，努力保持着它沉默是金的高贵姿态。

它倒知晓避震，可是，竟也不冲着浴室叫唤几声，连喊救命都觉得羞耻，确是有尊严到令人发指！可是，谁养的就像谁，不是吗？重庆美女终于发现了她老公的十几个未接来电，这才施施然回电话：地震了嗦？我不晓得呀——笃悠悠的语气，简直要把远在天边的上海男人急上火。

老 八 样

不知道从什么时候开始，她厌倦了在家里过除夕。这是一年中最繁忙、最嘈杂的一天，她总是借故赶稿子而躲避着厨房。她身上穿着父亲的大棉袄，脚上拖着母亲的老棉鞋，像一只慵懒的家猫一样身陷沙发的怀抱。她的面前，小小的折叠桌上立着超薄笔记本电脑，屏幕上开着一页空白的文档，上面还没有留下只字片言。

空调嗡嗡驱赶着寒冷，玻璃窗阻隔了正逐渐入侵的暮色，遥远的爆竹声渐次密集起来，“椰岛鹿龟酒”金红闪光的广告在央视春晚开始前试图夺人眼目。人们让喧闹留有余地，是为零点以后新年的莅临表示更为热烈的欢迎。一切都在拥挤着来临，旧年只剩下最后一日，“旧”，“一”和“日”的左右结构，将成为一段打上句号的往昔。

妈妈往花瓶里插入一束银柳，然后抓起一块抹布擦着早已亮闪闪的电视柜，一边唠叨：要在零点之前扔掉垃圾，在零点之前冲好抽水马桶，在零点之前洗完脏衣服……大年初一，不可以做一切与“扫除”有关的事。

父亲正在准备年夜饭，忙碌的身影不时从厨房进入客厅，又从客厅进入厨房。进出间，熏鱼和酱鸭的香味飘逸而来，油锅正发出“哔哔剥剥”和“哩哩啦啦”的哼唱。老八样，还是老八样，他三十年如一日地为除夕的餐桌奉上最古老的八道菜。她给他买过一本《时尚家庭菜谱》，他只粗略地翻了一遍彩页，并且对华而不实的菜式表示了他嗤之以鼻的不屑。他排斥“时尚”或者“流行”这样的字眼，他认为，那是“浮躁”和“骗术”的代名词。他并未意识到他的过时，一如既往地操作着古老的年夜饭，并且永远保持着三十年前的热情。他看着自己做出来的一大碗一大碗的菜肴，脸上流溢出满足的表情。他好像从不知道，她早就吃腻了“老八样”。整个春节期间，他把那八道菜端出端进，从除夕一直端到正月十五。

这是她记忆中千篇一律的春节，她过够了。于是今年，她准备出逃，自然是有人领着她逃。她只给家里打了一个电话，然后，有一双大手牵着她的小手，长了翅膀一样，远走高飞了。去海南的机票竟不打折，原来那么多人和她一样，厌烦了在家里过年。满员的经济舱里空气混浊，却混浊得让她心安理得。

深冬的海南没有一丝深冬的气象，绿意葱茏的热带植物染绿了她的眼睛，碧蓝的大海边，暖风飞扬起她单薄的衣衫，赤裸的脚趾里灌满了温暖的细沙……没有人忙于过年，没有人惦记着插银柳、大扫除、做年夜饭、放鞭炮，没有人记得，这是一个特殊的日子，这个日子叫除夕。直到午夜，手机忽然发出一记布谷鸟的呼唤，是短信。白天的疯玩让她疲惫不堪，她打开昏昏欲睡的眼皮看短信：阿囡，新年到啦，爸爸妈妈祝你快乐、进步！

新年到了吗？她以为她在梦中，梦中的新年如何是一盏昏暗寂寞的床头灯？怎么是一床除了白色还是白色的被褥枕头？怎么是一间没有飘逸出熏鱼酱鸭香味的标准房？她终于清醒地意识到，她逃离到了一个不需要过除夕的地方，可新年还是马不停蹄地来临了。

她推了推熟睡的人：新年好！

熟睡的人发出梦中的呢喃：好！继续熟睡。

她发了一会儿呆，然后，感觉有点饿，她听到胃壁在暗暗地较劲，发出微弱的研磨声，身体内的生物钟醒了，她终于惦念起了某些食物，那些应该出现在除夕餐桌上的三十年不变的食物。她便问熟睡的人：现在，你最想吃什么？

熟睡的人没有回答她，她便自问自答：第一想吃八宝饭，第二想吃白斩鸡，第三油爆虾，第四咸肉炖笋干，第五熏鱼，第六酱鸭，第七扣三丝……她掰着手指头数了一遍，才七个，还有一个，对了，还有一个，肉圆蛋饺三鲜锅。

她简直胃口大开，她几乎要吃成一个大胖子了，她第一次用想象和回忆，品尝出了老八样的美味。美味的老八样，让她忽然有些想念她厌倦了的家。

她忍不住又推了推依然熟睡的他：明天，我们还是回上海吧，我想吃我爸做的老八样。

南蛮，北匪

她从来没有去过北京以北，也没有去过南京以南。她在南北交界的小城里生活，古老而狭小的老城布满熟悉的面孔和熟悉的目光，她没有秘密地乖乖长到了十八岁。她不早恋，也未经叛逆期，她的脾气，就像这座小城一样折中，不南不北，不偏不倚。她按部就班地上学、考学、落榜、工作，记得她的人很少，她记得的人，也不多。

她甚至没有理想，宾馆客房服务员的工作做得泰然安心，每天在客人离开的空房间里收拾散乱的被褥，打扫狼藉的卫生间。她很少与客人照面，除非客人有特殊的要求，比如，加两个枕头，换一双拖鞋。多半，他们只是在她轻敲房门后，开出一条细缝，一条足以伸手接东西的缝。很多时候，她拆下留有余温的床单被套，陌生的体味钻入鼻孔，她想，昨夜，一个男人睡在这张床上，抑或，这条被子里裹着一个女人。偶尔，她闻到被褥里散发出的气味，属于两个躯体，两种性别，甚而，一个北方人，一个南方人。

这种时候，心脏里就会迸出几缕温热的激流，她忽然感觉些微的遗憾，为自己不属于北方，也不属于南方。

她没有机会自由恋爱，聚集在休息室里的客房服务员一律女性，且多半中年上下。有人给她牵线搭桥，她总是平平淡淡地去相亲，平平淡淡地回绝掉。她想，若她是南方妹，就嫁个北匪；若她是北方姐，就嫁个南蛮。问题是，她不南不北，于是，没得男人可嫁了似的，总不能停留于某一个她想象中的胸怀。这么说来，她亦是有理想，小小的梦，关于北方或者南方的梦。

那位说一口纯正普通话的男人住进来的午夜，正是她当班。她困得睡眼惺忪，接到要农夫山泉的电话，房间内的矿泉水不合客人的口味。她道歉，没有农夫山泉，小城里也没有通宵便利店。电话挂下两分钟，再次响起，这一回，要一把切水果的小刀。小刀有，她给他送去。602房间大门敞开，他埋头整理行李，口中朗声喊：请进！

寂静的走廊，寂静的午夜，纯正的普通话朝她扑面而来：真对不起，这么晚打搅您。

他直起身，平常的面容，洁净，轮廓却模糊。他手托一只金黄的菠萝，朝她掂了掂：有盐吗？能不能给我找点盐来？

幸好她有一包当夜宵的方便面，里面有酱包、胡椒包，还有盐包。她把方便面拆开，取出盐包给他送去。他已经把切成片的菠萝浸入温水，白色细盐溶进水中，瞬而消失无踪。他抬头道谢，发出了邀请：一分钟就可以吃，请坐吧，尝尝菠萝，它跟着我从西双版纳飞到哈尔滨，又从哈尔滨飞到这里。上帝，中国太大了，大得简直让我失去方向。

她逃一样退出602，留下灯火通明的房内他朗朗的笑声。第一次，她闻不出他究竟是北匪，还是南蛮。

第二天，客人退房离开后，她去打扫房间。垃圾桶里堆着依然散发出醉香的菠萝皮，孔雀羽一般的花纹，黄黄绿绿。床头柜上丢着一张布满褶皱的明信片，皑皑雾凇挂满树枝的丛林，雪原深处，还是雪。她无法自控不去读明信片上的手书，两行娟秀的字迹：踏遍曾经共同的足迹，没有你的踪影。落款，宁。

那个叫“宁”的女子，早已挽回不了他。他从南方飞往北方，又从北方飞到中原，他把她丢在旅店里，轻薄如一张纸片。拆下他睡过的床单和被套时，她用力嗅吸着某种似是而非的气味，菠萝、烟蒂，以及男人的汗酸……热流悄悄涌出她的眼睛，仿佛，被丢弃的女子，就是她。

休年假时，她去了一趟哈尔滨，又去了一趟西双版纳，有生以来第一次，她坐了飞机。她想，她若是那个叫“宁”的女子，会想念一个不像北匪，也不像南蛮的男人吗？

她终于去过了北京以北、南京以南，便不再觉着遗憾。

她嫁了人，小城里的中学教师，土生土长，朴实，甚至木讷，与她的单纯一百个般配。

她依然是不南不北、不偏不倚的小城人，这一点，任谁也无法改变。

饮下整个人生

文友聚会，在一家叫“望秦”的精酿啤酒餐厅。据说来这里吃饭，一餐只够品尝三款精酿啤酒。可是酒单上写着十余个令人浮想联翩的名字：麦田守望者、望秦 IPA、留溪花香、帝国世涛、东海湾拉格、小皮鞭、柠檬古斯……环顾四周，餐厅被巨大的落地玻璃墙围绕，墙外赫然矗立着十几座银色金属发酵罐，管道连接管道，曲折通向更多储酒罐，然后，才是餐厅吧台内十多个“啤酒龙头”。

我们要喝的啤酒，从麦芽变成杯中物，尽收眼底。然而，那么多龙头，开哪一个？选择恐惧症爆发，只能求助服务员。长得像一杯淡色啤酒样清新的小伙子说：酿酒师在呢，不如请教他。

餐厅开在酿酒作坊内，食客幸遇酿酒师，亦是无须付款的高端体验。谙熟精酿啤酒文化的朋友多数知晓“拉格”“波特”“世涛”之类。拉格（Lager）源自德文“窖藏”，即酵母在桶底发酵，低温储存。波特（Porter）起源于伦敦，字面意思搬运工，据说这种口味浓郁的深色高度啤酒能给人力量。世涛（Stout）是波特的加强版，近乎纯黑的黑啤。IPA，India Pale Ale 的缩写，译为“印度淡色艾尔”，艾尔（Ale）是核心，专指酵母在桶顶发酵。17 世纪，英国人要把啤酒运到炎热的印度，为了保质，在酒桶中投入大量干啤酒花以起防腐作用，浓郁的香气与独特的苦味不期而遇，别具一格的“IPA”由此而来……酿酒师开言，全是术语。清瘦温和的中年男子，精干，并没有啤酒肚。

佐餐最佳哪种？酿酒师扫视在座，女客居多，笑曰：先来比利时小麦，如何？

平底高腰流线型窄口，专用小麦杯，上桌已闻麦香与酒香。雪白细腻的泡沫溢至杯口，绵厚充分。很淡的黄色，酒体却微浊，一眼看去，有种“苍白浑厚”的小神秘。喝一口，清淡、略甜，还有柑橘的微酸，以及隐约缭绕的丁香花味。餐前小食是巴戈利亚白香肠和炸薯条，配比利时小麦啤酒，爽口。

酿酒师娓娓而叙：小麦啤酒，也叫“白啤酒”。15 世纪初，德国有酿酒法规定，高贵的小麦只能做面包，大麦才是酿造啤酒的主角。小麦啤酒偶有，贵族特供。倘若说德式小麦啤酒是稳重的绅士，比利时小麦就是俏皮的少女。

座上一女作家说：像伍尔夫，柔美抑或锐利，清新抑或醇厚，雌雄同体。

在座文友，无人不晓英国女作家伍尔夫，心领神会，相视而笑。

既如此，那就再品一款热带风情啤酒——留溪花香，酿酒师说。名字已然令人惊艳，活泼的“郁金香杯”装载淡色酒体，较之比利时小麦略深半度，亦是混浊。小口品饮，百香果、番石榴、芒果、柑橘……各种果香同杯共济，在啤酒花苦香的协调下，口感竟是浪漫而不轻浮，热情而不浓腻，个性鲜明却并不激烈。

为什么叫“留溪花香”？文友们兴致盎然。早在晋朝，此地名为“留溪镇”，镇上文人骚客多以培植兰花为雅，花开时节，暗香百里。这款精酿啤酒，既是“望秦”原创，便取酿酒之地典故，“留溪花香”是也。

德式猪肘、烤鸡、芝士薄饼披萨先后上桌，佐以“留溪花香”，味蕾完全被打开。丰富的层次感和空间感，因了新鲜的啤酒与精心的配菜而相互交融，无限提升。

甜点和水果上桌时，酿酒师再献良策：望秦帝国世涛，也是我们原创，黑啤配甜点，绝佳。

小号英式品脱杯，纯黑啤酒，入口竟百感交集，坚果味、咖啡味、巧克力味、焦糖味……绵密、浓厚、温暖、丝滑，甚而，有安全感……岂不是“暖男”？然非青涩少年的“阳光暖”，而是，上了一点岁数，阅历并未化成油腻，只是更沉着厚重，冬夜里的一盏台灯，暖色调。

餐至尾声，食客商讨，下次再来，该选择哪三款精酿啤酒？酿酒师却已不知去向。餐毕离席，过走廊，两侧的酿酒设备透出金属的洁净冷冽质感，令人想起苏州河畔的后现代工业遗址，如今的艺术工厂。无意中瞥见走廊尽头的墙上缀着六个字，“小型、独立、传统”。顿悟，“技术”与“艺术”的一线之隔，也许就在于工匠精神的极致发挥。

歌德在《浮士德》中写道：烈啤酒加烈烟，再加上爱美的小姐，这就是我的行李。莎士比亚也曾说过：将一杯酿制啤酒以及对生命的保证掌握在自己手中，名誉便是可以丢弃的东西。还有杜甫那句：莫思身外无穷事，且尽生前有限杯。也许，这就是艺术家的人生态度，敏感至于忧伤，至于狂放，至于把每一种细微体验，酿进一杯酒，然后，就可以饮下整个人生了。

少女，抑或女人

很多很多年前，十五岁的表姐第一次来上海，她说要看海，于是我父亲用一辆二十八寸永久牌老自行车一前一后载着我和她，去了一趟浦东三甲港。自行车冲上海堤的那一刻，后座忽然传来一声尖叫，随即是表姐仿佛被惊吓到的喊声：这就是大海吗？这就是大海？

东海以浩瀚的黄泥色呈现在她眼前时，她不敢相信那就是她想象中的大海，她不知道长江入海口泥沙俱下的水流使东海并非以蓝色呈现。可这个来自成都平原的少女还是被壮大到无边无际的黄色震撼了。她面朝大海，呆呆地站在海堤上，任凭海风把她的头发和裙裾吹得翻飞乱舞。那会儿，我就在她身侧看着她，我觉得她美极了，她凌乱的齐耳短发是美的，她被风吹得猎猎作响的斜纹小喇叭裙是美的，她看着大海略微克制的惊恐表情亦是美的，一个陌生女孩迎接并非预料中的一切，那姿态，都是美的。

那一年，我十岁。美，是所有少女的梦想。十五岁的表姐，是那个已然先行到达“美”的少女。她成了我的偶像。

表姐回成都前，我们互留了通信地址。后来，我给她写过一封信，她没有回，就像一个偶像不屑于粉丝的追逐。这让我更加相信，她亦是自知她的美。

那些年，我也留齐耳短发，我也穿小喇叭裙，我也常常站在风口让头发和裙裾飞扬，我也在遭遇到并非预料中的事物时发出那种略微克制的尖叫和惊恐表情……那是一种美的姿态，我以为。

五年以后，表姐的父亲在给我父亲的来信中夹了一张照片。照片中的女子被层层叠叠的白纱长衣包裹着，大眼睛、大红嘴、大脸盘，组成一个身量和气质均可用“庞大”概括的新娘。黑色燕尾服红领结白衬衣的纤瘦新郎，形同虚设地摆放在她的左侧，他被她淹没在庞大的美丽中。

表姐结婚了，那一年，她二十岁。她依然美，只是美得过于庞大和成熟。看那张婚纱照时，我的鼻息里仿佛充满了浓郁的脂粉香，忽然地，后背就沁出一层细密的汗。

后来，她生了一个胖儿子，浓眉大眼的她带着一脸女人的骄傲抱着婴儿的照片让我完全忘了那个站在海堤上迎风的少女。再后来，两位父亲之间的通信渐稀，直至中断。写信，只是在社交娱乐活动匮乏的年代聊以解闷的游戏，生活繁忙丰富了，谁还会写信呢？将近三十年，我没有从任何渠道获悉表姐的信息，她和我，除了那次看海，没有任何交集。大多时候，我想我已经忘了她，那个我曾经的偶像。

那日去超市，经过门口一爿炸鸡摊，见一位微胖中年妇女站在摊位边，厚厚的肉肩靠着门框，一手托着装炸鸡的纸袋，一手用一根竹签戳一块鸡送进嘴里。鸡块想必刚出锅，因为烫，她双唇微微颤抖着张开嘴。滚烫与美味进入她嘴里的瞬间，我听见她的喉咙里发出一阵痛苦与满足交织的呻吟，与此同时，她那双并未因发福而变小的大眼睛里，流露出一丝略微克制的惊恐与兴奋。于是，这个并不漂亮的，因为发福而有些笨拙的中年妇女，刹那变得生动、活泼、亮眼起来，甚至，还显出一丝不加掩饰的美。

霎时间，我想起了我的表姐，那个站在泥浆般的大海面前惊恐与兴奋的少女。

吃鸡块的女人注意到了驻足的窥视者，我赶紧拔脚进入超市大门。迎面而来的，是商场内一面大玻璃镜子，我看见镜子里有一个女人，竟也有着微胖的身材，她的目光亦是那种带着兴奋的惊异，且是略微的克制。这个镜子里的女人，就是我。

其实，女孩或者女人，总是一脉相承的，我和表姐，我们一样。只是，我想，我已经不能穿斜纹小喇叭裙了，就好像，一个中年女人的美，是在不掩饰为炸鸡流露兴奋之色时显现，而少女的美丽，却可以来自惊恐，见到大海时的惊恐。

世界是一把小提琴

午夜2点35分，关闭空调，打开窗户，让夜风吹进我密闭了一整天的家。于是，我听见窗外此起彼伏的呼啸。

我断定，那是两只热情无比的猫，它们在夜色的掩护下热烈地恋爱，并且以自己的欢呼庆祝裸露于天地之间的婚事。它们在草坪与绿荫隐没于黑夜中亦是黑暗的温暖婚床上大肆操办，于它们而言，婚恋是一件美好幸福到必须要以隆重的宣告来做铺垫的大事。

它们并不介意人类就在它们头顶上的一方方笼子般的空间内做着黄粱美梦，抑或为明日的艰辛挣扎入眠。它们亦不在乎自杀式的欢呼带给它们的将是一场灾难，还是一种精神胜出。它们只记得祖宗传承给它们的生存之本，美丽而炎热的夏夜，该当是它们恋爱的季节。它们爱得自然超脱并且无所顾忌。

我无法预料，我打开窗户以后的午夜工作，将在两只恋爱的猫幸福的伴奏下出现什么样的结果。但我必须接受，这一片盛夏的天籁，并不只属于人类。

此刻的天地之间，除了夜虫持续的唧唧、远处重奏的蛙鸣、风过树丛绵软的呼应……还有，就是垂挂于人类窗户外钢铁的马达轰鸣，以及氟利昂强奸空气后排泄出污染的液体从高楼砸向地面的破碎之声……我还听见了一个五十六岁男性胆固醇过高的鼾声，一个新生儿亢奋而执着的夜啼，一个神经高度紧张的中年女人尖锐的梦呓，一个股票深度套牢的平民在发财梦破碎后失眠的咳嗽，以及一个自诩为文字工作者以挑灯夜战的假象掩盖资源耗费的实质的打字声……

那对猫男女依然在窗外欢歌，适才一此一彼的对唱，开始进入混声合唱。它们很投入，渐次高亢的音调甚而颤抖，我听出了其中的激情。它们太投入了，爱情让它们漠视自身以外的一切，而夜色，给了它们盲目乐观的黑暗屏障，于是，它们以更加激越的高唱来庆祝它们拥有的这一个无与伦比的情欲之夜……

它们终于惹怒了人类，也许是打断了胆固醇男酣畅的鼾，抑或是破坏了神经紧张女紧张的眠，或者，截断了股票平民刚好要解套的梦，而那个夜哭郎，亦因窗外的欢歌而得了热烈参与的鼓励……一包沉重的垃圾或者一只腐烂的西瓜从高空落下，砸向沉浸于爱欲而发出热烈咏叹的一方草丛。一声巨响的撞击，亚当和夏娃的歌唱出现一个无辜的变调，而后，人类发出主宰者居高临下的裁决：滚！

它们的咏叹，终于在进入华彩段之前的分秒之间戛然而止，奔命的脚步唰唰飞奔，方向不一。生命诚可贵，爱情价更高，若为自由故，两者皆可抛……拥有了自由，才可以有来日的爱情，有了来日的爱情，才会有未来的生命。它们深知这个道理，因此它们明智地选择了分崩离析的逃窜。于是，人类窗口悬挂的钢铁机器，因胜利而发出更为自鸣得意的轰鸣。

夜虫的唧唧声渐渐孱弱，风越来越细小，树冠安静地张开它翠绿的千枝百叶，然而黑夜中，无人欣赏它的绿，亦无人在它绿荫下葱茏的草床上繁衍生命。

假如世界可以分割，那么是否人人应该得到他可拥有的那一份？那么，是否可以把一把小提琴切成碎片分给每一个人？如此，也许我们失去的，不仅是一把小提琴、一个音乐家，而是，我们可能失去音乐。

世界是一把小提琴，假如我们分割它，我们将失去音乐。

让灵魂远走高飞

一直以来，喜欢过一种类似“旅途”的生活。目标并非终极所需，目标只是一个理由，这个理由让我有足够的借口身处途中。哪怕走在重复十年的上班路上，亦让自己因看到一朵昨天羞闭的迎春花今日已盛艳绽放而欣喜。或者，与一双陌生的眼睛瞬间对视，目光的短暂交汇让我产生无尽遐思。也或者，让耳朵里响彻着沙哑的《沉默的羔羊》，告诉自己：当别人误解我的时候，我总是沉默，沉默对我来说其实是一种反驳，当世界遗忘我的时候，我一个人过……

我承认我在为自恋的孤独感寻求某种表达方式，可是要知道，一个人，若确信孤独是美丽的，那么他的内心，一定拥有足够的、让他坚持孤独的丰富，以及勇气。敢于直面孤独的人，是勇敢的人。旅途的不确定感和未知前景，可让人保持孤独的处境。我将随时处于警觉中，所有的器官高度警觉，周围的一切在五官以及第六感的体察中，无不如放大镜中的世界，细微之处尽现无余。

很多时候，想象自己是一个盲者，或者聋哑人。

闭上眼睛，做一个没有视觉的人。走在一条熟悉至极的路上，不需拐杖的触探，不需导盲犬的引领，仅用耳朵聆听世界的声音。鸟儿在林荫道上歌唱，今天唱的歌，一定与昨天不一样。风，轻慢或迅疾、温暖或凛冽地刮过脸庞，今天的风，与昨天的风，亦绝非相同。花开了，花谢了，夜露润湿着泥土，孩子们充满童趣的对话，失恋人伤心的饮泣，所有的声音都闪烁着温和或者激烈的色彩……哪怕是一位陌生人擦肩而过，亦可感知他变得轻缓的呼吸，那是因为他在无声地注视我。那么好吧，就让我做一个优雅的盲人。我一定会面朝他，轻轻牵动嘴角，给他一个微笑，哪怕我的笑容，只是给了一个并未回首的背影。

或者，关闭声带，塞上耳朵。好了，现在我无须用听觉和语言与人交流。不需要门铃，而是用最古典的、趴在窗口眺望的方式，等待送挂号信的天使。目光和灵魂在未知终点的路上迎头向前，当绿色的身影乘着双轮单车的翅膀，像一支箭一样飞射而来时，我就与那封来历不明的信，在途中相遇了。我和信的相遇尽管偶然，但必定心照不宣。对任何不期而至的欣喜或者黯然，我一视同仁地表示聋哑者的贵族式礼节。对信使颔首微笑，无声的感激，远比喧嚣的答谢优雅。等待，以及相遇，自始至终不需说话，目光和灵魂，保持着高贵的沉默。

孤独的盲者和聋哑人，把如同自己身上的血管一样熟识的路走出探索和发现的意味。这个盲者，或者聋哑人，把每一寸生活过得如同身在旅行中，充满了不期而遇的新鲜感觉。我想，我愿意做这样一个人，为坚守上天赐予我无法躲避的孤独，我让自己的内心开满缤纷绚丽的鲜花，充满鸟鸣水流的天籁。

那么，我就学会了于任何时候都不忘，在灵魂与世界之间，开拓一条只属于我的通途。因为人的灵魂不会甘于日复一日的平庸，即便每天过着同样的日子，依然需要在平淡中，以想象的旅行，让灵魂不停地远走高飞。

头　　痛

季节变换，头痛一日间隔一日地造访我的颅内空间。吞下两颗止痛片，在脑门上涂满清凉油，然后捏一把牛角梳反手在脖子上刮痧。那也是一种痛，辣蓬蓬、凉丝丝，从皮肤侵入肌肉，以气味的方式刺激着嗅觉和皮下神经，或者像细菌一样无孔不入，然后随着血液的流动游到身体的每一个角落。

其实我相信，我依恋这种与生俱来的痛感，以及身体的承受和对抗，其中的纠缠、忍耐、争斗，恰似相互牵扯的依赖，我相信那是上天让我安然生存的条件，好比一种责任，一种压力，一种让我力求征服什么的力量，一种源自爱、发自神经系统的——亲吻。

二十岁时，参加青年电视歌手大赛，第一次知道，电视上四十分钟节目需要一整天去录制。走台、合乐、化妆、彩排……晚餐前，疼痛无声无息地进驻我的头颅，离正式比赛还有三小时，于是放弃晚餐，白锦缎旗袍包裹的身躯横卧于三张凳子拼起来的模拟床，坚硬的床，硌得背脊酸痛。导演说：向三号选手学习，静心酝酿情绪，准备迎战。

化妆室窗外有观众陆续进场，我看见我的父亲和母亲衣冠楚楚地随着人流走向演播大厅。霎时间，头痛如烟花迸放，我听到头颅里发出两记“哔剥”的炸裂声，我用力按住太阳穴，告诉自己：演出开始了！

至今记得我的出场编码是三号。选手依次上台，台下等候时，我清晰地感觉到脑子里激烈蹦跳的血管。轮到三号选手了，前奏响起，款步上台，头还在痛，我应该笑，咧开嘴角，头还在痛，前奏结束，启口开唱……不记得是如何下台的，四号选手的歌声响起时，我忽然发现，那个叫“头痛”的坏小子不知何时已销声匿迹。

比赛结束，以第二名的成绩进入下一轮，父母等我卸完妆一起回家，归途中忽然感觉饿了，浑身冒出剧烈的、幸福的饥饿感。那会儿只有饥饿的感觉，如同父母给我的温暖怀抱，而头痛，倒像是恋人在头颅里持久的亲吻。

某年5月，与同学结伴自驾西藏，进入川西高原的第一站，世界最高城理塘。黄昏的太阳以残余的辉光覆盖着藏族小城，暗金光影中，一群群藏人聚集在街头，牦牛三三两两地从他们身边漫步而过。天色渐暗，泥色房屋和深黄藏袍影绰散落，高原小城越发压抑沉重。或者，这只是我的错觉，因为缺氧，一切变得不再轻盈而灵动。

下车，进藏家旅馆，缓步，只能缓步，五十米之遥，却如跋山涉水，每一步都似极点的挣扎。订下房间，同伴问几楼，藏族女孩用生硬的汉语答：二楼。

同伴拼尽力气大叹一声：请不要再给我们增高海拔了！

哄然而笑，笑声掺杂粗重呼吸，彼时头痛已无法控制。血液因失去外部压力而加剧自身运动，脖子完全僵硬，每一丝头发都在竭力向空中探寻氧气的踪迹。终于知道了什么叫“头痛欲裂”，心里却是满满的成就感，因确乎到达了高原，我的身体告诉我，那不是梦境。

入夜，梦因缺氧而无法成功构织。可怜的电压让客栈的灯光忽明忽暗，窗外群狗的吠叫从黑夜直至天明。高原的狗与它们的主人一样拥有极好的嗓子，它们甚至叫成了一场整夜的合唱，声部复杂，层次繁多。

头痛，就这样从川藏路上的理塘开始，持续到青藏路的昆仑山口。头痛让我更加清晰地意识到，我们正在接受挑战，无法厘清芜杂的起因，却迷恋这种挑战带来的痛感。就像某种被人们说成“痛，并快乐着”的东西，那种东西，似乎还有一个名字，叫“爱情”。

秋冬将至，这是酝酿头痛的好季节。头痛是我的一日三餐，是清晨的闹钟、傍晚的归家号、午夜的惦念……如同一场悱恻缠绵的爱情，探询、迂回、纠结、牵扯着躯体的中枢。对，方才说过，年轻的时候，我把头痛当作恋人在头颅里持久的亲吻，拒而不舍，爱而厌倦，倦而依赖，便是丢弃不了、放纵不得的爱。

此刻，太阳穴依然有轻微的裂痛，脖颈上刮痧的皮肤泛起深重的朱砂，皮下血管破裂的刮痕蔓延着，血红的痕，如同拼命吸取养分的根须，竭尽全力地探向纵深而遥远的地方，它们把清凉油带向神经末梢，又传回大脑，沉重而爆裂地跃动着的大脑立即接收到一股清透凉辣、近乎冷冽的爽净。

这就是那种让我无法拒绝的病，如果头痛确乎是一种病的话，那么，爱情亦是病，毋庸置疑。

爱的表达

每个周六早晨都要与我的小男朋友——大头儿子一起坐地铁 2 号线去他学校。到达目的地，他进校门上兴趣课，我进学校边的星巴克打字。因为小男朋友住校，周末才回家，所以每周的地铁一程，被我视为与他交流沟通的重要机会。

我这个小男朋友，常常为地铁所见流露少年轻狂的感慨，遇见身强力壮者占着“老弱病残孕专座”，最是愤慨不已，可毕竟是孩子，只敢在我耳边窃窃言：人家外国，这种专座都会空出来，哪怕车厢里没有老弱病残孕，也不会有人去坐这个座位的……

我只能用国情的特殊性开导他：中国人多，要是座位空着就浪费空间了，有老弱病残孕上来，让座就可以了。我这么解释，他亦是表示理解，自然，给人让座是他最愿意做的事。令人欣喜的是，地铁 2 号线上的让座率简直太高了，几乎从没遇见过老弱病残孕者上车后站着的情况，便也让我为自己的解释没有被现实攻破而释然。

前几天浏览小男朋友的 QQ 空间，发现他的签名档换了这么一行字——我不相信革命与热血是一句空话，每个人都可以是“正义的使者”。

吓我一跳，不知出于什么原因竟提到“革命”这样严重的问题，便给他回复：我以为，更为可贵的是，你拥有思索的头脑以及理性的实践。

周末从寄宿学校接他回家，路上问他何出“革命”言论，他便向我倾诉：很奇怪，同学中几乎没人喜欢鲁迅，我问他们为什么，他们说不出原因，就是不喜欢，所以我在空间里写那句话……

娱乐时代成长起来的孩子，喜欢歌星周杰伦，喜欢魔术师于谦，喜欢那个叫不上名字的街舞达人，即便喜欢姚明，也不是站在为国人争光的角度，而是更偏爱姚明身为 NBA 明星却保有幽默淡定的性格……他们不再喜欢鲁迅，这是一个问题，一个非常现实的问题，但我不能以此为证据妄断年轻人社会责任感的缺失。便对小男朋友说：也许，你的同学，并不是缺少正义感，也许他们只是没有遇到过让他们热血沸腾的事。我有一位学生，调皮捣蛋得厉害，整天上网玩游戏，不爱学习，父母都认为他无药可救。没想到汶川地震时，他参加了志愿者救援队，很坚强，很尽力。可回来后就是不愿意写一份赈灾体会，也不给全校同学做报告，并且，继续上网玩游戏，继续不爱学习……我想，你的大多数同学，只是没有经历过鲁迅时代，无法体会鲁迅愤怒的斗士姿态，我倒觉得，也许他们恰有着“举重若轻”的淡然。或者，需要的时候，他们会以自己的方式表达正义。要记得，尊重他人的自我和个性，允许别人不同于你，才是真正的公正和进步。

小男朋友微微颔首，若有所思。

周日，陪他去理发店剃头，三五客人坐在沙发上排队等待。片刻，一位中年男子推门而入，一屁股坐在沙发队尾，掏出一包烟，抽出一支点燃，室内顿时烟雾缭绕。等待时无所事事，抽支烟，中国人大多能接受，只是烟灰没有落处，一截一截飘落在地上。正好轮到我家小男朋友上洗头池，他站起来，却朝相反方向走去。刚想告诉他方向错了，却见他走到角落里，拿起一只垃圾篓子，端到正抽烟的中年男人面前，轻轻放在他脚边。中年男人一愣，抬起头，我家小男朋友已经转身，甩着袖子走向洗头椅。中年男人扭头四顾，表情略有尴尬，随即低下头，把烟按灭在了垃圾篓里。

彼时，我在心里大笑不止。而我的小男朋友，正一脸舒坦地躺在洗头椅上，洗发工正用十指替他揉着浓密而青春的发丝，白色的香波泡泡堆满了他的脑袋，看起来，简直就像西方法庭上一位戴着白色鬈发套的法官大人，年轻的法官大人，正义、公平并且充满锐气。

几天后，又在他的QQ空间内看见这样一句话：朋友的意义更在于为共同的理想奋斗，亦可释为“战友”。仅仅相互帮助并不能称为朋友，人类，不管是否是朋友，哪怕是陌生人，都应该相互帮助。

我想，假如我够格，我是愿意成为他的“战友”的，并非仅仅彼此照顾和惠及，而是，为共同的理想与信念奋斗。我相信，这种被很多人视为“口号”的语言，在我与我的小男朋友之间，却是一种心照不宣的——爱的表达。

生活的诗意

瑞典作家比吉塔女士正在学中文，她邀请我去她的住所做客，于是欣然前往。

比吉塔开朗风趣，但也很“正式”。对我的到访，她显然做了充分的准备。红色花长裙，蕾丝白衬衣，脖子里挂一串大红珠子项链。我说，您真漂亮。她扯了扯身上的白衬衣，用中文说：这是我妈妈做的。

我暗暗惊叹，1945 年出生的比吉塔，她妈妈该有多大年纪？想必她对这件衬衣十分爱惜。彼时，心里稍有羞愧，因为，我身上的牛仔热裤小背心，显得太过随意。

比吉塔拿出一本厚厚的画册，翻开，里面是一诗配一画，诗是中文诗，画是印象派小张油画。她说：我们来念诗吧，我先念。

柔软而缓慢的声音流动起来，发音不太熟练，因气息不匀，经常在不该断句的地方换气，诗句从比吉塔嘴里吐出，仿佛一枚枚露珠，被一张大荷叶小心翼翼地托举在掌心里，游移、漂浮、滚动、滑落……然而她又那么认真，捏着一张中英文对照卡，一字一句地念着，态度郑重，语调平缓。念完，她抬起头，一脸天真地问：有意思吗？

那是一首叫《听觉》的诗。我点头：有意思！

我是真的感觉有意思，那些或曼妙灵动或简单质朴的句子，被比吉塔认真地念出来，竟是如此意味深长。接下来，她让我也照着画册念一首诗。

我已经不记得有多少年没有发出声音念过诗了，或者，我，以及我的朋友们，我们早已羞于用这种方式表达我们对艺术的诚意。每天，在地铁拥挤的上班人群中，人们耳朵里塞着 MP3 耳机，手里捏着《财经报》《证券报》，人们仿佛充满了求知的欲望，又好像对文学或者艺术保持着刻意的距离。没有人会公开阅读一本诗集，某列火车、某次航班、某趟地铁，我从未见过。现在，比吉塔要我念，发出声音，用那种被我们叫作“朗诵”的表演形式去“念”，这让我感觉不太适应。

我们通常习惯于把念诗叫作“诗朗诵”，而朗诵，确是一种表演。这种表演，如今早已成为一件可笑而令人尴尬的事。诗朗诵，只会在舞台上出现，是一种虚伪的表演，是人类自我奉承的赞歌，甚至，只是自欺欺人、掩耳盗铃的技巧。与其朗诵诗，不如喧嚣摇滚、迷茫蓝调、疯狂达人秀。

在这个越来越追求“真”的时代，我们拒绝虚伪，便拒绝了“朗诵”，我们又拒绝假装深沉，我们便也拒绝了“诗”。

然而现在，金发碧眼的瑞典老太太比吉塔认真地说：你来念这首诗吧，《触觉》。

于是我重新拾起许久不涉的“念”的方式，启口轻念。

窗外的阳光沐浴着这座繁华的城市，小小的静谧空间阻挡了庞杂的市声，我听到一些句子从我嘴里流出来，不是激越的狂流和煽情的诉说，不是溢美的赞歌和愤怒的控诉，而是安静的体味、缓慢的理解。那些句子轻轻地叩击着我的心魂，犹如冬日的阳光，亦如夏日的和风。就这样，我被自己，被比吉塔，被我们彼此嘴里念出来的诗，悄悄地触到了某根神经，不是因煽动而滚滚袭来的火焰和冰雹，而是，轻轻荡漾起来的微波，无以名状的感动。

我知道，这不是诗朗诵。我们是在用心念诗，念给静静聆听的朋友，念给几近遗忘了“诗”是可以念的自己。

感谢比吉塔，这个瑞典老太太，她让我回忆起另一种“真”，那种拒绝报纸，拒绝电视，拒绝 MP3，美好到近乎愚钝的，愿意为自己念一首诗的纯真年代。

逆流而上

傍晚的阳光恢宏而逼迫，从国庆演出彩排现场回家，迎着夕阳走过五百米香樟树林，耳里依然响彻着舞台上摇滚电子乐震动五脏六腑的轰响。雪灾的那年冬天，某一个清晨，打字一夜后拉开窗帘，发现外面已经皓白一片。带上相机出门，大雪还在倾覆而下，出租车无法通行，便徒步，走到了海边的这条林荫道，寂静的五百米香樟树林。潮湿的雪冷侵入骨髓，大脑和胸腔却清冽而空阔，没有一个行人，只有白色而沉重的树冠，轻盈着飞扬的雪花，老公馆紧闭的铁门上，亦积着白皑皑的雪。我在雪中走，湿透了浑身，一夜未眠，却不觉得累。这条无名的香樟树林荫道，就这样，在我的内心著名起来。

此刻，是初秋的傍晚。没有雪，只有夕阳覆盖而下，落叶稀疏飘零，行人和车辆并不拥挤但也鱼贯穿梭。而我，却忽然感到强烈的窒息。仿佛，即将到来的黑夜正把我的身心困顿，可我依然必须笑对一切，笑着为某一项政治任务歌唱，笑着与熟人作必须的点头致意，笑着逛超市、菜场，笑着花钱如流水，笑着过流水的日子。原来笑也如此之累，这累，便通过笑的蔓延，而遍布到每一寸肌肤、每一丝头发。

几天前，把中篇小说《阿莫》写完，朋友 L 看后说，小说让他想起了他的童年。很多很多次，他被母亲送到长江客轮上，独自度过整整四天，从上海，逆流而上，到重庆，或者，从重庆，顺流而下，到上海。多半时候，他会在甲板上吹风，扒着栏杆看滚滚而涌的江水，看船尾的动力抛出巨大的浪花，看从入海口进入长江时依然翱翔着的海鸥。

那条客轮叫“东方红”，那个时代最响亮的名字。“东方红”马不停蹄地航行在长江上，“东方红”上经常有孤独的小孩，来往于分居的父母之间。那时候，L说，他六岁，母亲把他托付给大副，他带着一个巨大的旅行包，包的一侧用白漆喷着草体的“上海”二字，包里有他四天的食粮和带去重庆的上海特产。他时常因凛冽的江风而感觉冷，而母亲，并没有给过他一个临行的拥抱。那时候，母亲们总是不愿意拥抱已经有记忆的孩子，婴儿时期的体肤温暖，早已遗忘。

在写《阿莫》时，曾经为一个情节热泪盈眶。很少被自己的小说感动，因我自知虚构的成分有多少。当然，我确信我始终真诚对待创作，虚构，也仅仅是情节，而情感的真实可靠，一直是我的努力追求。尽管这样，却依然很少为自己的小说唏嘘或者哀叹，但是《阿莫》却例外。小说中的我，那个叫“小雪”的女孩，对着新娘阿莫的背影喊出声：阿莫，你不去高考了？

雨下得很大，母亲的巴掌抽在“我”脸上，雨是咸的，很咸。

这么叙述的时候，我已经找不到彼时的心酸。恰在这时，朋友D在MSN上打来一行字：每天都在为时间焦虑，什么都做不完，想做而没有做的，太多。

忽然发现，人的一生中，最多的情绪，也许就是焦虑，不管是忙碌的人，还是悠闲的人。D继续说：下班回家路上，想自己活得失败，为此而羞耻。

便打上我要说的话：经常为自己感到羞耻的人，是高贵的人，喧哗和热烈终归无聊，孤独最美。

然后，忽然想到，我是需要出去走走了。查询了轮船航班，交通十分便利的今日，依然有从上海到重庆的长江客轮。我想，我是需要一个人出发了，买一张船票，踏上那条被我想象成叫“东方红”的轮船。我会选择四等舱，在陌生人充斥的空间，孤独地生活几天。

这条长江客轮的航程，必须是从长江之尾的上海逆流而上，对，逆流而上。

幽暗的力量

那日去了两处地方参观，徐家汇藏书楼和上海电影博物馆，自是经典，但截然不同。对于上海这个并不古老的城市来说，前者已算是文化古迹，后者恰可说是现在名胜。一个是把古老的文化保存并延续至今，另一个是用现代化高科技手段记录和展示历史。

藏书楼的另一个名字，叫“徐家汇天主堂藏书楼”。提到徐家汇天主堂，自是耳熟能详，毗邻的藏书楼，却并非人尽皆知。天主堂是上海旅游地标之一，这幢始建于 1896 年的仿法国中世纪哥特式建筑，至今依然矗立在徐汇区蒲西路上，以“158 号”这个普通的数字经久地延续着天主教的各种仪式。倘若周六或周日路过此地，兴许会听见彩色玻璃窗里传出儿童弥撒或者主日弥撒的颂吟之声。藏书楼，却是始建于比天主堂更早的 1847 年，是上海现存最早的近代图书馆，也是我国西学东渐和东学西传的缩影，收藏的是从 1515 年至 1949 年出版的外文文献。其中一千八百年前出版的西洋善本中的早期中外语言对照辞典、中国经典西译版本、中国文学经典西译版本、欧洲汉学资料等最具特色。

进入藏书楼，最显然的感觉就是——幽暗。白炽灯犹如被纱笼罩住的烛光，发出绝不刺眼的亚黄灯光，一廊一廊从地面直至屋顶的木制书架伫立于幽暗的空间，木楼梯通向更高一层的藏书阁，亦是深邃而幽暗，架上那些暗绿或者暗红书皮的厚厚典藏，在幽暗中沉默而沉着地经年排列……这让所有进入参观的人都不敢造次，不敢高声交谈，不敢把脚步踩得太重，不伸出一根手指去触摸一下那些在幽暗中默默无语的书籍，仿佛那么轻率的一触，便会戳破历史的窗户纸，充满细菌和毒素的今天的烈日，就会通过这个小孔射到它们身上，于是，历史不经意间涂抹于它们身上的一层层光阴的粉末，就会在霎时间消散挥发。幽暗让那些古老的书籍延缓了委顿与枯涸，幽暗让它们更长久地保持着鲜活，幽暗还阻止了百多年的嘈杂与喧嚣，让它们不受世界的干扰与污染，始终做着一种即便无人阅读也叫作“书”的洁净脱俗的东西。

出藏书楼，不禁疑惑，任何人为的诠释都可以在相对的时间和空间内扭曲历史，而真实的历史，却深深地藏匿于幽暗的角落，兀自真实着。那么，历史究竟是顽强，还是脆弱？

再说上海电影博物馆，徐汇区漕溪北路595号，上海电影制片厂原址。博物馆总建筑面积超过十万平方米，为国内规模最大的电影博物馆。上海是中国电影的发祥地，是中国电影的半壁江山，也是华语电影的根脉所系。在中国电影百年发展史上，上海电影曾创造过辉煌的文化成就。

我家那八十八岁依然耳清目明的外婆，最愿意回忆的就是小时候跟阿哥阿姐去大光明电影院看电影的往事。七十年前的女孩最着迷的是费雯丽的《魂断蓝桥》和卓别林的《摩登时代》，自然还有本土的金嗓子周璇和电影皇后胡蝶。如今我那一头银发的外婆，还会一字不漏地唱出完整的《天涯歌女》《何日君再来》和《美酒加咖啡》，不是邓丽君版，而是20世纪30年代周璇的原唱；还是个爱美的老太太，外出做客时，欢喜给自己枯老的嘴唇涂两瓣淡淡的口红，还要在松弛塌陷、皱纹重生的脸上扑一层珍珠色底粉。追溯起来，却是少女时代从电影里学来的，诸如叫王人美或者陈燕燕的明星在某部片子里演示的上海滩大小姐的正宗范儿。电影给予那个年代的女孩以美的启蒙，时尚摩登，并且根深蒂固，它让一个女孩的电影梦从十二岁做到如今的八十二岁。

魔都时代的电影，除了好莱坞，便是上海。上海电影在一百年前就紧随着世界电影的脚步，绘就了半个世纪的电影史，虽则短暂，却漂亮无疑。作为上海电影的见证，博物馆恰是营造了很好的启蒙者与传播者的氛围。进入大门，迎面便是十位中国电影巨星的素描头像，你一眼就能看出他们的名字叫白杨、秦怡、赵丹、王丹凤……紧接着的四个主题展区、艺术影厅、五号摄影棚，所到之处，不管是展示、互动、体验，都给观者或参与者留下极强的现场感与历史感，而在这种现场感和历史感中，无一例外有着某种基调——幽暗。电影工场、影史长河、光影记忆，每一个主题展区，都是一场场幽暗中的魔术表演。高科技光影演示，是在一片幽暗中的剧烈光纤交织穿越；摄影棚里的仿真拍摄现场，是幽暗的墨蓝天幕之下，几束水银灯投射着人物的演绎；体验馆中，可让观者随机播放的众多巨大的触屏，亦是错综布阵于幽暗中，如外星球的不速之客，飞碟翅膀掠过的荧光在幽暗中穿梭……

与古老的藏书楼一样，这处处流露着现代化与高科技元素的电影博物馆，竟也以“幽暗”为底色。然而，电影博物馆的幽暗，却是梦幻、神秘，甚而令人亢奋的幽暗。这种幽暗让人产生奇幻感觉，它让观者忘却旁人，忘却时空。身处幽暗，我便不需注意别人的面容，只需听见自己的心跳正随着音乐的节奏或者光影的跃动而高声尖叫，或者快速奔跑，静静怀想，或者黯然神伤……幽暗，是光影的母亲，是光影开出魅力之花的土壤！这是我从电影博物馆出来后的感觉。

与藏书楼静谧的幽暗不同，电影博物馆的幽暗是蠢蠢欲动的，这种幽暗让真实和明朗变成梦幻与神秘，让生活的现实酿成一种叫“电影”的艺术。可它们亦有共同之处，不管是藏书楼，还是博物馆，都充分利用幽暗的功能，诠释了把过去、现在、未来连接起来的某种无以名状的力量！

幽暗，却始终作为一种无声的背景，默默存在着，从不发言。

每个人都是一座孤岛

写小说的好处，是可以隐藏自己。而写小说的坏处呢，也是隐藏自己。因为隐藏，所以压抑，所以在连续写了两部中篇小说之后，忽然发现，神经已经脆弱不堪。

W 说：你是太累了，放松一下吧！

是啊，每一天都在构思有关小说的语言、细节、高潮、结尾，节日之夜都不放过。然后，一个个节日就这么来临了，又过去了。居然找不到一件可让我真正放松的活动，并且最可怕的是，很少有人邀请我参加娱乐活动。

打电话给父母，告诉他们端午节不回去了，原因当然是改稿子。父母在电话那头既心疼又欣慰道：囡恩辛苦啦！

我总是有理由让自己繁忙之至，即便没有人邀请我参加活动，我亦可找到比活动更必须的工作。比如，新的小说初稿完成后，还需进行大量修改。但是，修改也还是要完成的。然后，就觉得，自己仿佛已经变成了一架永动机，即便没有原料进来，还是需要转动、转动，直到发现在空转，便忽然地悲伤起来。使劲地想，我这是为了什么？没有人回答我，我，亦回答不了自己。

两年前，瘫痪在床的大伯父去世，父母去故乡参加葬礼，回来后告诉我，大伯父躺了整整一年，在他自己躺倒之前，他的老妻——我的大伯母先行老年痴呆，然后是中风。大伯父服侍了两年老妻，端屎把尿，一切都是他的工作。偶尔，大伯母把屎拉在床上，大伯父就拿一根细竹条打她的屁股。床上的人无动于衷，对于疼痛，她已失去知觉。在我的想象中，大伯父是把他的老妻当作婴儿了，他是在用一根细竹条表达他对他的婴儿的爱和恨。而那个被一根细竹条抽打的年老色衰的臀部，必定还是会有些微的触动，只是那触动，不是来自意识的反应，而是生理的反射。那么，有关快乐，有关温暖，有关幸福，这些，那个床上的人，一样无法感知吗？我无从获知。

大伯母终于在某个清晨一劳永逸地收回了让她的老丈夫抽打屁股的机会，她死了。大伯父终于可以停歇一下了，他不用洗老妻泻脏的床单了，也不用半夜起来给她端尿盆了，他怨恨至极的生活终于结束。然后，他便把自己已然操劳过度的身躯平放于床上，他用他永久的卧床不起告诉他的子孙们，他也中风了。只是这一回，没有人打他的屁股，他比他的老妻幸运，然而，他比她更孤独。他在2007年年底，孤独地上路，追寻他的老妻去了。

有时候，疼痛也是人生的幸福。谁能给我疼痛？这世上，给我疼痛的人，还有吗？

W说：每个人都是一座孤岛。

那么什么是可以在孤岛上扎根存活的生物？那一定不是另一座孤岛，所以，不要试图去打开一个人的内心，哪怕你爱他。你怎么能把梦想、爱情、信念寄托在另一个人身上呢？因为，一座孤岛根本无法在另一座孤岛上存在。

下午去美发店洗头，每次去，总是点名要一个叫“虎”的男孩做头发。不是因为他的手艺有多高超，这家店里的每一位发型师手艺都很好。就如我坦然承认爱上了某部电视连续剧的男二号角色一样，我很坦然地承认，我喜欢这个叫虎的男孩，完全是因为他帅。

只是今天，虎的神情略显落寞。我笑问：最近是不是遇到感情问题了？

他大惊：没有没有，可是，你怎么会这么想？

我继续笑：我看得出来啊，失恋了吗？

他终于在忧戚的表情里掺入了一丝笑意，我确信我已猜到。然后，他像咨询心理医生一样问我：你说，怎样才能不受伤害呢？

他问的时候，手里的吹风机在我耳边发出轰鸣。我说：不受伤害的唯一途径就是不爱。你若做不到，那就要有承受伤害的准备。

他叹息，只是这叹息在吹风机震耳欲聋的干扰下显得尤为孱弱。我开始严重自责，他的年龄与我刚毕业的那批学生相当，我总是在课堂上对他们说要热爱生活。而现在，我却告诉虎，不受伤害的唯一途径就是不爱。

有时候，人总是喜欢用自己的经验强暴他人的认识。其实，每个人都会用自己的实践得到他的人生经验，哪怕他只经历了冰山一角，那也是他的全部幸福或者不幸。一辈子就这么长，拥有过、失去过，都是财富。

在写这些文字之前，我陷入了一种莫名的烦躁。因为一个新的中篇小说，我无法找到合适的开头。我依然沉浸在旧文中，每天，耳边萦绕的就是大段凄婉幽怨的歌声。一个活着的躯体，为自己死去的灵魂的歌哭。

最新的小说叫《离婚不要理由》，朋友燕子说：这一回不要写悲剧了，我有些迷信。

我笑说：如果相信，我这个写故事的人该死过一百回了。放心吧，这一回，我一定不让我的角色得癌症。

这么说的时候，悄悄审视自己最新完成的两部中篇小说，竟发现，的确，两篇小说中的两位主人公，分别得了不同的癌症。男主人公死了，女主人公，我把小说结束在未死的时刻。我是不忍心了，还是认定故事留有想象更好？事实上，这还需要想象吗？人，最终是一个死，早，或者晚的问题。那么，活着是为了什么？

活着的原因是为养育孩子，活着的原因是为亲人放心，如果这些功能都失去了，还需要活着吗？比如一个不需养育孩子、亦无亲人牵挂的人，他用什么支撑他的活？W 说：活着的最大要义就是活着本身。

每个人都是一座孤岛，在今天这样一个平凡的日子里，我从我的孤岛上放飞了一艘纸飞机。我担心，它未到彼岸就已栽入大海，沉浸、淹没、融化，那是它最常见的结局。我预料到了，于是我笑笑，手里继续叠着一架新的纸飞机。我一如既往的蠢笨，我从不知道要改良纸飞机的材质，比如不锈钢或者黄铜、白银？我只想着，纸飞机更轻盈，飞得更高更远，我从不去想，纸飞机更容易遭遇摧毁。那是放飞之后的事情，我管不着。

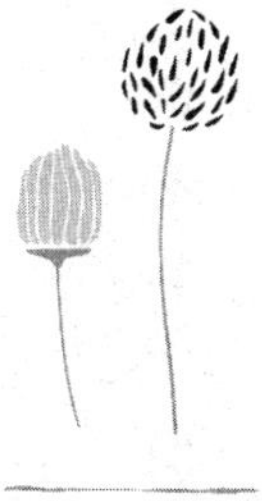

关于远方，或身旁

北京生活——鲁院日记

一、文学的孩子

2008年3月1日　晴　温暖的北京

飞机降落北京，已是华灯初上。坐在出租车上，心里急切盼望快快到达目的地。这一日，也许是过于繁杂的事务，并且，因要在北京生活四个半月，便在内心给自己增加了几许压力，上飞机后不久，头就开始剧烈疼痛起来。我找出随身携带的清凉油，用一枚硬币，勉为其难地在脖子上刮下几道痧。坐在我旁边的是一个人高马大的男人，他不时扭头看我，想必是受不了清凉油的薄荷辣。实在对不住了，我头痛，我没别的办法止住疼痛。而于我来说，去往北京的一路行程，有头痛相伴，亦不算寂寞。

鲁迅文学院的大门终于在眼前出现，夜已渐入深邃。冬天刚过的城市，温暖如斯，让我无法想象，这是在中国的北方。看不清大院里的景致，只隐约见得大楼和小楼，没有叶子的树，抬头看，楼里有一方一方晕黄的灯光，像千里暗夜中的点点萤火虫。那是比我早到的同学，是来自中国的某一块土地上的笔耕者，未来的四个多月里，我将与他们朝夕相处。

想寻找传说中的流浪猫。听上一届高研班的同学说，鲁院里有两只流浪猫。它们生活在作家的摇篮里，如同未来的它们，亦能创作出绝世佳作，它们该叫作文学巨猫。也许它们是幸福的，或者，它们的不幸，就在于它们得到的思想食粮，永远多于物质。黑夜中，我没有找到它们的身影，不知它们是肥胖，抑或消瘦。

踏进贴着我的名字的410房间，小小的空间，干净而暖和，是缩小版的酒店标房，桌上还有一台电脑。电脑边，放着一本蓝色封面的小本子，打开，发现是上一期高研班的学员、河南作家傅爱毛的留言。放下行李，什么都没有来得及整理，就开始读。我不知道傅爱毛同学的年龄，但她的话，依然让我在踏进鲁院的第一时间，内心涌动起沉重而又幸福的波澜。

2008年1月的某个上午，傅爱毛同学坐在我此刻使用的这张写字台边，她在为下一届即将居住在这个房间里的学员书写一些文字。这个学员，恰巧是我。

现在，我把这些文字抄录下来：

> ……欢迎你来到鲁院，更欢迎你入住410室。我曾经在这间小屋里以文学的名义流泪发呆，沉思默想；曾经以文学的名义欢欣而又快乐。我的一生中有许许多多的四个半月，但在这间小屋里度过的四个半月却是我终生难忘的。我是一个沉默寡言的人，然而，此刻我却听到内心里汩汩滔滔，汹涌澎湃，我知道，那是生命的岩浆发出的轰鸣声，是鲁院激发出了我生命最深处的热望、激情和力量。
>
> 此刻是2008年1月17日上午，很快我们就要离开了。我感到悲喜交加。“悲”的是永远的告别，“喜”的是曾经的相遇相守。能来鲁院学习是上帝赐予你的缘分和恩宠，珍惜啊朋友！
>
> 我们都是文学的孩子，虽然遥隔天涯，但心是相通的……

黑色水笔的字迹，让我在到达鲁迅文学院的第一个夜晚，见到了一个面容羞涩、内心热烈的女孩伏案书写的影子。这一夜，我没有在孤独中沉眠，我的梦境里，有一些年轻的笑颜，他们和我一样，是一群容易感动的人，麻木和冷淡永远不属于他们。他们与我同在，每时每刻。

第二天，开学典礼。过程不需细述。每一位学员都领到了一个帆布双肩书包，还有一个笔记本、一支笔，还有，还有，居然是一枚校徽。红色的底子，金色的五个字——鲁迅文学院。一个多么久远的记忆，在初春的这个日子里，它把我唤醒了，它让我想起，其实，任何时候，我们都可以从起跑线上出发，哪怕因路途遥远而累垮了，哪怕因磨难重重而残疾了。还有准时响起的上课铃声，这是一种古老到已经让我几乎遗忘的铃声，纯粹的，用锤子敲击金属铃而发出的声音。如今上海的所有学校，都使用一段好听的音乐作为上下课的铃声。可在这里，在鲁迅文学院里，却依然使用老式的电铃，这铃声甚至有些破碎嘶哑，但它让我想起了少年时代，杂草丛生的操场、青砖黑瓦的教室，和教室外一池荡漾的清波。又做回了学生，是的，我又做回了学生。我捏着一支笔，记录着一些有用或者无用的东西，偶尔想起某一位朋友的名字，并不刻意地写下来，再写一个，再写一个，写了很多。手指上沾染了墨水，情不自禁地想把笔端放在牙齿上啃咬。我已许久未用一支真正的笔写字，这感觉，便如同回到了故乡的野鹿，广袤的草原荒芜而苍茫，我举目四望，我发现我的路途遥远异常，而我的内心，却是一片辽阔。

已经身处文学的摇篮，可我依然诚惶诚恐，我甚至不敢如傅爱毛给我的留言那样告诉自己：我是文学的孩子。可我依然在这个寒意未消的早春，感觉到了北京的温暖。

春天到了，北京街头，柳絮儿开始轻轻飞扬了。

是，哪怕我是一叶卑微渺小的柳絮儿，哪怕我未来降落的地方，是一潭淤泥沼泽，可是起飞，依然是我此刻愿意做的事情。

谢谢傅爱毛，我想，我还是想做文学的孩子，哪怕是众多孩子中最渺小的一个。

二、课堂笔记

2008 年 3 月 9 日　星期日　艳阳天

鲁院生活的第二周开始了，在这之前，我已许久未有记笔记的习惯。但是鲁院发给我们一个黑色封面的厚本子，我想，发本子的意思，就是要我们做笔记吧。那就做笔记吧。捏笔的手势已经十分生疏，写出来的字亦是丑陋不堪，当然，我的字本来就有碍观者心情，所以，我历来善于逃避写字。为此，我十分庆幸我在电脑时代开始产生写作的兴趣。如若今天依然需要用笔写稿，我想，编辑会因为不堪承受我群魔乱舞的字迹而眼花缭乱到晕倒在我那部三十万字的长篇小说《残镇》跟前。

感谢电脑，感谢打字，感谢拼音输入法，感谢童年时代教我普通话的小喇叭节目，感谢每天晚上在半导体里讲故事的孙敬修爷爷，他们让我在不需背诵五笔口诀的情况下依然十指如飞。

可是现在我需要在一本厚实的黑色本子上，用笔记录下四个半月的听课所得。讲台上的人，是清华教授，是著名作家，是评论专家，是中央领导，是科研俊秀，我怎么能没有只字片言可记呢？当然，我二指疾走，我龙飞凤舞，我下笔如电，我神魂颠倒，我头晕目眩……一周课程下来，当我再看我的笔记时，我发现，黑色的厚本子已经用去二十六页。而那些记录，却页页不辨是非到让我无颜以对、目瞪口呆。我的脑袋里充满了各种信息，关于国际形势，关于《春秋》《左传》，关于启蒙语言，关于现代小说，关于文字感染……然后，我发现，我的课堂笔记里，居然还有漫画。我画下了“皇帝的新装”，画下了“流鼻血的人”，画下了教堂和庙宇，画下了“带着一身标枪存活了二十年的鱼”，还画下了“卖女孩的小火柴”，对，不是我的笔误，不是的，就是“卖女孩的小火柴”。如果安徒生知道我这么写，会不会生气？

我不知道我要表达什么，但我确信这是讲台上的某一位强大的导师给予我的启示。诗意地理解生活，理解我们周围的一切，这是我们从童年时代收到的最可贵的礼物。要是一个人在成年之后漫长的冷静岁月中，没有丢失这件礼物，那么他就是一个诗人、一个作家。

那些天的早晨，课堂如此安静，走笔唰唰有声，窗外，不知哪户居民养的狗，不断在导师的讲课中插入几声轻哭。因为遥远，所以，这生灵的哭声若隐若现。鲁院外的那条叫十里堡的路，两边的民居正在拆迁，街道始终蒙着厚厚的灰尘，遥远的高楼正在蓬勃飞扬的尘土中拔地而起。那条轻哭的狗，是否因为它贫瘠但深爱的老窝正被掠夺，就在每日的此刻，发出它轻声的哀鸣？那时刻，正是我们的听课时间。我们在用一支笔坚持某种信仰，狗在用哭声呼唤一种生活。我们如它一般手无寸铁，但我们以文字做枪剑和玫瑰，用以战斗和爱情的表白，如它，用吠叫发出自卫或求欢的呼喊。

周末上午，狗不哭了。它死了，还是笑了？我们依然坐在课堂里，屏幕上是《美丽人生》中那个滑稽的父亲抱着他亲爱的小孩，那个在绝望中给予孩子坚持生命的信念的渺小而伟大至极的父亲，让我在瞬间意欲潸然。

俄罗斯作家普里什文说：作家最大的幸福是不把自己视为特殊的、独来独往的人，而是做一个和一切人一样的人。

如果我现在说，我愿意做那条每天早晨在沾染了露水的灰尘中轻哭的狗，我想，狗是愿意接纳我的。狗有狗的使命，而我，若亦因一种使命的召唤而来到人间，那我愿意为这个召唤而倾尽生命，哪怕我是错的。

某一位导师说：评判文字的标准，绝不是对和错，而是能否让读到文字的人被感染。或者，艺术，就是在平凡中找到不平凡，在不平凡中找到平凡。

我相信，那只狗的轻哭声，将在我北京生活的记忆中，持久而永恒地给予我提示和警醒。我们要做的，并不仅仅是赞美和歌颂，我们还要呼喊，还要奔跑，还要投入江河与浪涛争夺。当然，我们也要为爱情、为理想牺牲一些什么，小到失眠，大到死亡。我想，我未必能记录生命过程的全部，但我确信这句话：把无限放在你的手掌上，永恒在一刹那里收藏。

三、面食和玫瑰

2008 年 3 月 17 日　暖气终于停止

鲁院生活两周下来，发现自己的胃口正在越来越强健，食堂里的饭菜变得越来越香。从不吃面条，昨天晚饭，却吃了一小碗其辣无比的拌面，再加一个麻酱饼子和一个小糖花卷。上帝，这是我在家时一天的食量。是不是做回了学生，就越发遗忘了俗世生活的烦扰，果然变得无忧无虑起来？很多次吃饭时，夏果果说：我要减肥！我心里暗想，这也是我的宣言。可是今天晚饭，玄武他们做了大盆面条，我还是在吃了米饭和红烧肉之后，又吃了一小碗西红柿鸡蛋面。晚餐时间，餐厅里响彻着一片锅碗瓢盆的碰撞声和笑声。我说：吃面条怎么像过节？玄武捧着大碗说：那是啊！

山西人爱面食超过爱老婆，当然，面条是饭，老婆是烟或者酒。这是我的想法。烟不一定非得抽，酒也不一定非得喝，饭倒是不能不吃。当然，大部分男人还是贪杯，或者烟瘾比较大。

我学着同学们的样子，在面条里拌入浇头、洒上醋，稀里哗啦地吃出一片美味的音响效果。吃着面条，秦岭就开始怀念西北老家的“浆水面”和“散饭”。我不知道是不是用对了这两个名称的字，在这之前，对这些吃食，我是闻所未闻。听秦岭介绍，才知道，浆水，就是制作酸菜的发酵水，浆水面，就是用浆水烹制出的汤，做面条的调味汤料。散饭，是在开水锅里连续不断地下玉米面，不断搅拌煮出来的稠面糊糊。当然，少不了甘肃辣椒、胡麻等等浓烈杀口的调料。在我听来，这样的吃食都是新奇到无法感知的，可秦岭惟妙惟肖的解说还是让我间接体会了其中一二。尤为绝妙的是他空手表演品尝想象中亲手做成的美食时的神态动作，简直就是一个上佳的演员。他坐在我对面，吸溜着以空气充当的面条，用筷子夹着空气做成的散饭，吃得脸膛红润，满嘴喷香，吃得长吁短叹，摇头晃脑。那个全身心享受的劲头，恰是一览无余，让我这个南方人也对陌生的浆水面和散饭顿生强烈的饥馋之感。可秦岭面前，只是一个空碗，和一双光秃秃的筷子。简直是天才，星期五联欢晚会上没让他表演小品，真是太大的错失。

周五联欢会之前，玄武和小痣来我房里修改节目单，两个大男人背着双手进门，嘻嘻哈哈地说：你这几天辛苦了，为了表示对你的问候，我们送你一样礼物，请把眼睛闭上。

心脏顿时乱跳，竟有男生要送我礼物，不知道这是多少年前的回忆，居然在来到鲁院后重演。当然很想知道他们要送我什么，于是，很听话地闭上了眼睛。然后，我听到他们说：把手伸出来。

乖乖地伸出手，然后，感觉手心一凉，睁开眼睛，天啊，是一支玫瑰。我大叫起来：哇哇哇，哪里来的？送给我吗？

两个男人哈哈大笑。光头玄武露出烟牙，完全是个调皮的男生。眉目温顺的小痣，也笑得“呵呵”的。我已不是小女生，企盼玫瑰的岁月早已过去，但玄武和小痣，却成全了我女人至老不变的祈望。

玄武和小痣走后，我把那支红色的玫瑰养在了我的茶杯里，两天过去了，它还端立在我每日阳光明媚的窗台上，悄然绽放。

这是我到达鲁院后心情最为愉快的两天，仿佛又回到了学生时代，为了联欢会而兴奋到大动干戈。编剧兼导演兼喜儿扮演者赵剑云，热情而懂事的女孩，为排演小品而哑了嗓子，她让我想起自己在十八岁时为一场演出失眠胃痛的样子；扮演黄世仁的九鹏头戴瓜皮帽，身穿从朋友处借来的中式绸缎短褂，手捏两个台球，台步独白处处到位，他甚至让我误以为他真的就是地主家出身的少东家；大春的扮演者杨勇，每次排练总是带着书，没有他的戏份时，他就在一边静静地看书，哪怕环境再嘈杂，亦无以影响他的专注，他让我相信，诗人的内心，总是拥有一片最为纯净的土壤；扮演穆仁智的李晋瑞，从毫无表演经验到上台时的台词感觉进步如此巨大，让我确信，每个人都会有自己未曾发现的无限潜力可挖掘；温柔恬静的大眼睛美女高安侠为道具服装飞针走线的贤惠样子，让我心里流溢出缕缕温暖；长发美女卓慧要串演两个角色，而每个角色都只有一句话，她和安侠一起，拆缝着那些我们搜罗来的像垃圾一样的道具，弯月亮一样微笑的眼睛总是出现在排练场；还有钟兆云，这匹用一口客家话把账房先生演得我们捧腹大笑的黑马，为了排练推辞了朋友请客 K 歌的邀请……我们果真是一群学生，为一场联欢会而兴师动众。有人在休息时间排练合唱，有人在角落里悄悄对歌词，有人去买食物饮料礼品和布置会场，有人准备主持串词和抽奖用具……也许在这个世界上，除了学生，已经很少有人对这种老套陈旧而缺乏时尚气息的活动还报以兴趣和热情，可我发现，在鲁院同学身上，最少见的，就是漠视和麻木。

这样的细节，还有许多许多，它们都如我窗台上的玫瑰，在我鲁院生活的记录中，留下永久的馨香。

四、城市的春天

2008年3月24日 星期一 上海 阴雨

星期五上午的课一结束，就提着大箱子离开鲁院，赶下午的飞机回上海。为4月出访澳洲和新西兰文化交流的有关事宜，不得不回去。

终于下雨了，这是自2月29日到达鲁院后，北京的第一场春雨。出大厅时，正在打乒乓的秦岭放下球拍，帮我把箱子抬下台阶，一边叮嘱我路上注意安全，然后挥手说再见。秦岭是我们班上周刚选出来的班长，果然有班长的样子，简短的告别给了我轻轻的温暖。

拖着箱子在鲁院潮湿的水泥地面上跳脚走路，斑驳的水迹一汪汪伸展，文园里的白玉兰花苞鼓胀欲放，不知名的树上，嫩黄的叶芽已露出了毛茸茸的尖儿。东君咬着一个火红的苹果从餐厅出来，他要坐晚上的火车去上海，和我一样，他也将在下周赶回，继续这里的学业。吃苹果的男子把先行一步离开的我送到鲁院门口，苹果还未吃完，白色的果肉在他肆无忌惮的啃咬中露出天真而皎洁的色泽。男子和苹果站在门口目送我和箱子，我的背影继续看着越来越小的吃苹果的男子和挂着“鲁迅文学院”牌子的大门。我想，我提前体验了告别鲁院的感觉，虽然真正的告别要在7月炎夏到来的时候。

上海竟比北京寒冽几许，我的箱子里塞满了冬季的衣物，因为北京的温暖，这些衣服显然已无法着身，所以，把冬衣带回家，预备换一箱轻盈漂亮的春装。城市与城市间的距离仅在两小时内逾越，而气候的迥异让我忽然失去了判断力。都市里的人们裹着厚实的毛衫和棉衣，树木却在阴霾云色下绿意葱茏，桃花和樱花亦在路边开得繁盛闹猛。潮湿的空气里带着脂粉的香气，地铁车厢内拥挤的人们在铁轨的呼啸声中保持着高贵的沉默。这里不是北京，这里已是上海。

可是为什么，应是熟悉之至的城市，竟在离开一个月不到的时段内变得如此陌生？是我已经习惯了北京的喧闹热烈和高空飞沙？是我喜欢上了艳阳倾泻而入我小小房间的温煦和暖？或者，是我内心的寓所，即是如鲁院内这样一方小而幽闭的空间，在喧哗外衣的包裹下独享宁静，然后，以无所界限的想象自由飞翔、飞翔……

上海啊，这个让我无法困闭自己的城市。我必须与周围所有的声音和人影相融，我要买菜，我要做饭，我要接待访客，我要电邀修理洗衣机的工人。我在分割我的时间，我把一小时留给家人，一小时留给朋友，一小时留给街道，一小时留给厨房，一小时留给久未踏入的庙宇佛堂……然后，我把深夜的某一个小时留给自己，我打开电脑，进入网络里的鲁迅文学院，我看到，我的同学们正在一如既往地欢笑生活。忽然鼻酸，仅仅离开两天，然而我却发现，我已与北京那所在喧闹中独自清静的院落分别了旷世之久。

想起上个周末，清晨独自去圆明园。残破的廊柱在阳光下闪着白亮的光芒，古老的废墟以傲然的姿势挺立在巨大而空旷的花园里，某一块美丽的石头在脚下交错而过，令我一瞬惊艳，而后沉默。角落里几株桃树，亦是已经开花，满树轻盈，如一群粉蝴蝶，在晨曦里跃跃欲飞。远处的湖里，两只黑色的天鹅不顾寥落的笑声在岸边兀自交颈亲昵，旁若无人。天边的山丘，却依然是混沌的苍茫之色，并没有大片的新绿，没有。北京不以浓重的绿色来宣布春天的到来，北京亦不以整日的细雨来渲染春天已至的惆怅绵密情绪。

我家小区里的桃花也开了，窗下的绿地上，硕大饱满的花朵因为雨水的浸润而显沉重，细弱的枝头亦因不堪重负而摇摇欲坠。细雨如幕布一样持久洗刷着城市，有一朵花扑簌簌掉落下来，粉色柔嫩的花瓣依然在风中轻摇，可它已经离开枝头，回不去了。把身上的棉衣裹裹紧，打开脚边的电暖器。好了，可以伸出冰冷的手打字了。是，这就是上海的春天，潮湿、阴郁、沉重、寒冷的春天。

原来，城市与城市，是如此不同。春天与春天，亦是不同如此。

五、把悲伤留给自己

2008 年 4 月 6 日　星期日　雾？尘埃？

已经十天没有记录北京生活了，从上海回到鲁院后，就紧赶着把中篇小说《哭歌》改完发给人民文学编辑，近乎想不吃饭不睡觉地完成手头的工作，急切到甚至焦虑的情绪，常常把写稿和发稿的过程看成是一场战役。这么说有些过于严重，但很清楚地记得刚开始写作时，参加上海作协新世纪首届青创班，《小说界》主编魏心宏老师说：你们现在的处境，就好比在炮火中越过一片开阔地，你们没有可隐蔽遮挡的战壕或者盾牌，你们的武器亦是简陋而原始，然后，你们中的大批人在炮火扫射下倒毙，最后越过开阔地的人所剩无几。也许，你们中的大多数人最后是要死在开阔地上的……

这些话，在当时听来，感觉有些耸人听闻。可如今，当再次回头寻望时，我发现，五年前与我一样举着文学的武器试图越过危机重重的开阔地的战友们，果然只剩下了寥寥几个。我们这些幸存者，虽已不再是裸露于炮火中任由扫射，但战局并未定夺，我们依然在文学中挣扎前行，我们依然在迂回、在突击、在辗转、在冲杀。某一天，我们中的一些人还是有可能被狙击手突发的暗枪击中，那时候的毙命，就更为遗憾，更为惨痛。所以，我总是告诉自己，不能随意懈怠，不能盲目自信，不能放松警惕，这场战役将是长久的、一生的，也许是永远都不会结束的。

上周一，中国话剧院院长王晓鹰给我们上了一堂课。整堂课，这个说话容易激动并且情绪始终饱满的话剧艺术家不断地询问我们，抑或是在询问他自己：我们为什么需要戏剧？

当我们在物欲横流的当今年代为体现自我价值而去努力为自己夺得一些的时候，我们是否发现，我们灵魂里最基本的价值已经失去？比如真实，比如尊严，比如忠诚，比如爱情……

我们为什么需要戏剧？

舞台上出演的某一段极端经历，它将给予你什么样的感受？是扩展了对生命的认识？是对生命有了更深刻的理解？

戏剧，就是给予愿意弥补生命缺憾的人，以实现一种体验。那是一种超越功利、超越实用主义的灵魂审视。

我相信，王小鹰院长这么说，自然是站在他戏剧艺术工作者的立场上。比如哲学或者文学，同样能让读者认识生命和审视灵魂。但有一点我们必须认同，哲学与文学的小众处境，无法让大多数人去感知那些有关灵魂和生命的自问。戏剧，便是把哲学和文化传播给广大民众的途径。

结束讲课前，王小鹰院长给我们播放了十五分钟话剧《萨勒姆的女巫》中的片段。这是一出关于“真实与谎言，生命与死亡”的抉择的话剧。有这样一个选择题放在你面前：如果你撒谎，你将活下去；如果你说真话，你将被处死。

你将如何选择？《萨勒姆的女巫》里，男主角在极度痛苦的挣扎之后，最终选择了赴死。十五分钟的片段结束，教室里一片唏嘘之声。

关于真实和谎言、生命与死亡的选择题，我至今未给自己一个确切的答案。任何一个人，都会有困惑。但真正的困惑，是关于灵魂的困惑。虽然关于灵魂的困惑通常是无解的，然而戏剧，却给我们演绎了一个寻求解答困惑的过程。这个寻求的过程，已然传递和包含了许多许多的生命信息。它让我们始终处于蒙昧或者变得越来越麻木的灵魂在平凡的生活中被某种艺术刺醒。

这就是戏剧最高贵的艺术目的。课堂里，五十多位来自全国各地的作家们流淌下的眼泪，证实了这一点。

前天，收到浙江作家海飞的散文集《丹桂房的日子》，这个早于我多年就开始写作并且已小有成就的年轻男人，他的文字里肆意流淌着一种我熟悉之极的南方气息。我忍不住用黑色水笔画下一些我喜欢的句子，那些牛羊对话、鸡鸭歌唱的生活在他笔下犹如真实的童话世界。在我眼里，这是一个智慧之人用简单的笔触描绘出的一幅充满幽默感的人生画卷。可我还是在他的文字里看到了深深隐藏的忧伤。我记得他曾经说过：做一个善良的聪明人，只会把悲伤留给自己。

这几天，北京的春天正汹涌澎湃着。任何事物达到旺盛的顶点，接下去的就是衰败。想起前段时间因迷恋上《士兵突击》里的袁朗，便找来几年前的实验话剧《恋爱的犀牛》再一次观看，同样是中国话剧院的作品，孟京辉导演，段奕宏主演。

这是一部有关爱情困惑的话剧。当所有人都在思考关于荣誉、关于金钱、关于地位、关于美貌……的时候，爱情，却唐突而不合时宜地出现了。这个飞速前进而又步履沉重的时代，还需要爱情吗？

试图忘掉爱情的人，便需忘掉你没有的东西，忘掉别人有的东西。

忘掉你失去的和以后得不到的东西，忘掉仇恨，忘掉屈辱。忘掉爱情，就像犀牛忘掉草原，像水鸟忘掉湖泊，像地狱里的人忘掉天堂，像截肢的人忘掉曾经健步如飞！

一个善良的聪明人，因为无法忘掉一些什么，比如真实，比如尊严，比如忠诚，比如爱情……所以，只能把悲伤留给自己。

六、蛰居心情、公猪或燕子

2008 年 4 月 12 日　星期六　阴转多云

订了下周一的机票回上海，然后，将在五一休假过后再回北京。看着满屋子的书，满橱的衣服，写字台上的电脑，抽屉里塞满的零食、茶叶、咖啡、充电器、药品，还有窗台上的鲜花、化妆包、茶杯、饭盒……鲁迅文学院 410 房间的小小空间正越来越铺张着我的日用家什，我已完全把这里当成了家。甚至有一次逛超市，剧烈地想买一块砧板和一把菜刀回家，因为看上了鲜肉柜台里一块很漂亮的排骨。那时候，完全忘了我的北京生活与厨房无关。后来，那块美丽的排骨被一位阿姨买走了，我惋惜了半天，又实在不甘心，于是给自己买了四个白洋淀双黄咸鸭蛋。后来，这四个巨大的鸭蛋中的三个，分别送给了秦岭、赵剑云和李晋瑞。一如在家时，炸了春卷，炖了靓汤，包了粽子，最后都分送给了我的朋友和邻居。

无法想象 7 月学期结束回上海时，我的行李会是怎样的庞大杂乱。就如搬家一样，要搬走的不仅仅是物件，还有一种在一处寓所蛰居的心情。搬走物件很容易，超重可以付钱，还可以通过邮局寄回去，但心情，却是很难迁移的。比如昨天订下回上海的机票后，心里就开始烦躁起来。虽然仅是回去半个月，但已感觉到了扑面而来的繁忙。当初离开上海飞往北京时，就窃喜着可以逃脱缠绕于身的众多事务，至少，这半年里，可以在接近傍晚时不去操心晚餐的菜式，可以在清晨闹钟响彻于枕边时暂时失聪，可以安心写想好了标题却久未动笔的小说，可以不被打断地做一个假装孤独的人……可还是要回归，时间终是在流动，四个半月很快就会过去，那时候，我必是要把整个的心情打包，由我这一具凡俗肉身携带着登上某一架飞机，运回上海的凡俗生活中。

昨夜，鲁院高研班第一届毕业生荆大师兄请夜宵，我等人马一到簋街食店，荆大师兄就直指我道：你的小说我看过，写一头公猪的那篇，尤其好！

他所指的是我发表于《中国作家》的中篇小说《鞭》，写的是一个赶猪人的故事，第二主角便是那头以配种为职业的名叫“黄小军”的公猪，在我们那里叫“猪郎”。荆大师兄的夸奖让我颇为欣喜，在我自己所有的小说里，《鞭》是我最喜欢之一。记得在一次出版界的文化论坛中见到《北京文学·中篇小说月报》的章德宁社长和编辑部主任关圣力，章社长笑着说：《鞭》怎么能是一个女作者写的呢？虽然我已经看过你的照片，但见到你，还是不敢相信。

在章社长和关老师面前，我是只会笑而不知如何答。不想荆大师兄竟也提出了同样的问题：不过我很奇怪，你一个上海女人，怎么会对猪那么了解呢？

我如实回答：为了写这个《鞭》，我特地找了一个大型养猪场，在群猪生活的地方待了一整天。

我与猪仅仅一天的共同生活自然无法观察到猪完整的一生，但这已是给了小说创作许多直观的经验，想象便也有据可依。说话间，众人入席举杯，荆大师兄却依然一脸疑惑着。结束夜宵前，同学们让我唱歌，我第 N 次地挑了那首能背得出歌词的哈萨克民歌《燕子》。

燕子啊，让我唱首我心爱的燕子歌，
亲爱的，听我对你说一说，燕子啊！
燕子啊，你的性情愉快亲切又活泼，
你的微笑好像星星在闪烁。
啊——眉毛弯弯眼睛亮，脖子匀匀头发长，
是我的姑娘燕子啊！
燕子啊，不要忘了你的诺言变了心，
我是你的，你是我的，燕子啊——

唱完，荆大师兄指着我说：还是想不通，为什么可以唱这么优美的歌的人，居然写了一头公猪。

今天晚饭，李晋瑞同学请客，在海底捞火锅城。酒到酣时，大家又一次提议我唱歌，还是这首《燕子》。庞杂喧嚣的饭店里，燕子淹没于蒸腾的热气中，挣扎着翅膀艰难飞翔。歌毕，一桌十人默默呆怔着，竟无人喝彩。心里暗惊，是我唱得不好？或者是我总唱这一首，已让同学们腻烦？片刻，才响起某一位同学的叫好声，大家才似醒转过来一般，纷纷鼓起掌来。玄武做出一个夸张的欲哭状：我每次听这首《燕子》，总想哭啊！

也许玄武是在用一种玩笑的方式赞美一位同学的歌声；也许，歌曲里的某种情愫抑或意境，果真触动了他内心深处的怀想和伤痛。我想我更愿意是后一种。也许回忆的效果总是夸大了事实，也许那一瞬定格的镜头完全是我自作多情的幻想。当然，也许我的讲述并没有出错，以上所有的故事，都不是我的臆想，那都是真实的。因为我确信，每个人的心里，都繁殖着一些藤蔓纠结的往事或者梦想，哪怕仅仅是一种莫名的情绪，亦会在这样不经意的时候被拨响，这一切让我相信，我们的内心，从不冷漠。

昨天晚上，一起去夜宵的郭明辉同学说：你可以写一篇叫作“公猪或燕子”的文贴在博客上。

这一篇，却连带了在鲁迅文学院里生活了一个多月后的某些无以名状的心情。那么，就叫“蛰居心情、公猪或燕子”吧。接下来，也许会有两个多星期的空白。

七、与文学私奔

2008 年 7 月 11 日　飞行中

我要改回我的上海生活习惯了，北京正在远去。不再需要带着一大箱子衣物和生活用品在上海和北京之间来回，做着一个季节和另一个季节的纤夫。早春时节一直到炎夏的四个半月生活，果真结束了。一直欢笑到最后，此刻，眼泪却蜂拥而出。

昨日上午的毕业典礼一结束，鲁迅文学院里就充满了离别的尘埃。吉林小说家王齐君拖着行李和铁凝主席合影，最后的影像上，留下了匆忙的汗水。有一群同学出门了，他们是去吃饭？就在鲁院隔壁的湘菜馆，还是红领巾桥下的饺子馆？他们走出那扇大门，就不回来了，那么，他们是回家了。我笑着和他们挥手，耳朵里听到众多的地名，热情的邀请，那些词汇和句子，告诉我离别的时刻已然迫近。

桂花姐姐背着双肩包走向电梯，我说：不送你了，姐，什么时候，我们相约，私奔！

两个女人相对大笑，然后，她红色的身影矫捷远去。我关上贴着我的名字的410房门，开始整理我狼藉的屋子。

下午，送小七剑云出门，手里拿着相机，拍下了小七的欢笑。她说：三姐姐，我一定要请你来走一走丝绸之路。

当然当然，我小七家乡的路，怎么能不走一走。送景凤明和马端刚到校门口，蒙古汉子老马眼里有泪花，我说：马哥，啥时候带上我去看草原。

草原在老马的眼睛里闪烁，草原在老马的汗水里倔强地闪烁！

一个人回房，和小痣在大厅里遇到，我说，再打一局乒乓球吧。第一男模拿起球拍，我们的最后一场球赛，就在空寂的大厅里开始了。玄武趿着拖鞋走过来，还有二十分钟他也要走了，去做他的山西大佬了。他抢下球拍，把7月10日下午的汗水洒在了鲁迅文学院大厅里的地板上。

王芸提着行李走过我的屋门口，我的邻居也要走了。进电梯前，她哑着嗓子说再见，我抱了抱这个瘦弱的荆州才女，电梯门便在我笑着的注视中关闭。

入夜前，走廊里安静极了，食堂门口的喧哗声不再依旧。不需吃饭了，食客们都走了，抗议西红柿炒鸡蛋里放酱油的声音消失了，吮吸酸奶的稀里呼噜声也消失了，我独自整理着我的行囊，努力想听见一些什么。直到打理好两个行李，亦没有探听到如同往常的任何迹象。

八点半，邀上藏族作家尼玛潘多和诗人杨勇，去鲁院隔壁的眉州小食店，喝了最后的啤酒，吃了最后的夜餐。回学校时，看到黑暗中的鲁院大门，门内的大楼，燥热空气中的学院，仿佛以往的每一次，吃完饭，唱着酒歌、迈着醉步回来，一切都没变，温文尔雅的保安、偶现身影的流浪猫，还有浓密的树荫。对，树荫变了，2 月 29 日夜晚来到这里时，它们还是枝叶疏朗，如今，我已无法透过它们的枝杈，看夜空里的星星。踏进校门，习惯抬头看如棋盘一样的窗口，仅有寥落的几方灯火，其中，有我的一窗孤单。忽然意识到，今夜已不同以往，今夜已近人去楼空。眼泪夺眶而出。

入睡前去二楼，与九鹏、杨勇话别，一起回忆联欢会演穆仁智、大春和杨白劳，大笑。回到房里，照旧打开电脑，进入我每日溜达的空间。心里明白，天亮后，我就要走了。

天亮后，我真的走了。出租车飞驰着离开，只是瞬间，十里堡路、八里庄南里的那所院子、那扇大门，消失在后视镜里意欲潸然的目光中。从这一刻起，我开始用回忆想念一些人、一段生活，和一种舍不却的爱。

手机里还保存着鲁院的电话，在机场等候航班时，收到东君的短信：我已登机，即将返回温州，四个半月学业结束了，昨晚人去楼空，百感交集，宛如梦境，有空联系吧。

想起手机里还留着鲁院的电话，找一个还留在那里的同学联系一下吧。尝试着拨通总机，好听的女声说：这里是鲁迅文学院，请拨分机号码。我便顺手按下了四个数字——2410，接听音随即长响。没有人接电话，那间房子里的人，正在首都机场 1 号航站楼的 13 号登机口，她在等待飞往上海的飞机，她在等待那所已然离别的小屋里，有人拿起电话说：你好，请问哪一位？我想，大概，她是把魂魄丢在那里了。可是她的身躯，已经离开了。

天还早，楼层服务员小陆还没有上班吧，那么床单和枕套都还没换，上面还留着我身上安利沐浴露和洗发水的气味。适才，我还在那张铺着黄格子床单的不太牢固的单人床上耍赖。还给小陆留下什么了？半盒浙江白茶、一堆三合一雀巢咖啡、一堆打火机、一瓶用了两回的花露水。我走了，留下了一堆垃圾；我走了，留下了乒乓球桌边光脚跳跃的身影；我走了，留下了410玩杀人游戏吃西瓜的笑声。院子里的流浪猫是否会记得那个擅自把它叫作“咪咪”的女人？门卫的小伙子是否会记得那个向他挥手说不卷舌的“晚上好”的女人？食堂里的姑娘是否会记得那个长得不瘦但每次打饭都大叫“少一点，少一点”的女人？

他们都不会记得我的名字，可我，却牢牢地记住了他们。贴在410门上的名字，很快就将被别的名字替代。我不知道她是谁，可我给她留了一叠书和杂志，还有一个装满针线的瓶子，这个未知的她，来时就不用带针线包了。

飞机着陆上海虹桥机场，打开手机，拨通桂花姐姐的电话，山西口音的女声欢叫道：薛舒舒，你到上海了？

他们就是这么叫我的，薛舒舒，薛舒舒，他们就是这么叫我的！我对着电话大哭起来：姐，什么时候带我私奔吧！

电话那头的女声回答：好，有一天，让文学带着我们，一起私奔。

我在那所叫作文学的院子里整整过了四个半月，直到最后一天，我才发现，原来，我们已经在那里孕育了多少舍不去的情感；直到最后一天，我才知道，自己一直热爱着却始终看不清他面目，心里却想要与他私奔的，是那个叫文学的小伙子。

那么，什么时候，带我私奔吧，带我走草原，带我闯高原，带我穿戈壁。背上我的文字，带上我的歌声，我们私奔吧！

草原青春　草原安好

1. 精神之恋

从草原回来，我总是在想一个问题，当一个人与一片陌生的土地之间产生某种灵犀相通的情感，是不是就会愿意两次乃至两次以上踏入那片土地?

当然，那片土地一定不是你的故乡，因为，我们总是赋予故乡太多需要承载的责任和荣耀，我们又总是希望从故乡继承更多遗产，因它故乡的身份，我们常常为它的名誉、地位，甚至美貌而焦虑、怨愤、责备，所以，我想，故乡，就是父母、孩子、兄弟姐妹，故乡滋养了我们内心一份丰腴的亲情，而不是爱情。

现在我要说的那片土地，却是陌生的，也许你从未踏足，或者仅有一面之交，但你可以一见钟情、一见倾心，甚至，你耳闻便向往，未见已心驰。于是你追寻而去，为那片与你灵犀相通的遥远的土地，就像去寻访一位神交已久却未曾相见的恋人，满怀着想象和憧憬，去了。倘若见过它之后，你心头的那份爱意更加浓烈了，你发现你果然爱上了它，那么我想，它便是你的情人了。

并无暗示什么的用意，我只是喜欢把每一片令我留下深刻印象的土地叫作“情人”。一如我愿意把上海的淮海路看作沪上女孩们的大众情人，亦是愿意把青藏高原比作一位让城市姑娘疯狂迷恋但因冷峻独立而难以驾驭的情人，我还愿意把新疆比作一位丰茂与荒芜并存、痴心与冷酷齐驱、令女人们爱恨交加的情人……那样的土地，是适合做情人的。

好吧，我想我得进入正题了，冒着被评价为“滥情”恶名的危险，我依然愿意这么描述我所见到的草原——他是一个有着浩瀚的怀抱、沉实的肌肉、阔达的胸襟的情人，他藏力量于宽厚，隐锐利于平和，他歌声绵长，他舞姿健捷，他平静而坚毅，他朴实而壮美，他以一览无余的坦率接纳每一颗奔赴而去的灵魂，然后与你寂寞地、漫长地相爱。

2. 初见草原

第一次去内蒙古，是在2009年5月，那一次并非真正意义上的探访草原，作为西藏自驾旅程的起点，包头给我留下的记忆举足轻重而又并非莫属，况且5月的草原还未到绿意葱茏的季节。有朋友问我，为什么要从包头出发去西藏？不是成都或者西宁吗？

答案很简单：老马在包头。

我们叫他“马哥”，鲁院第八届青年作家高级研讨班的同学们都这么叫他。其实他不老，他和我同年。

2009年5月，出发西藏之前，马哥带我和锐强看了响沙湾、成吉思汗陵、秦长城、五当召，品尝了手把羊肉、莜面栲栳栳、加盐的奶茶……说实话，响沙湾真漂亮，它位于鄂尔多斯，属中国最东端的库布齐沙漠。如此金黄细腻浩瀚如海的沙漠，确是我第一次见到，当然还有傍晚归家的驼队，带着风沙的晚霞席卷而来，侵袭着那些沉着的动物，置身其中，恍如进入了某部叫作《新龙门客栈》的电影，只是比电影静，进入喧嚣的心脏的寂静。成吉思汗陵，给我的印象是崭新并且规模宏大，倘若没有那样的宏大，又怎可装下英雄铁木真伟大的灵魂？蒙古族的骄傲，自是需要那样的宏大。古老的秦长城，一眼看去，只是依山而建的一条土坎，上面荒草丛生，若没有碑文标示，若不是考古学家，谁能看出那里有一道修筑于两千两百多年前用来防御匈奴的战争工事？然而沿着土坎攀登，攀登到最高处，看到那条向着山外蜿蜒不尽的沧桑的长龙，我便觉出了某种勇悍和壮烈，甚至，我的鼻息里充满了来自远古战事的硝烟味。作为喇嘛教圣地五当召，自是有着悠久宝贵的佛教文化历史地位，神秘庄严，冷璞而有距离感。

就在参观完五当召后去往的那片叫不上名字的草原，却令我有些失望。稀疏枯黄的草，完全无法覆盖黄褐色的泥土，牛羊匍匐在贫瘠的草地上啃食，亦是懒散。那不是我想象中的草原，它令我心里生出某种接近凄惶和恐慌的感觉，无以名状。马哥说，这个季节，草还没长出来，这里的草原不能算草原。

生长于草原的男人否认那片长着稀疏的荒草的土地叫作草原，我理解他，亦是相信草原一定有过最美的年代，只是来不及轮到我们经历，它已消失。抑或者，我们的心思并不在草原，这里只是我们集结的起点，我们对草原心不在焉，因为我们迫不及待地要往更高处的青藏高原进发，于是，与草原的第一次接触，就这么结束了。只有马哥这个生长于斯的人，与我们相随相伴，一路走完了川藏线和青藏线。马哥身上是否有着草原的气息？我并未确切感知，因此，草原依然只是我的“印象”而非“体验”。

在这里，我想，我得提一下那个叫“宝音图”的蒙古族小伙子。他是我们二十天西藏之行的同伴，他驾着他的霸道四驱越野，以高超的驾驶技术以及机灵勇敢，使我们的高原之路在险象环生中终是平安度过。马哥告诉我，他经常“穿沙”，驾车穿越沙漠，位于中国最东端的库布齐沙漠，中国第七大沙漠。

宝音图是我第一次近距离接触的蒙古族朋友，典型的蒙古人长相，细小的眼睛，宽阔的脸庞，肤色黝黑，体格健壮，脾气暴烈。途中我和锐强都与他吵过架，不过我们总是在吵完之后即刻就和好。停留芒康站点时我还为他洗过手套，高原气候干燥，手套被交织着牦牛粪和酥油茶气味的风吹干，交给宝音图，他却说：洗得真脏啊！

那是我这辈子洗得最用功的衣物，宝音图却如此直接，坦率，毫不留情。

从西藏回到上海月余，在博客里看到一个留言：相处二十天不算长，可是，我还真想你们了。署名是拼音——“BaoYinTu。”

彼时，我的脑中竟出现了如此场景：蒙古族小伙子巴腾正策马奔驰在一望无际的草原上，他不断地扬手甩鞭，马蹄踏出一路飞尘。远处的蒙古包边，蒙古族姑娘萨玛唱着长调牧歌，奶茶正飘出香味，夕阳把草原涂抹得一片金黄……

那是我的一篇叫《图勒漠的草原》的小说，我为男主角起名叫巴腾，女主角叫萨玛，而那匹飞奔的马，叫“格力”。

我没想过要用“宝音图”这个名字，宝音图是开越野车的穿沙者，而巴腾骑马，他只会骑马。

那以后，我就一直在想，什么时候我才能见到真正的草原？未来，还是梦中？我要用什么样的眼睛，才能见到真正的草原，而后小心地踏入？

3. 罕见的雨水

2012 年的夏季已然来临，五十年不遇的雨水使草原的葱郁前所未有。马哥说，来吧，8 月是草原最美的季节，不要错过今年的“草原那达慕”。

彼时，脑海中立即闪现出赛马、射箭、摔跤等等热烈的场景，“那达慕”，是蒙语“运动会”的意思，然而同时，我的思维却无法描绘出一个生机勃发的草原。2009 年 5 月之后，我对草原的想象已近荒凉，因为见识了它的脆弱和无助，以及它日益委顿的模样。去年的枯草还未完全返青，今年刚萌芽的微绿又要遭受霜雪的摧残，五十年前同样丰沛的一季雨水轮回滋养了多少代属于草原的生命？它竭尽所能，终是蒸腾和消散，它不可能无尽地滋养着草原并延续它永久的苍茂。

我没见过草原最丰美的时代，我确信马哥也没有见过。五十年前，我们还长着翅膀，我们在天上飞翔，我还未曾决定降落繁华都市，他亦未曾想要扑落于草原的厚壤。只是我没问过他，在他的童年记忆中，草原与现在的区别有多大。

自从赚钱以后，我就从未给自己买过任何一样羊绒制品，哪怕一副手套、一条围巾。倘若朋友要送我羊绒衣物，我会借此宣告，我是环保主义者，拒绝一次性筷子，拒绝羊绒制品……并非矫情的形式主义，我深信身体力行的意义，作为人，无数个一己之力的相加，将是何其巨大的力量？

曾经在一本杂志上看到，城市人大量消费的高档羊绒制品的原料，正是产自内蒙古的一种山羊。相比牛和马，山羊对草原的破坏无与伦比，因为它不似马，只吃草叶和草籽，亦不似牛那样吃草梗，它会连根啃食。为了获得羊绒，草原负荷了过多山羊的生存。当城市人对轻柔暖和触感极佳的羊绒衣衫趋之若骛时，他们有没有想到，追求时尚和舒适的代价是草原飞速的早衰？

草原正日渐荒芜和沙化。草原的头颅正以斑秃的方式消退着原本骄傲的绿。草原像一个劳累过度的中年人，随时面临着过劳死的危险。

然而2012年的草原，竟有了马哥也未曾领略过的繁茂和葱茏，因为五十年不遇的雨水，倘若连续三五年有这样的雨水，那些沙化的草原就该重返青翠了。这是马哥的原话。

那么今年的草原，也许就是五十年来最美的草原了？我想。

于是，我们决定8月在草原会合，我说过，我希望见到真正的草原，而后小心踏入。

8月，上海酷热，从三十六度高温的都市飞达包头，刚出机舱，便觉一阵清洌的风，抬头却是艳阳明媚，高空低云，如江南的秋天。8月的内蒙古果然与5月不同，盛夏正值酣畅，却并不炎热干燥，亦无尘土蓬勃飞扬，似还略含水分。

小说家马端刚和诗人杨勇在接机口等我们，我看到了他们伸长的脖子和脖子上翘盼的脑袋，他们像一匹马和一只羊一样淹没在人群中假装淡定地注视着来往人流，目光里的期待却无以掩藏地流露。我走向他们，使劲抿着嘴，隐蔽在墨镜后的眼睛却忍不住，先笑了。

4. 春坤山的野花

五十年不遇的雨水让8月的草原几近妖娆。固阳县的春坤山，一片山势并不高险的坡地，却纵深而无垠。一踏上长着半人高绿草的山坡，我便情不自禁欢叫起来，天哪！那么多野花，那么多，那么多。

我找不到更好的词汇描述那种多，那种密集和繁盛。从未见过那么多的野花在广袤的土地上如此恣意地绽放，热烈而散漫，灵动而安妥。它们繁星般播撒在碧绿无垠的草原上，它们像毕加索的立体主义油画，在风的拂动下闪烁着一只只幽蓝或魅紫的灵眸。是，花儿们几乎全是蓝色和紫色，并且色泽幽深，仿佛天空在暗夜里播撒下流星雨的种子，太阳一出来，它们便绽放了。神秘而充满幻想的色彩，迎风搔首弄姿的媚态，以及在草丛中隐隐绰绰的调皮，让我相信它们便是天与地在一夜欢爱之后创造的结晶。

在这里，你可以看见天与地的亲吻，你可以听到天与地的呢喃。没有嘈杂和喧哗干扰他们的恋爱，这里没有拥挤的游客，没有举着小旗对着喇叭吼叫的导游，只有寥落可数的自助游人，远远望去，更多的是裸露于草尖之上的马匹黝黑或枣红的背脊；这里没有人造的亭台楼阁、山门牌坊，没有卖粗制滥造的工艺品的小摊贩吆喝叫卖，只有远处敖包上的彩色经幡在风中飘扬，几顶白色的蒙古包随意散落，三两位农人静静地席地而坐，他们的脚下码着十几枚刚采的大白蘑，他们的脸上蒙着头巾，你只能看见他们深邃的眼睛，和眼睛上偶露一抹深刻皱纹的额头。在这里，天与地之间的一切，包括人类，都是那么宁静而宽阔，深邃而浪漫。

天与地之间的距离有多遥远？遥远到永不可触，可是它们依然可以相爱，以凝望的方式，无声地相爱着。天与地之间的距离有多贴近？贴近到紧洽相依、缠绕融合，它们以浸润的方式，饱满地相爱着。草原接纳一切爱，只要是爱，在草原上总能爱得无所阻隔。

春坤山，是我见过的开着最美最多野花的草原，在这里，天与地正进行着一场旷古的恋爱。

在春坤山逗留的大半天，我几乎什么都不做，就躺在草地上看天，看野花，听天地的情话。同伴们各自四散，找他们的乐子去了。午饭时，齐君和锐强拎着一个小塑料袋回来，他们采了一小兜蘑菇。昨夜的一场细雨让这些白色的精灵急咻咻钻出了泥土，白色的小兔宝一样，一头头躲藏在草丛中，窥探着世界。

采蘑菇，这是哪个年代的孩子们的游戏？也许五十年前，马哥年少的父母曾经玩过这个游戏。我忽然感到自己是如此幸运，雨水以罕见的充沛降临草原的这个夏季，我竟第二次踏入了草原，于我而言，这是前所未有的，最丰美的草原。

然而，从春坤山回固阳县城的归途，却不断看到大片死亡的次生林。同行的诗人，包头作协常务副主席赵剑华告诉我们，因为开矿，地下水位降低，矿区附近的树，好不容易长大的，都死了……

草原因为一场五十年不遇的好雨而出落得青翠欲滴，上天降甘露于大地，人类便可撷取美丽的果实。然而车窗外那些闪掠而过的树，因人类的侵入和掠夺而大片死去的生命，它们像版画的刻痕一般，印烙在草原之上的天幕，它们伸出千万根灰色枯枝的手指，坚硬而倔强地指着上天。

树的尸体在控诉，花的美丽已远去。我不知道，五十年不遇的好雨，是草原即将走出衰败的吉兆，还是它早衰之途回光返照的挣扎？

5. 达茂草原

倘若去到香格里拉，你应该驻扎在雪山脚下；倘若是西安，你应该长时间逗留于兵马俑；倘若是西藏，你应该让布达拉宫和大昭寺占去你大半的旅途；倘若是杭州，你应该租一艘小船，徜徉在西湖上，整日整日不要上岸；倘若来到了草原，你就应该做一匹马……

进入内蒙古，便不再需要寻找草原，只要举目眺望，放眼之处便是草原。相信我，倘若走进8月的内蒙古，你将不再左顾右盼，不再东张西望，因为除了草原，你的眼睛别无选择，情不自禁地，你就会被草原迷住，你的双脚一经踏入深草丛中，便不愿意离开，你会变成一匹马，你的目光里充满了绿，连绵不绝的绿、深入浅出的绿。这温暖的、新鲜的、清香的绿，甚至让你觉出了饥饿，你因此而产生了食欲，你恨不得张嘴啃咬脚下的青草，你可以尽情地饕餮，那片草可以让你一辈子饱餐，你将永远不知道饥饿的滋味。

是的，草原让我变成了一匹马，我愿意相信，我的前世就是一匹自由的马，一匹有着栗色皮肤的健康的小母马。五十年前的8月，达茂草原的雨季，我在清晨凉意的薄曦中让四蹄享受一场晨露的洗浴，我用草梳打理我的鬃发，我用草汁洗刷我的牙齿，然后我以天空为镜，镜子里，一匹美貌的天马以云朵的方式奔驰起来……

这是我的想象，我站在达茂草原上编织童话，我的童话与爱情有关，主角就是那匹有着栗棕色毛发的小母马。清晨，梳妆一新的小母马向繁茂的草滩深处奔去，去约会它那位长着漂亮的黑白斑纹的男朋友。一阵风吹来，小母马头上棕栗色的长发飘扬而起，它那小男朋友从马群中昂起头，它看见了它的女朋友。黑白斑纹的健硕小子张嘴欢叫，高亢优美的爱情咏叹便在清晨的达茂草原嘹亮地唱响。

彼时正是达茂草原的清晨，马匹们以群落的组合，正在远处进行它们优雅的早餐。我们的到来或许影响了它们的进食，它们频频从美食中抬起头来观望我们。我相信，在马的眼睛里，我们，八名以写字为生的男人和女人，只是闯进它们领地的一小群异族，才八个，势单力薄而身形瘦弱。它们因此而不屑一顾，或者用余光窥上一眼，那亦仅是好奇而已，它们根本没有与我们争斗什么的欲望，因为，在草原上，它们知道自己无敌。

于是，我们纷纷开始编写童话故事。端刚指着马群中某一匹神情落寞的黑马说：锐强，你失恋了吗？为什么如此落落寡欢？

那匹俊俏的白马抬头看着远方，齐君轻叹：瞧瞧，杨勇又在酝酿诗了，好深沉的样子。

栗棕色小母马忽然从群体中奔跳而出，所有人都笑了：看啊，薛舒舒在撒欢……

草原让我们变得率真而坦白，我们遗忘了繁文缛节，遗忘了声名地位，遗忘了痛苦、忌妒和自私，遗忘了暂离或永别。因为，我们的灵魂已然回归真诚，我们找到了精神的情人，我们正在恋爱。

夜晚，驻扎达茂旗希拉穆仁草原营盘，夕阳落入地平线尽头时，蒙古包里飘出奶茶的香味，手把羊肉已经端上桌，马头琴奏响了奔蹄的节律，敬酒歌唱醉了欢饮的人们，篝火映照着舞蹈的身影……

饭后，诗人杨勇出题：假如你可以决定自己的来生，你愿意做什么？动物、植物，甚或静物，你有权决定任何。

王齐君说：我想，我还是做人吧。

燕子说：我愿意做一头猪。

李晋瑞说：我要做美国人。

杨勇说：我想做一棵静静的老树。

……

轮到我时，我无厘头地嚷嚷要做一只孔雀。诗人的解释是，你渴望被关注，对自己目前的亮度并不满足……我笑而倾听，心里却知道，方才的选择，我没有用心。

夜深，凉意骤然侵袭，躺在蒙古包里，我感觉着草原亲昵的搂抱。风敲击着简陋的木门，如夜访者不期而来，发出“啪、啪”的声响。那会儿，忽然想到，假如有来生，我愿意做一条长长的、流不尽的小溪。是，也许它并不深沉，也许它随时面临干涸，然而，“浅浅的一层溪水流逝了，但永恒留在了原处”。

我记得，这是梭罗在《瓦尔登湖》里的开篇语，我无以解释这句话的精确含义，然而我想，任何意义，都可以成为内心深处无言的懂得，一如我愿意把曾经一再踏入的土地叫作“情人”，因为，爱，是可以独自消受的。

6. 远方的情人

梭罗的《瓦尔登湖》里还有这样一句话：假如一个人真诚地生活着，他一定是住在遥远的地方。

我想，我愿意把这个遥远的地方叫作“灵魂的归宿”。它也许不是我们躯体的栖所，并不是每个人都会出发去寻找它。它给我们活力，亦给我们安宁。我们可能不会终老于此，甚至随时都要离开它，但即使离开它，我们依然需要它，就像需要一个远方的情人，需要一种永不止息的精神爱恋。

这就是为什么我总是喜欢把曾经踏足过的那些土地叫作“情人”。在这片土地上，你变得真诚、坦率、不虚伪、不焦躁；你可以哭，可以笑，可以舞蹈，可以表白……在那里，你只属于自己，甚至，你的情人亦不会强求你必须属于它。它不介意你是离开，抑或回归，它只是敞开，接纳。它知道，它的身份并非唯你独有，你可以爱它，以及爱任何一片与它不同的土地，只要你真诚，你便可以敞开地、深深地爱它，哪怕只爱一次。可是你终不愿意只爱它一次，因为它的宽阔、它的容纳，你的灵魂便会执拗地要求进入它，反复地进入它，纵情地、心无旁骛地投入，去抚摸它无边的肌肤。

爱，让你充满勇气，爱同样让你谦卑和珍惜。

我庆幸自己第二次踏入了草原，它与我第一次见到的样子是如此不同，它像一名大病一场之后正在康复的女子，雨水这剂良药让她身上急剧消逝的青春正悄悄地回归。我祈祷，这样的雨水将不再冠以“五十年不遇”的前缀，就像马哥起初的告知，假如连续三五年有这么好的雨水，草原就会停止沙化。

我愿意草原的雨把我淋湿，淋得透湿，那是一种幸福，湿漉漉的幸福。

8 月草原之旅结束了，从包头飞回上海，飞机升空时，我趴在窗前俯瞰脚下的土地。内蒙大地像一个巨大的沙盘，完全呈现在了我的目光之下。巨龙般的黄河匍匐在它身上，河套之下是大片绿色的平原，平原深处是更广阔的草原……遥远的土地，我正与它默默地告别。飞机侧身向南，忽然，我看见沙盘中部，平原深处的大片绿色，正被相向而来的黄色波浪渐次吞噬，那些黄色波浪与绿色的边缘交织着、啃咬着、相持着，黄色和绿色，像两队身着不同战衣的士兵，正进行一场殊死之战。黄绿交织的波浪里，人类的矿厂以强硬的气势发出暴发户的狂笑，黑色的矿石堆成了黑色的小山……一场草原与沙漠的自然相争，因人类的帮凶，也许将面临胜负悬殊的结果。

飞机终是把我带到了云层之上，看不见黄河了，看不见草原了，也看不见正在吞噬草原的黄沙了。其实，那片遥远的土地，与更多人，离得很远很远。

什么时候，世界将不再有绿色的草原？什么时候，人类不再相信遥远的爱情？

远方的情人，我只能祝愿你，愿你青春、安好！

一种行走

一、自然的声音

入藏计划摆上议事日程时，正值2016年夏天。并非纯粹自驾旅行，而是跟随外子进藏采样。

所谓采样，就是科研材料的采集。邀请外子的是青海民族大学药学院院长、植物学家林鹏程，复旦大学钟扬教授生前的博士生，与外子的关系，既是大学同学，又是生物科研合作人。随行还有林鹏程院长的三名学生，硕士研究生西宁姑娘包婷雯、枸杞种植专家蒙古族青年巴特、西藏大学藏医药博士索南邓登，还有，林院长夫人，青海民族大学赵素琴教授。

7月9日，上海三十六度酷暑，西宁却还颇具早春的冷意。一行七人，两辆越野车，于早晨的阴雨绵绵中出发。天路的起点以十八度的清凉空气静静地目送我们，越野车驶过青海湖，驶向祁连山脉，驶入通向西藏的214国道。

从西宁到玉树八百公里，经过海拔四千八百三十四米的巴颜喀拉山，并未有明显的高原反应。林院长说，我们将在晚上八点左右到达。

在2010年春天的那场地震之前，我从未注意过中国版图上有一个叫“玉树藏族自治州”的地方。那一年4月，我正在爱尔兰做文学访问，都柏林的早晨，酒店电视早新闻播报，中国的14日上午，爱尔兰的13日午夜，一场强地震摧毁了位于青海的一座叫玉树的藏区城市。与此同时，新闻镜头切至冰岛，4月14日凌晨一时，冰岛南部亚菲亚德拉冰盖的艾雅法拉火山喷发。彼时正是北京时间上午九时，东半球的中国青海玉树，亦在剧烈震荡中。

东方与西方两个毫不相及的角落，在同一时间各自发生了一场巨大的地质灾害，它们之间是否会有内在的牵连？我被这个巧合震惊了两秒，随即假装冷静地告诉自己：那是自然发出的声音，它透露给人类一些秘密，甚至给人类以重创的教训，大多时候，我们无能为力。

相较于自然，人类总是显得渺小而又自大。当我们驾驶着越野车行进在通往玉树的公路上时，我们只是像一颗在母亲身体里流浪的微不足道的细胞，我们以为自己正驾驭、掌握着一切，事实上，自然正在我们的车轮下静默地承受着一切，同时又在剧烈地改变着一切。

夜晚九点多，进入玉树自治州州府，暮色才刚降临，街灯已然亮起。一座全新的城市，没有地震留下的丝毫痕迹，宾馆酒吧、商业大楼、美容院闪烁的三色旋转柱、“小苹果”的轰鸣声、跳广场舞的大妈……要不是街边建筑外墙上绚丽的藏式装饰，要不是穿着鲜亮藏袍逛街的姑娘，我会以为，那是某座江南小城。

安顿好住宿已近十点，包婷雯领命，与她的玉树闺密同学去街上买来桶装泡面和火腿肠。肤色白皙身材小巧的闺密，父母都在玉树城里工作，正放暑假，她获知我们要到玉树，已等候一天。

待泡面送到房间，我已头痛欲裂，一个下咽动作就会引发呕吐。空腹和衣躺下，紧闭双眼，放空大脑，也许梦里能缓解缺氧带来的强烈不适。

夜半醒来，听窗外有篮球拍击声，以及三两声兴奋的吆喝。大山环绕下的藏族小城，什么样的人，居然在午夜时分打球？一定是年轻人，他们应该有着红黑的脸膛，在高原上剧烈运动却矫捷自如，也许，一个叫扎西，一个叫则让，还有一个叫达娃……我躺在床上，想象着窗外的他们在雪山下的旷野里打球的样子，六年前的那场地震，改变的何止是这里的地貌和街景？或许，属于他们的夜生活，也因城市的重建而诞生。

第二天上午，出玉树城，林院长指着车窗外一栋布满裂缝并且歪斜得近乎倾倒的建筑告诉我们：那栋房子，是地震留下来的，重建时没有拆除，做了地震纪念馆。

几近碎裂的房子，外墙色彩过于鲜亮，门窗框架虽是扭曲变形，但没有一丝尘埃。它让我想起西班牙建筑师高迪的不对称建筑作品，或者是一种中国传统制窑技艺，一只布满“冰裂”纹的陶杯，一件工艺品。

林院长问我们：要不要进去看看？我摇头，藏药采样才是此行任务，并且，我不想通过一栋危房去体验某种惨烈与凶险，一如不愿意参观一具受伤的躯体上涂着红药水、紫药水的破溃。我宁愿与索南邓登或者巴特聊聊天，宁愿倾听包婷雯的闺密，那位小巧白皙的女孩并无设定主题的述说，说说她的快乐、忧伤、遗憾，说说她那玉树城税务部门工作的父亲、藏医院工作的母亲，说说她经历了地震，却依然被父母围绕着，做着幸福的公主的幸运……

越野车开过地震纪念馆，那栋危房被我们抛在了身后。也许，“遗迹”的意义，并不仅仅在于纪念。

二、多卜扣的手掌参

越野车在一处写着“多卜扣”的路牌边停下，第一个采样点到了。公路下面，绿色的草原向天边铺展而去，草滩深处散落着几顶黑色牦牛皮藏包，一条蜿蜒的小河翻飞着白浪横亘在眼前，牧民在小河边烧牛粪做饭，炊烟正袅袅升起。包婷雯与索南邓登率先下车，林院长、巴特和外子紧随其后，素琴教授领着我，深一脚浅一脚地踏入半人高的草丛。

进入草滩，大片浓绿变身巨大的地毯，霎时间铺在了我的脚下。天际，青色的大山连绵起伏，目力所及的地方，几乎都要渗出绿色的汁液来，绿得透人心脾，绿得深不可测，绿得笼罩身心……置身其中，某种无以名状的情绪油然升起，情不自禁地想要雀跃、尖叫，想张嘴来几句“呀拉索”。可是仅仅三五步快走，心脏就擂鼓般重重敲打胸腔，四肢发软，呼吸不畅。停下，静一静，告诉自己，我不能用如此轻狂而又轻佻的姿势出现在这里，我需要更加踏实和稳重的步履，这里是青藏高原，我要让血液充盈足够的敬畏与虔诚，缓慢而优雅地踏入它。是的，它随时敞开胸怀接纳所有来这里的人，它平静地躺在人们脚下，而我们，根本来不及看清它，已被沉默的它征服。

放慢脚步，喘着粗气，跟在林院长身后，听他指点草滩上的植物——美到近乎诡异的狼毒花，开得肆无忌惮的野百合，众多淡黄色小花簇拥成的大花盘，叫金球黄堇，十几朵深紫色小花聚集开放成一整穗，叫列当，亭亭玉立开长串玫红花的，叫柳兰，还有开黄花结绿果的金丝桃，间或采一粒鲜红的野草莓，扔进嘴里，酸甜草香弥漫口腔……

置身百草丛中，忽生好奇，问外子：假如可以选择做一棵植物，你愿意做哪种？

这个生命科学研究者回给我一个不置可否的微笑，我知道，他在嘲笑我幼稚的想象，在他眼里，一切物种只有在具备科研价值的条件下，审美意义才能随之产生。

远处传来巴特的呼喊声：老师，手掌参——散布在各处的采样人围拢过去。草丛中，一株叶瓣长相酷似鸢尾的植物端端矗立，中间顶着一簇很多小花排序而成的圆柱花体，桃粉色，像风信子。

知道此次采样主要目的就是赶在花期结束前采集“手掌参”样本，我却至今未见过真正的手掌参，便问：手掌参呢，在哪里？

林院长笑说：现在是花期，还没长成呢。说着捻起一簇凋谢的手掌参花，花序下面结出的种子，都是瘪瘪的空壳：手掌参的种子退化了，繁殖只能依赖根部寄生的菌类，长得慢，牦牛又爱吃，再加上人的采挖，越来越少了。这也是我们要研究攻克的课题，手掌参是好东西啊！依据目前我们的研究，它对阿尔兹海默症有显著的防治作用，还可以抗艾滋病毒……

此刻，身在海拔四千多米的多卜扣，这里是林院长和他的学生们每年都要来的采样点。为了掌握手掌参的生长、繁殖，以及探索其药用价值，十多年来，他们在青藏高原上寻找了无数个采样点，每一个采样点之间的距离五十公里以上，不同的地质、环境、土壤、气候、海拔……从西宁，沿 214 国道和 318 国道，到拉萨，再到那曲、格尔木，回到西宁的大学实验室，全程四千四百公里。每一次采样，就是一次长途跋涉。作为一个随行的外行，我只是毫无压力地到处拍照，再看索南邓登、包婷雯，看大学毕业已经多年还经常回来参与采样的巴特，不由心生敬意。

三、陌路人也是可以托付的

离开三江源，离开囊谦，离开昌都，经历险象环生的怒江 72 拐，从崇山峻岭围绕的怒江大峡谷底部逶迤穿越，一次次到达，一次次离开……越野车上已经载满各种高原植物样本，大多开着花，淡绿、深紫、粉红，根部带着大坨湿润泥土，一株株用塑料袋包住，袋子上分门别类贴着标签，上面写着一些我不懂得也从未见过的名字。我的相机里，也拍下了此生从未见过的上百种植物。

那一日，途经然乌湖小镇。过镇时，我们的车被一位穿军装的小伙子拦住。小兵哥看上去二十出头，发着青春痘的脸上有羞涩的笑。他问我们是准备驻扎的游客，还是去往波密的路人。得知我们要赶到波密，他交给我们一个信封，希望我们替他带去，他的朋友将到我们的住处取信。林院长欣然答应，并留下了他波密朋友的电话。

依然没有为然乌湖停留，怒江折向南方，向着云南奔去，它将流经缅甸，最终流到印度洋。而我们的方向，是沿着念青唐古拉山脉另一侧的 318 国道，开进雅鲁藏布江大峡谷，而后，抵达西藏山南地区的波密小城。

到达波密已是晚上十点半。夜餐就在雅鲁藏布江边的小店，夜排档才刚开始。这一餐，终于尝到了手掌参，与剁成小块的藏鸡一起放在大石锅里炖煮，七人围坐，边煮边吃。汤一沸腾，巴特就为我舀了一勺，一个肉色手掌正向我张开，果真如婴儿的袖珍小手，晶莹透明，饱满光润。不同的是，手掌参的手指，有的两根，有的三根、四根。林院长告诉我们，最好的，当然是五指手掌，十分难得。而我碗里的那一掌，有四根手指，也是难能可贵。夹起来，轻轻咬一口，酥软甜糯，接近山药的口感。至于藏鸡汤，不用说，鲜美异常。

正吃饭，一位年轻姑娘寻进来，林院长站起来，拿出牛皮纸信封交给了她。姑娘感谢着离开，我才想起，经过然乌湖时我们接了一个带信的活。原来，林院长一到饭店就给那位小兵哥的朋友打了电话。

扭头看取信的姑娘，穿裙子的背影已经推门出去，修长的腿，马尾辫一晃一晃，消失在夜色中……那是一封什么样的信？爱的表白？姻缘的签证？那个小兵哥，又怎么会信任我们这样一车素不相识的旅人？而我，此刻为什么心生些许快乐？为一段爱情的传递充当了一次丘比特的箭？为送人玫瑰之后手里留下的余香？

也许，人与人之间的关系就应该这么简单，可以彼此相信，彼此托付，然后，彼此遗忘而不需索报答。可是，都市里的人类已经久违这样的简单，我们无法相信陌路人可以相托，也无法接受施恩人被遗忘。大多时候我们忘了，拥有一颗简单的心，才是更高境界的爱与存在，一如高原上那些不加以人工修饰的山水，才是最本真的美好。

四、一种叫仓央嘉措的抚慰

拉萨的夕阳降落得悠然而又缓慢，夜色完全笼罩布达拉宫时，已是晚上九点过后。八廓街东南角有一栋黄色小楼，入夜便灯火通明，门楣上写着四个字：玛吉阿米。那是一家藏式餐厅，晚上十点，客人依然熙熙攘攘，踩着狭窄的木楼梯上到二楼，找到临窗餐桌坐下，街景便在俯瞰之下。

叫两壶酥油茶，等待时，拿起桌上漂亮的点餐本阅读，烛光下，一段发生在古老西藏的爱情遗梦轻轻浮现……很久以前，有一个藏族少年，为了寻找至尊救世度母，跋山涉水走遍了藏区。有一天，他来到八廓街的一个小酒馆休息，抬头间，只见门外一个月亮般娇美的少女正掀帘窥望。少女的面容深深地印在了少年的心中，那以后，他常常到这里来歇脚，为的就是与月亮少女再次邂逅……月亮少女名叫玛吉阿米，贵为六世达赖的仓央嘉措，无可救药地爱上了她。

惊世骇俗的爱情通常以悲剧终了，故事的结局是，玛吉阿米远嫁了，仓央嘉措只能用他的诗，让爱情恒久不死。

早已听闻这段发生在三百多年前雪域高原上的爱情故事，也读过不少传说中仓央嘉措的诗。总以为，诗和爱情有着相似的质地，它们属于精神领域，甚而抽象，注定不能成为大众消费品。而当人人都在谈论仓央嘉措的爱情，当他的诗被唱成街头流行歌曲，被过度消费的爱情和诗，已沦为“娱乐”抑或“商品”。

然而，既已来，就安坐藏式卧榻，喝酥油茶，权当泡吧。忽而发现靠墙的藏式柜子上堆着七八沓硬面留言本，新旧参半，好几十册。一只白色波斯猫趴在其中一沓上，冷厉的目光流露出作为守卫者的庄严。

乘着波斯猫不注意，我抽出一本，翻开布封面，顿时，各种字迹跃然而出。

“我猜你会来，但我猜你看不到，可还是想说，为了遇见你，才来到这里……”这是一个叫美玉的女子的留言，一段单相思，也许永远没有交汇的时刻，她的表白他未必看见，而“玛吉阿米”的留言本，领受了一切。

一个双子座深圳男孩写下了几个字：独忆，不为别的，只为你……也许他失恋已久，什么样的旧爱，须用“独忆”来回顾？

还有一个叫卓卓的广州女孩，是的，我猜卓卓是女孩：在家的时候，这里便是远方，今天我来了，现在只有你，是我永远无法到达的远方……

翻看了十多册留言本，终于发现，在“玛吉阿米”写下心迹的人，大多是为未曾获得抑或已经失去的爱情。也许，人人都需要为着爱的相思或失意而忧伤、哭泣、宣泄，而真情流露。在拉萨，在这个远离家乡、远离日常的地方，在玛吉阿米的留言本上，他们无须惧怕被围观，也不需要掩饰与隐藏，他们可以孤独而自由地倾诉。

恍然明白，仓央嘉措是用自己失意的爱情抚慰了人们，而玛吉阿米，把失恋的人，变成了“诗人”。

如此，不由地念叨出声：孤独的另一个名字，也许叫自由。

林院长听见了，笑问：那你们说说，幸福的另一个名字是什么？

什么？我们异口同声问。

“枷锁。”林院长笑而作答，随即喝了一口酥油茶，看了一眼身边的素琴教授，“呵呵”笑起来，很幸福的样子。

似乎是被感染了，莫名地，心中亦是生出些许幸福感来，说不出原因，许是为拥有过自由与孤独而觉人生丰盈。或者，为自己能安然接受一切所得与所失，而觉出了生命的美好。

扎西德勒，孩子

坐巴士，闭眼听MP3，韩红的一首歌，叫《归来》。耳机阻隔了城市的喧哗，脸颊两畔有风声，高原的风刮起经幡，猎猎作响，风中传来孩童的说话声，是藏语。应答的是一位成年人，我想，他是孩子的父亲，我想，他们的家安在高原牧场上，5月依然荒凉的牧场。我想，他们养了一群牦牛，黑色的牦牛，像黑猩猩一样散落在冰川下的黑石头丛中。草是黄褐色的，这里看不见葱绿，看不见鲜花。他们用天籁般的声音说话，我听不懂，可是我能看见他们被高原的太阳晒得黑红的脸蛋，和他们在风中奔跑而来的身影，沾满污垢的藏袍翻飞着，黑头发飘扬着，奔向我们。

1. 亚丁女孩萨拉纳姆

318国道途经稻城，又盘旋了几百公里山路，用了一整天，傍晚时分，过日瓦接待站，进入亚丁。

亚丁位于川西边缘，甘孜藏族自治州南部，一个坐落在三怙主雪山圣地的藏族山村群落。我们租住在一户藏家的木屋里，傍晚，夕阳映照下的仙乃日神山，白色雪顶蒙着一层金色羽翼，美到令人窒息。我们的木屋，就在雪山下的松涛中藏身。

藏家有一个孩子，叫萨拉纳姆。日落时分，她已与我混得很熟。她问我：你从哪里来？

我拿起一根树枝，在木屋前的泥地上画了一个中国地图。我指着四川的部位说：你在这里。

她脱口而出：亚丁，我在亚丁，仁村。

对！我又指着地图最东的边缘：我在这里，这里是上海。

她瞪大眼睛看着我，不知道“上海”是什么地方。我问：知道北京吗？

她点头，我便指着地图中部北京的位置告诉她：北京在这里。

她恍然大悟：哦——离仁村很近。

我笑：你想去吗？

她歪着脑袋想了想：我爸爸上山挖虫草，虫草卖了，就有钱了，有钱了，就可以去北京，也可以去上海。

去北京干吗？去上海干吗？

上学！萨拉纳姆干脆地回答。

余晖完全落尽，吃过白菜腊肉米饭做成的晚餐，我和宝音图——一位蒙古族越野赛车手，一起去藏家买虫草。此次出行，他是我们的司机。

山里的夜很黑，我们摸黑走到百米之外的萨拉纳姆家。推门入屋，屋里点着一堆柴火，一家人团团围住火堆，正诺诺而语。所有人的脸，都是黝黑的。亚丁山里，一个月前刚通电，但藏族人家里还是不拉电线，只有租借给客人的木屋内，才安一盏瓦数很低的灯。

萨拉纳姆见我去她们家做客，跳起来，拉起我的手，给我看她的作业本。

那是一本完全写满字的本子，纳姆说：是舅舅送给她的，上面的字，是舅舅写的。说完，又拿出两段烟蒂一样的铅笔头献宝。

凑近火堆，才发现，本子上的字，写了好几层，层层覆盖，已无法辨别是什么字。

宝音图与纳姆的父亲谈好了价。白天，他们全家去山上挖虫草，今天挖到了五根，加上前几天的存货，十五元一根，一共二十七根，我们全部买下了。临走前，我悄悄在纳姆耳边说：到我房里来，我送你本子和笔。

纳姆点头，看了一眼她父亲，一个精瘦的藏族男人，然后凑到我耳边：你先回去，等一下，我去找你。

其实，这次远行并未准备本子和笔，但买了三个记账的小硬抄本，还有两支水笔、两支圆珠笔。我想把其中的一个本子和一支圆珠笔，送给纳姆。

十分钟后，纳姆慌里慌张朝我的小屋跑来，我早已准备好，伸手把笔和本子递给她。她接下后，立即回头往自家木屋跑去。我喊她：你不到我屋里来玩吗？

她边跑边回答：爸爸要打的。

这里的夜，真黑，黑得伸手不见五指。习惯了城市的处处灯火，我竟无法在夜色中用目力看到百米之遥的纳姆家的小木屋。而她小小的身影，早已消失在漆黑的夜中。

2. 洗车摊的姐妹

从芒康至八宿，一路山岭，没有人家，开出两百公里后，终于看见山脚边有一个洗车摊位。宝音图把越野车停下，我们下车。一位藏族阿妈拉，张嘴笑着，笑出一口焦黄的牙齿。她手里捏着一根皮管子，管子从山路下的江水里接上清凉的水来。阿妈拉的身边，站着两个女孩，一大，一小，满脸泥垢。阿妈拉说，这是她的两个孙女。

我从旅行包里拿出一把大白兔奶糖，分给两个孩子。大女孩把糖塞进口袋，没有吃。小女孩立即剥开一颗，塞进嘴巴，随即，混合了奶汁的口水沿着嘴角淌下来，下巴上，立即淌出几条奶油的溪流。

我拿着相机给她们拍照，大女孩直瞪瞪地看着我，小女孩躲到奶奶的袍子后面，探出脑袋偷偷看我。

同行伙伴小马哥问阿妈拉：大的几岁，小的几岁？

阿妈拉笑着说：大的八岁，小的六岁。

小马哥问：不上学吗？

阿妈拉依然笑着：太远，走到学校，要翻几座山。

小马哥又问：什么学校？是希望小学吗？

阿妈拉继续笑：是，是，希望的，援助的……

我转身上车，又从旅行包里掏出两个真空包装的卤鸡蛋，下车塞给两个孩子。阿妈拉冲我笑得更欢了，她只会笑，我想，她是用笑来表示感谢。

越野车经过江水的洗浴，涤尽了满身尘埃，露出潇洒的白色身躯。

我们要上路了，车启动前，向两个女孩挥手告别。大女孩瞪大眼睛看着我们，面无表情。小女孩低头拆卤蛋的真空包装，包装太牢固，她正咬紧牙关使劲拆，顾不上看我们。阿妈拉站在她们身后，看着我们笑，笑出一口牙齿，焦黄的牙齿。

接下去的途中，我们无意中聊到了“5·12”地震。我的同学锐强说起这么一个故事，地震那天早上，有一个孩子，觉得身体不舒服，不想去上学了。妈妈说：吃点药，忍一下，学还是要上，功课落下了，补不上怎么办?

孩子带病上学去了，下午，地震发生，这个孩子，被埋在地下，再也没有出来。

小马哥叹息：唉，地震中，遇难最多的，就是学校里的孩子。要是这天早上，他妈妈同意他不上学，也许他不会死。

锐强说：孩子是走了，最残酷的是，劝孩子去上学的妈妈还活着。

沉默，只有汽车在盘山公路上爬坡的吼声。扭头看坐在我同排的锐强，他架着墨镜的鼻翼边，一行泪水正悄然滑下，滑到了下巴上。

我忍不住伸出手，将锐强脸上的泪水一把抹去，然后扭头朝向车窗外，再也不敢看他。

上学，孩子要上学。彼时，我想象着，洗车摊的那对姐妹，背着书包翻山越岭去上学的样子。山是那么高峻，路是那么遥远，她们奔跑在山路上的身影，是那么小，那么小……

3. 举手敬礼的孩子

一路奔波，途经金沙江、澜沧江、怒江……藏区的景致，美得震撼人心。

不知道为什么，一进入藏区，就发现这里的孩子特别喜欢敬礼。汽车从他们身边开过，他们就会站住，向着汽车举起他们的手。不管是独行的孩子，还是一群孩子。不管是背着书包放学的孩子，还是赶着牛羊回家的孩子。

每次看见有孩子向我们敬礼，宝音图就会刹车，喊着：快快，糖呢？饼干呢？

于是我放下相机，手忙脚乱地掏出大白兔奶糖，掏出沙琪玛，掏出曲奇饼干。那些孩子一拥而上，围着我们的车窗，瞪着眼睛看我，看我的手，看我拿出的是什么。当我把糖果糕点分发给他们时，他们一个个伸出手，面无表情地接受。他们不会说“谢谢”，他们只是用目光注视我们，注视着我们的车、我们的人、我们座位上的饮料瓶和我们正咀嚼着口香糖的嘴巴。当我们启动车子时，那些双手捧着糖果的孩子，已经无法向我们敬礼告别，他们也不会说再见，只依然用目光注视着我们。我想，这种时候，我们的车，真的可以叫“绝尘而去”。

藏区的山路上，其实很少有人迹。但只要经过村落，就会有孩子。只要有孩子，就会看到他们举起手，向我们敬礼。于是，我们的车一停再停，我们带去的大白兔奶糖和饼干，很快从一把一把、一包一包地送，到一颗一颗、一块一块地分。我便后悔，应该再多带一些，带一旅行箱糖果，也花不了我们多少钱。可是，哪怕几旅行箱，也还是不够分。

车到西藏界内时，我们的零食已经分完。我说：今天需要补充储备，明天没有零食分给敬礼的孩子了。

锐强说：我在想一个问题，我们这样停车，给他们一包饼干、一把糖果。外面来的人，都这么做，这些孩子们，会怎么想？我们究竟是在帮助他们，还是在满足我们的施舍欲？

又一次集体沉默。想起前不久，在某本杂志上看到的一篇文章，《国际援助把非洲推入“火坑”》。“劫富济贫”历来被认为是美德，然而，援助，非但没有让贫穷者摆脱困境，相反，他们在伸出接纳之手后，更不知该如何从贫穷中挣脱出来。

小马哥沉沉一叹：唉！为什么他们一见到外面来的人就敬礼呢？六年前我就来过这一带，那时候，他们也敬礼，直到今天，他们还保持着敬礼的习惯。是谁教会他们的？

我们没有继续讨论下去，他们究竟是先学会伸出接纳的手，还是先学会举起敬礼的手？或者，究竟是敬礼让他们得到了施舍，还是施舍让他们学会了敬礼？

接下去的路途，我们依然没有决心在遇到敬礼的孩子时不停车，即便我们承认，我们的内心，的确在施舍后会产生一点点快感。

4. 无言的女孩

从拉萨去江孜，过羊卓雍措湖，碧蓝的湖水倒映着雪山，高原早晨的阳光冷冽、清净，而又逼迫。此地之后，就是海拔五千五百六十米以上的卡若拉山口，古冰川正在前方迎接我们。

如此之高的地方，当属不毛之地，然而，我们还是看见布满石头的山坡上一簇簇刺蓬似的植物，几乎不能叫绿色。星星点点的牦牛散落其中，高原风猛烈地刮着，远处的帐篷在风中浑身颤抖。帐篷外，三个高低错落的孩子，站在灰褐色的背景里，就像一幅苍凉的油画。

我想，这大概是世界上海拔最高的牧场了，放牧人带着他们的孩子，在这里安营扎寨。

停车小憩，小马哥点起一支烟，刚抽一口，便气喘吁吁。我已不敢下车，走一步都是千米长跑的感觉，头颅阵阵裂痛，眼球暴涨，呼吸困难。看远处的三个孩子，不知他们在玩什么游戏，忽而追赶，忽而奔逃。风传来他们的笑声，和我无法懂得的说话声。

他们发现了我们，立即吆喝着飞奔而来。在我们已经寸步难行的高原上，他们却像三只自由的小马驹，风扬起他们的头发，我看到，那个最高的孩子，她的头发，很长很长。

他们终于围在了我们的车边。我摇下车窗，最高的女孩，竟长得那么秀气，那么美，修长的身段，狭小的脸颊，细窄的眼睛，尖尖的下巴，还有，一头长发……她已经是个大姑娘了。我一边伸手从座位上的包里掏零食，一边问她：你上学了吗？

她看着我的手，没有回答我。我摸出一包饼干，给了最小的孩子，再伸手到包里：我问你呢，你上学了吗？

她依然看着我的手，没有回答。我把掏出的第二包饼干，给了第二个孩子。我没有再问她是否上学，我很快掏出第三包饼干，未等我递过去，她已伸出了她的手。很显然，她知道这一包饼干，应该轮到给她。

小马哥又问了一次：小姑娘，你有没有上过学？

她扭头看了一眼说话的人，很快把目光转回，又回到座位边的旅行包。她没有回答我们任何问题。

我实在不忍心看她盯着我们的包，便又抓了一把糖果，交给她：分给弟弟妹妹，一起吃。

她捧过糖果，转身飞也似的向帐篷跑去，两个小一点的孩子，叫喊着跟在她身后奔跑，三只小马驹，欢腾着扑向帐篷。我听不懂他们在喊什么，但我听出来，他们的喊声里，充满了快乐。

她让我想起两年前我曾教过的云南班学生，她和她们，应该同龄。从红河州的大山里出来的瑶族女孩们，成了上海一所中专的旅游专业学生。她和她们一样，同样长得很美，很美。只是，她们已经走出大山，她们已经学会说：Welcome To YunNan。三年以后，她们将回到她们的故乡，为来自世界各地的客人做导游。

三年以后，这个藏族女孩，还会在这高原的牧场上，等待路过的越野车偶尔停下吗？

5. 扎西德勒——孩子

西藏之行已经过去六个月，深冬的昨日，我在开往市中心的大巴上闭目养神，我听到了一首歌，旷远的风声中，歌声伴着孩子的说话声，渐起：

高高的雪山　啰啦依嗦
看看你归来的孩子　哟啦依呀依嗦
远飞的大雁　啰啦依嗦
看看你归来的孩子　哟啦依呀依嗦

问问雄鹰　你想我了吗
问问雅鲁江水　你想我了吗
问问朝拜的阿妈拉　你想我了吗
问问放牛的阿佳　你想我了吗
嘿扎西德勒
嘿扎西德勒
……

我微闭的眼睛里，忽然涌起一股潮热。我想起那个叫萨拉纳姆的孩子，想起洗车摊的那对姐妹，想起站在飞驶而过的汽车边举手敬礼的孩子，想起那个沉默着等待分给她零食的美丽女孩……我不知道该如何告诉他们，我在遥远的城市里，为他们惦念着一些什么，担忧着一些什么。

我只能跟着那首歌，默默地吟唱：扎西德勒——孩子！祝福你，孩子！扎西德勒——

青稞酒与水彩画

1. 德彪西和印象派

写下这个标题的时候，耳边是德彪西的钢琴曲《月光》，这个印象派音乐的奠基者或者代表者，总是呈现给我们听似并不符合音乐规律的曲调，调性的随意却丝毫没有破坏音乐的美感，相反，因不受束于规律，我们听到的便是自由到可上天入地的音乐。虽然德彪西的音乐总是有标题，但并不表示他有意创作标题音乐，他从不说故事，他宁可给听众一个印象，暗示人们某种意象，而非明白地指出。他的音乐，所传递给你的情感以及色彩，已远远超出了标题所能涵括的意义。

德彪西相信，音乐因其本性使然，绝不可能被局限于传统与固定形式的窠臼中。据说，在德彪西大行音乐改革的年代里，他与法国的象征派诗人以及画家的小团体很接近。象征派诗人（马拉美、魏伦、梅特林克等）的诗作、印象派画家（雷诺瓦、莫奈、塞尚等）的绘画，对他的意义，也许远比音律及故事来得大。

我想，音乐与文学的相通就在于，创作艺术以及对艺术的感受，可以用同一种描摹情感的灵魂语言。比如此刻，我要写的这篇文字的标题叫作“青稞酒与水彩画”。事实上，我根本无法在这两个名词之间找到直接的关系，但我必须把它们放在同一篇文中呈现。那么就让我借用德彪西的话，用以自我鼓励，在并非讲述故事的前提下，以文字传递一种意象。哪怕我的企图最终并不成功，然，与艺术靠近一步，即便是一步，亦得其所。

德彪西的原话是：我最鄙夷那些唯唯诺诺企图制造意义的音乐。

2. 梅雨的水彩江南

6月的江南，我的故乡，彼时恰是黄梅雨季。古镇仲春，天色或疏朗，或阴霾。珠帘密雨歇歇不停，彩色伞花开了一街。沿着一条河道，两岸是比肩接踵的临河木楼，正门外是丈把宽的麻石路，迈两步，即可从这一边的屋檐下，跨到那一边桐油刷过的木门前。门楣上挑着“酒”或者“饭”的布幌，廊檐上滴落下来的雨，溅上肩膀，春装便开了几朵散碎的花。后窗台外是河流，坐在窗棂边，即可见涟漪闪烁的河水，和水里游弋的几尾小鱼儿。红灯笼挂在楼角上，昼时破日光，夜来悬明月。千米长廊边，是最普通人家的生活。结绒线的张家婆婆无事，搬一张竹椅坐在门口百无聊赖地张望。窄窄的街，白墙黑瓦的房子，和一条潺潺流经的河、静静伫立的石拱桥，交相辉映着，带着潮气的古镇，满是写意的水彩韵味。

入夜时分，雨变得更为细小密集，湿淋淋的麻石街在昏暗的路灯照射下，发出冷冷的水光。夜色渐趋静谧，街头小弄依然有阑珊的灯火。远处的桥头，沿河人家的纱布灯笼，亮着绰隐的红光。河里的乌篷船如一群聚集在岸口觅食的鱼儿，船头与船头簇拥，船尾呈扇状散开。三两只摇曳的乌篷船，载着游兴不减的客人徜徉而过，蓝花布帘子罩着船舱，挡住了细密的雨，斜插而入的水线便如轻扫脸庞的露，潮润的凉意，抚弄出女子之手的力，隐藏着阴柔的软劲儿。船头的丝竹弓弦奏出淙淙乐声，是吴越古戏的调子，缓慢优柔。偶有撑着油布伞，端坐于船头的艺人，垂着眼皮，在丝竹伴奏下，唱着一些清冷婉转的曲调，似是某一部戏中青衣的唱腔。缭绕悠长的调子，让细雨中的江南古镇，在夜色中，格外地充满了水汽。

8. 丹巴拉姆的爱情

第一次，也是唯一一次品尝青稞酒，是在七年前，独行川西高原的途中。

6月初夏，白水江的激流与蜀道并列汤汤奔腾，山峦叠嶂，山势险峻。来自城市的目光在群山间无以暇接，鼻翼里吸入的空气从燥热变得越发清冷，阳光明亮到近乎穿透眼球。“白马山寨”的路口，穿藏袍的女人黑红的脸膛上堆起皱纹丛生的笑容。她们面前，小小的摊子上，展示着如同粗犷的枷锁的藏银饰品。牛头挂饰被叫作“大山神”，凶狠的造型，阴暗，并不闪亮，铸造抑或镌刻的肌理直白清晰，充满桀骜不驯的倔强。

很久很久以前，这支藏人的分族，流落到了川西，他们把自己叫作白马人，他们同样穿藏人的袍子，一只袖子露在外面，白衬衣已经发黄。他们的孩子在摊子后面吃辣椒拌米粉，肮脏的小手捧着巨大的饭碗，黑脸蛋上涂抹着来历不明的污垢。孩子们穿着毛衣，我却穿着短袖衬衣，我的丝质长裙在白马山寨的道口飘逸翻飞，红色细带凉鞋里，裸露的脚趾因寒冷而美艳到如沐蔻丹。我用双臂抱着自己，灿烂的阳光照着我。

在这里，阳光不温暖。在这里，阳光是寒冷的。

大山神的子孙托着一瓶小小的绿色半透明液体，用僵硬的普通话说：青稞酒，要吗？

于是，我的背包里多了一瓶酒。风很大，耳朵里灌满了嗡嗡的轰鸣声，高原的气象在瞬间变幻莫测。这一边艳阳高照，那一边却细雨飘忽。

向更高的海拔前行，一路人烟稀少，寂寞总是让人做梦。彼时的梦境，是一个生活在白水江沿岸的藏族女子，爱上了一个叫“扎西泽让”或者“多吉次仁”的藏族男子。这个藏族女子，也许叫“丹巴拉姆”，或者，叫“燕子”，叫“舒”……

4. 爱上一头黑牦牛

海拔四千四百米，扎如马道尽头的万山之主——扎依扎嘎神山傲然矗立，峭壁飞跃头顶，阻挡了太阳直射的光线。双手合十的人们在巨屏般的山壁下渺小如蝇，祈祷声却如羽翼振动，天地轰鸣。身侧的藏族女子喃喃祷告，藏语入耳便如梵文经书。我的灵魂为她译解，却是如此清晰：神山保佑朝圣的路途平安顺畅，保佑家道兴盛牛羊健壮，保佑我爱的人予爱与我，保佑爱我的人知我亦爱……

远处传来洪大的念经声：唵——嘛呢叭咪吽——

背包里的青稞酒依然封存，脚步正走向更远的天边。一头黑色的牦牛迈着笃定的步伐从公路一边缓缓而过，停住脚步，让它先过。它亦并不怕我，犹如一个闲散的隐居者，予这山外世界的来人以不屑的藐视。它走得很慢，几分钟后，它终于过了公路。我回头，看站在绿色山坡上披挂着一身长毛的黑牦牛，我惊异地发现，它也正回头看我。那是一种什么样的眼神哟！它就那样扭着头，看着我慢慢走远，目光里尽是带着揶揄的幽默的笑意，这笑里，亦是有着好感和亲热，似一个调皮而灵性的少年，善意地捉弄了你后，便对你帅气地笑着，诚实地、英俊地、热忱地，与你开着一个无伤大雅的玩笑，然后酷酷地、坏坏地，用笑的眼神与你送别。

我断定，这头看着我微笑的牦牛，定是男性的。犹如与一位陌生的男人擦身而过，不经意地对视，相互点头，会心地微笑，我亦是发现我与它的情投意合，然后，一切便可以开始了。于是我更为确切地断定，如果我是一头小母牛，我一定会毫不犹豫地爱上那个坏小子！

5. 亲爱的，扎西德勒

披着巨大的藏蓝毛毯走进藏羌风情篝火晚会现场。藏族小伙子列队欢迎来客，他们穿着色彩鲜艳的服装，脚蹬沉重的牦牛皮靴子，满头散乱的头发在风里飘忽，他们扯着脖子叫喊着，高亢的曲调，此起彼伏。

如走进了原始部落，狼嚎般的歌声热情而野性。藏族姑娘为每一位游客献上洁白的哈达，她们微笑着对我说：扎西德勒！

藏族小伙子的俄卓舞犹如风过松林自由狂野，牦牛皮靴踩着草地，发出骏马奔跑的扬蹄声，他们吆喝着，像一群撒野的狼。他们的长发飘逸凌乱，藏袍的下摆在夜风中翻飞。他们以猎豹般敏捷的身手，从我面前擦身而过，甩起的袖子拂过我的面孔，强劲的风把我的头发吹起，浓重的酥油茶香味扑面而来。

所有的人都拥进草地跳起了锅庄，吹羌笛的小伙子笑着牵起我的手，我随着他的舞蹈开始踩起我穿着细带红凉鞋的裸露的脚。

我为自己打开了那瓶白马人手里买下的青稞酒，我的嗓子里顿时有一条奔腾的溪流贯穿而入。蜡梅丹桂、紫竹莲花的江南离得很远，这里不需附庸风雅。水彩的底色被严实覆盖，这里没有花红柳绿，只需饮一杯青稞酒，鲜花自然在心里绽放。我在人群中仰起头颅，我看到漫天的星星闪烁着奇异的光彩。我伸出手，我想与谁干杯？我想为谁祝福？我想抓住转瞬即逝的快乐？想寻找做出决然定夺的勇气？

于是我举起青稞酒的瓶子，学着藏人的样子发出不断的啸叫，我对着每一个舞过我面前的人大声叫喊：亲爱的，扎西德勒！亲爱的，扎西德勒！

6. 达娃的“羊”店

在纳木措湖心岛的一家客栈安顿下来，客栈的名字叫——羊店。最质朴最本土的“羊”字命名的旅店，让我们毫不犹豫地选择了它。

同伴们去山上拍“日照金顶”了，傍晚的风景很美，雪山围绕着碧蓝的湖泊，念青唐古拉山远远矗立在云雾中，兀自妖娆着。夕阳铺洒得煞是博爱，白雪覆盖的山顶，变成了灼灼的金色。而四千七百米的海拔，让我无法继续登高望远，剧烈的头痛，脖子僵硬，仿佛顽固的高血压症，整个人不能动弹。我只能坐在羊店的小餐室里，喝一壶十五元的酥油茶。小屋里燃着干牛粪火炉，空气虽稀薄，但却温暖，充满了动物的腥膻体味。藏民们弯着腰，从窄小的门进出。他们的脑袋上扣着皮质或绒线帽，他们裹着藏袍垂着一只袖子，黑红的脸上只有眼睛闪动着明亮的光芒。他们暗紫的嘴唇嚅动着，发出一些不明所以的语言。他们还不时地朗声欢笑，他们看起来快乐、无忧。

酥油茶是咸味的，牦牛奶做成，据说喝了能抗高原反应，便猛灌下两大杯，身上即刻暖和起来，头也不似适才那样痛了。

羊店的老板，一位黑红脸膛的年轻人，为我们登记住宿，简洁明确的用语，普通话亦是标准，沉稳到近乎冷淡的表情，不猥琐，不谄媚，仿佛血液里注满了雪山高原的豪壮和冷静。

外面忽然传来孩子的哭声，年轻的老板推开餐室的矮门，一头扑进了金色的夕阳中。片刻，抱着一个卷毛黑肤的幼儿进来。他右手娴熟地搂抱着拖鼻涕的孩子，左手指点吩咐着他的雇员——两位年轻的姑娘，一个叫卓玛，另一个叫拉姆。孩子起初只瞪眼观望，少许，便按捺不住，挣扎着伸出小黑手，指着餐室靠壁的橱柜里五颜六色的饮料“咿呀”呼唤起来。卓玛和拉姆得令，在小小的餐室里硕壮地移动着，看起来忙碌，却又缓慢、笨拙、憨态。

对食物发出渴求的呼喊的孩子被年轻的老板抱在怀里，如此自然，那么，他是孩子的父亲吗？如果是，那么他的妻子，会不会是卓玛或者拉姆中的一个，那样的壮硕而憨态的藏族女子？我兀自猜测着，稀薄的空气中，想象却意外的繁多。

暮色正在降临，高原的天空变成了金红色，碧蓝浩渺的纳木措正在我的视线下。湖边的玛尼堆上飘扬着五彩的经幡，白塔投落下倾斜的影子，闲逛的狗们，缓慢了健捷的脚步。远处的草甸子上，蓝天与草原接洽，羊群和牦牛如星星般洒在天地间，它们以蓝天为顶，绿草为床，它们一抬头就可以吃到天上的云彩，它们一低头就能啃到地上的如茵绿草。它们过着神仙的生活，我想，我应该把它们叫作——神羊。

夜色终于笼罩纳木措的天空，同伴们回来了。年轻的老板为我们点菜，辣椒炒肉片、西红柿鸡蛋汤，米饭有些夹生，高海拔无法让粮食变熟。黑暗的餐室里，我们却吃得香甜。8 点半，电灯微弱而小心翼翼地亮起，餐室内却显得更加黯淡。游玩归来的客人坐满了简陋的餐桌，一位藏族老妇人独自坐在角落里，她举着一枚巨大的转经筒，佝偻着背脊喃喃念诵。

我听到，年轻的老板叫她“阿妈拉”，我还听到，那位藏族妈妈，叫着他：达娃。

原来，他的名字叫“达娃”。

羊店的餐室里，有人在打牌，有人在喝茶。我的耳里充满了藏语，鼻息里，涌动着某种动物的腥膻体味。我的手指在电脑键盘上跳跃，我的心，却安静至极。

7. 青稞酒与水彩画

德彪西的音乐依然在耳边萦绕，我并不知道自己究竟想说什么。起源于西洋的水彩画在我的脑子里仅是黄梅雨季的江南故乡，而我在为自己于川西高原豪饮一瓶青稞酒寻找理由。多年过去后的今天，回忆如果能如同封存的酒一样越来越醇厚，那么我宁愿继续封存那些可能并不存在的记忆，绝不打开。真实的描摹是多么不堪一击，一个故事仅属于我一个人，所以我试图打碎记忆，然后重新酿造一瓶也许是佳酿的酒。然而，我得到的，却是碎片的虚构。

哪怕是虚构，我依然固执地以为，在阅读这些文字的时候，你可以看到更多更多标题以外的、属于你自己的——青稞酒与水彩画。

色力布亚镇

终年干燥的喀什，这一日下了一场绵绵春雨，气候便似江南的黄梅季，温热中满含氤氲水汽，黄尘在雨水的安抚下静静地融化于戈壁边缘的广袤土地，胡杨树古老的枝干和新发的树叶，亦是闪烁着深褐或者盈绿的泽光。

到巴楚县的色力布亚镇时，雨恰停，便留了下来。彼时，已是于我们而言的午间，新疆的晨曲却刚刚开始。宽阔的大路上，成群结队的驴车或者马车，载着举家老少，抑或满车“咩咩”叫唤着的黑毛黄毛的肥羊，正往著名的星期四大巴扎赶去。

这是巴楚人赶集的日子，色力布亚镇的大巴扎远近闻名。

我的向导是一位叫沙迪克江的维吾尔族警察，身着藏蓝制服的年轻人，有着深邃的眼睛和高挺的鼻梁，形体亦是矫健强壮，像好莱坞影星梅尔·杰普森。窃喜于一位如此帅气的小伙子做我的向导，便欣欣然跟随他快捷的脚步，向着人群所向的大巴扎而去。

我被一路的景象不断地吸引着注意力，一切都是如此陌生而又新奇：撒腿欢奔的驴子竟有着含笑的眉目，仿若驮载着满脊梁的幸福；五彩缤纷的头巾整个地蒙住了维族女人的头面，只露出扑闪晶亮的大眼睛；烤馕的摊子散发出热烘烘的焦香，金黄色的大饼上缀着一朵朵炭黑的烤痕；抱羊的孩子对着我的镜头做鬼脸，羊们乘机踢腾挣扎闹出一片片喧哗声；刚开锅的手抓饭红黄相间蒸汽腾腾，米饭里闪烁着颗颗宝石般剔透亮泽的葡萄干和杏子肉；欢腾的人们围着圈，几面染着汗渍的旧手鼓，几丛旋转出绚丽彩虹般的布拉吉，传递出维吾尔民族浪漫自由的天性……

沙迪克江不说话，亦不回头，只目不斜视地行走在我十步之遥的前方。可他的后脑勺却似长了眼睛，每每在落下我一段距离时，便停下脚步，并不招呼，只沉默地等待着我。他深蓝色的制服，在大群维族人炫彩的服饰中，因沉着和稳重而显突出。他让我感觉安心，我便放开手脚，在大巴扎里如鱼穿梭。

这是巴楚最大的集市，四乡八村的人们都会聚到了色力布亚镇。我的嘴里，不断念叨着“色力布亚”“色里布亚”——这是一个美妙而感性的名字，它让我生出某种想象。我想象着，我就是一个维族女子，身穿布拉吉，头戴小花帽，我要给自己起一个维族名字，我想，我可以叫赛乃姆。我想象着走进童话故事中的一座西域繁华小镇，这里到处飘逸着舞蹈的彩色裙裾，到处响彻着鼓乐的欢快节律。就在这个叫色力布亚的小镇上，赛乃姆遇到了青年警察沙迪克江……

职业思维把我带进了某一部小说的情节，我沉浸其中，竟是良久。再次抬头，却不见了深蓝色制服的沙迪克江。沙迪克江？沙迪克江——我用目光搜寻着青年警察的身影，却不见他深邃的目光和挺拔的身影。霎时间，如同失去航标灯的小船，我在大巴扎的海洋里迷失了方向。我不是赛乃姆，没有沙迪克江的引导，我该怎么走出这无边无际的巴扎？焦急和恐惧几乎使我张嘴喊叫起来。然，就在我转身回头的瞬间，却听见身侧传来稳健的声音：老师，我在这里。

沙迪克江正微笑着站在我的身后，他未曾离开过一步，他让我忽生的惊惧瞬间消失，我随之而笑，笑着说：吓坏我了，找不到你，我怎么回去啊！

沙迪克江用带着维语腔的汉语说：不用害怕，你向任何一个维吾尔人求助，他们都会带你去你想要去的地方。

如此，我便需要向沙迪克江学习几句最初级的维语，至少，当我向维族朋友求助时，首先该对他们道一声“你好！”

沙迪克江可真有耐心，那一路，他反复教着我：

YAHXIMUSIZ，亚克西姆赛斯！你好！

兰姆莫克贝尔，我是记者。

……

沙迪克江带我坐上出租马车，一块钱的车费，从镇的这一头坐到那一头。伴随着马蹄儿敲击路面的“嘚嘚”之声，沙迪克江告诉我：以后再来色力布亚镇，就来找我，到我家里去做客。

我好奇地问：沙迪克江，你结婚了吗？有孩子吗？

沙迪克江掏出手机，翻出一张照片，骄傲地对我说：看，这是我的女儿。

照片上，漂亮的维族小女孩正在屏幕里甜美地笑。

告别时，巴楚的天空云霾散尽，阳光洒落在色力布亚镇街头。沙迪克江在车窗外挥手，我亦向他挥手。那会儿，我在想，假如有一天，我要写一部有关喀什、有关巴楚、有关色力布亚镇的小说，那部小说里，一定会有一个叫沙迪克江的男主角。也许，我会用维族名字“赛乃姆”，作为这部小说的笔名。

喀什的牛

月星锦江国际酒店矗立在开阔无比的南疆地界上，在喀什，它大概是最高的酒店了吧？站在房间窗口眺望，远处有连绵起伏的石头山，空气纯净，视线高远，石头与石头堆垒的褶皱，阳光照射下云朵落下的阴影，钻天杨顶天立地延伸出的疏淡绿痕……近处，只需低头俯瞰，就见大片伏地的土坯房子，如同高台民居脚下的一家家作坊，又像戈壁滩与绿洲交会的地方，突然冒出的人烟。

晚上，关闭网络电视，在白色松软的被褥里沉沉睡去。窗户开着，有好的空气和好的微风，才是最好的侵入。不知道什么时候，突然醒来，窗外的天依旧黑着，却听见一声牛叫，“哞——”，绵长而憨厚，感觉就在楼底下。五分钟后，又是一声“哞——”，沉着而迟钝。不知道是一头牛，还是两头牛。紧接着，三头牛、四头牛……它们的声音并不完全一样，金属质感的男低音，温柔抒情的男高音，气宇轩昂的男中音。是的，我听出来了，喀什的牛，即便还是闹夜的孩子，都会发出成熟的叫唤声，它们都愿意把自己扮演成一个沉得住气的、淡定的——男子汉。不像这里古老的核桃树，活了一千年，结的还是青翠的果子。喀什的牛爱把自己扮演成老者，喀什的核桃树爱装嫩。

这么想想，就会笑出来，躺在被窝里笑。半夜三更的，听着大楼下面传来的牛叫声，猜测着，酒店后窗外大片伏地的土坯房子里，住着不少牛吧？也许，很多很多。

去帕米尔高原的路上，白沙湖边，柯尔克孜族人家敞开大门欢迎途经的客人。崭新的黄色房子，崭新的地毯，让人舍不得穿着鞋子进去。脱鞋，进屋，光脚踩在紫红花纹地毯上，凉凉的，干干净净的。请坐，请坐。女主人用生硬的汉语招呼，然后，我们就坐在了他们家的地炕上，那间援建的房子里，就灌满了我们的笑声。

女主人端来自家的大盆酸奶子、大块烤馕，还有一只绿皮黑纹大西瓜。我们没有说要在他们家吃饭，我们就是借他们家的房子坐一坐，吃个自带的馕，喝一口自带的茶水。

柯尔克孜小男孩站在我们面前，看我们吃饭，他的身后，整面白色的墙上，一张五寸彩照占据极小的一块。集体照，四排男孩和女孩，身后是粉红墙的教学楼。

这是哥哥的学校，毕业照。他指着其中一个圆脸白皮肤少年说。小男孩一转身溜出去，一分钟后，牵引着一个圆脸红皮肤少年进房子：就是他，哥哥！

哥哥笑盈盈，低下了头。哥哥在援建的学校里拍了小学毕业照，哥哥住读在学校的时候是白皮肤，回家过暑假，变成了红皮肤，白沙湖的风吹红的吧？

哥哥带着我们看他们家的卧室，进去吧进去吧，不用脱鞋。他客气地说，以前我们住在老房子，政府建了新房子，我们搬到了这里。他指着五颜六色几乎堆到屋顶的被褥说：这是被子，这是枕头，我们睡在这里。奶奶有自己的房子，在那里。少年指着一个单独的卧室说。

奶奶探出头来笑，奶奶坐在床沿上，奶奶的房子里燃着火炉。

我们吃了他们家的西瓜和酸奶子，我们必须付钱。柯尔克孜族少年一看见钱，身躯直往后缩，执拗着不肯收，红脸蛋更红了。

我们要继续赶路了，7 月夏季，在通往帕米尔高原的白沙湖边，柯尔克孜族少年的红脸蛋有些皲裂，他站在家门口，和我们挥手告别，他的身旁，站着他小小的弟弟。

下坡时，听见一声牛叫：哞——是悠长而又昂扬的男高音，带一点点浪漫色彩，却并不浮夸，而是，沉着稳健的。回头看，却并未见到牛，只有柯尔克孜族少年和他的弟弟，挥着的手还没放下。我猜测，也许那是一头年轻的牛吧，也许它住在某一栋崭新的黄色房子里，也许是柯尔克孜族少年和他的弟弟养的吧？

可真是的，喀什的牛，再年轻，都愿意叫唤出成熟男子的声音。这么想着，我又忍不住笑了，笑完，回过头，朝着越来越远的柯尔克孜少年和他的弟弟再一次挥了挥手。

爱情凉皮店

这一日，要从喀什赶往塔什库尔干，天未亮，我们的车就出了城。晨曦微露，越野车行驶在钻天杨夹道的公路上。车速并不快，趴在窗上看路边的风景，一层抑或二层的平顶民居，屋门口总有戳出枝丫的果树，巴掌大的树叶，叶柄间坠着黄绿色果子，扁锥形，像小时候男孩们玩的陀螺，上海人叫“贱骨头”。

这是什么水果？我脱口而出。

库尔班江把着方向盘说：糖包子，很甜很甜。

库尔班江是我们的司机，肉孜·古里巴依派来接我们的维族小伙子，深邃的眉目，黝黑的肤色，说话有点磕巴，却热情。

肉孜是塔什库尔干县医院的一名退休医生，也是一位民间诗人，几年前，我们去喀什援疆采风认识的。肉孜的女儿塔吉古丽要出嫁了，他邀请我们去帕米尔高原参加婚礼。据说，塔吉克族人的婚礼要举行三天，我们谁都无法想象，那得有多少丰富的节目去填充？于是，我们一行四个上海人，三个摄影家、一个作家，欣然应邀。

库尔班江说的“糖包子”，我是知道的，新疆特产无花果，吃的时候要拍一拍，拍扁了，形状像包子，糖分也拍出来了，一口下去，甜到封喉。一直喜欢“糖包子”的叫法，尽管，“无花果”更浪漫文雅，然而，“糖包子”这个绰号，显然更形象，更直观，色香味皆在这三个字中彰显，关键是，有诱惑力。

午间，库尔班江把车停在一个不知名的小镇上：饭袋子空了，看看，这里有什么好吃的。

我们的背包里有压缩饼干，保温杯里灌满了咖啡。我猜想，库尔班江没带干粮，他需要下车购买。新疆实在太大了，从喀什到塔什库尔干，一整天的路程，一多半是没有人烟的地方，他们出门都要随身携带“饭袋子”的吧？我想。

库尔班江下车了，摄影家们打开背包，拆塑料袋的声音窸窸窣窣，他们准备吃压缩饼干了。我不饿，我趴在车窗上朝外看，公路边，一连排泥坯平房，都是破墙而开的私人小店，涂着五彩颜料的窗棂喧闹而斑斓，不锈钢玻璃门具备后现代的科技感，门楣上挂着电脑制作的招牌，招牌上有袅袅交织的维语文字，蚯蚓一般，上面是巨大而工整的汉字：唯一饭馆。

好名字！心下不禁喝彩。这家的店主，该是一个什么样的人才？开个小饭馆，起个这么朴素而又自信的名字。这么想着，再看“唯一饭馆”的隔壁，也是一家饭馆——明亮早餐店，一样的双语标注，一样的风格。这一家的店主，也是人才！

这么有性格的名字，完全把我吸引了，于是下车，站在街边放眼望去，一长排商店招牌扑棱棱飞进眼帘：欣赏鸽子汤店、祝贺电脑服务中心、公道粮油商店、终点饭店、美观玻璃店……

太神奇了！每一个名字都那么出其不意，我几乎惊叹起来。库尔班江却在二十米开外的一家店门口呼喊：吃饭，下车吃饭。

正准备吃压缩饼干的人这才明白，库尔班江给我们找到了打尖的饭馆，于是纷纷下车。走至店门前，再次抬头看招牌，果然没有令人失望，这一家，叫“爱情凉皮店”。

爱情凉皮店里卖凉皮、酸奶，也卖大盘鸡和拉条子。年轻的老板娘戴着“多帕”小圆帽，穿着“艾特莱斯绸”连衣裙，闪着长睫毛的大眼睛，用生硬的普通话问我们：有没有忌口？拉条子里要不要加“皮牙子”？

我知道，拉条子是拉面，可是皮牙子是什么？库尔班江解释：洋葱，要不要加洋葱？

当然要，在喀什地面上，就是要吃原汁原味的南疆饭。这一餐，味道还真不错，凉皮Q弹，酸奶真酸，拉条子有嚼劲儿，大盘鸡是真正的大盘，直径半米的盘子里堆满了土豆鸡块，五个人吃得肚饱气胀。饭毕，库尔班江拍拍肚皮：饭袋子满满的，上车，赶路。

忽然反应过来，库尔班江说的饭袋子，不是干粮袋，而是人人自带的装饭肚子。

我没有向库尔班江求证“饭袋子”的意思，脑中却冒出无数泡泡，关于糖包子、饭袋子、拉条子、皮牙子，关于一家叫爱情的凉皮店。维语命名，都是这么可爱而自带幽默的吗？我不禁想象，有没有可能，这家凉皮店的老板和老板娘，为了逃离家族的压制、父母的阻扰，悄悄来到这里，开一家凉皮店谋生，他们为凉皮店起了“爱情”这个名字，是为纪念他们忠贞不渝的爱情吗？当然，这是我庸俗而又拙劣的想象，“爱情”这个词汇，在于他们，也许是最朴素最平常的字眼，一如“糖包子”。

汽车继续前行，进入高原，开始出现广袤的草场，公路上偶有穿越而过的羊群，牧民骑着摩托车在远处挥鞭呼喊，老胡杨树伸展出巨大的金色树冠，雪山在身侧隐没，慕士塔格峰离我们越来越近……

到达塔什库尔干镇已是黄昏，肉孜·古里巴依在门口迎接我们，院里飘出羊肉的香味，有人在吹奏鹰笛，古朴清亮的声线直上云霄；场院里亮着小太阳灯，年轻的小伙子打起手鼓，色彩缤纷的男人和女人在明快的节奏中摇摆旋转，跳起鹰舞……

塔吉古丽的婚礼果然持续了三天。白天，肉孜家族所有女人围坐在红地毯上，制作一种叫“阿日塞克”的点心，身强力壮的男人每天要在后院里宰杀数只肥羊，做手抓饭，供所有来客品尝。夜晚，人们在肉孜家的场院里通宵达旦地吹笛、打鼓、跳舞。客人走了一拨，又来一拨，我猜测，塔什库尔干镇上的所有居民，用了三天时间，轮番来肉孜家做了一遍客。

第三日，塔吉古丽要离家了，9 月的帕米尔高原一点儿都不寒冷，可她却躲在卧室里不露面，捂着厚棉被，烤着火炉。阿帕（妈妈）说过，出嫁前要把自己捂得大汗淋漓，烤得脸庞深红闪亮，才会更加漂亮动人。为了做一个美丽的新娘，塔吉古丽乐意接受考验。

时辰终于到了，十个姑娘围绕着塔吉古丽，在她的十根手指上套了八只戒指，在她的一颗脑袋上佩戴起十八样挂饰，还用冬阴石白玉颜料一点点围染在她的眼眶上，然后，盛装的塔吉古丽款款走出卧室……

摄影家举起了相机，库尔班江站在我身后，我听见他的声音，有些磕巴：塔吉古丽，真美，真像一朵鸡冠花。

我惊异回头：为什么是鸡冠花？

库尔班江笑答：塔吉古丽，就是鸡冠花啊！

我依然疑惑，库尔班江却骄傲地说：鸡冠花，很美丽啊！我的老婆，叫托孜汗，是孔雀，更美丽。

我恍然大悟，鸡冠花的维语，叫塔吉古丽；孔雀，就是托孜汗。

高原的阳光清冽凉爽，塔吉克族老者吹起鹰笛，披弥着白胡须的嘴里传出妖娆而忧伤的乐句，新娘塔吉古丽从人群后移步而出，一袭盖头突然垂落，遮住了她大婚之日的盛世容颜。

长着一张欧罗巴脸的帅新郎把塔吉古丽接走了，肉孜挥着他的老手冲着远去的婚车喊道：热介甫，照顾好古丽……肉孜红着眼眶在家门口站了很久。

那个叫“七月”的新郎——热介甫，把他的鸡冠花接走了，从此，他们将要经营起他们的“爱情凉皮店”了，抑或是“欣赏鸽子汤店”“唯一饭店”，或者“美观玻璃店”“祝贺电脑服务中心”，那是属于他们的，笨拙而又质朴的爱情、独特而又普通的生活吧。

就这样，我静静地站在人群中，看着越来越远的婚车，心里涌起莫名的蠢蠢欲动。

塔什库尔干漫笔

一、飞向喀什

血色晚霞在肩侧流淌，无垠无际。天山如海中浮岛，亦如风过之云，飞机的翅膀划过它们的身躯，它们便以尘埃的方式自行消散，而后静静地降落于戈壁滩某一条干涸的河床。落日染红了羊脂云，落日染红了雪山顶，霞光流血成河，吞没了蓝天，吞没了冰川。夜，在南疆上空倾泻一片比高原更高、如血淌墨的云瀑。

二、一路喀湖

夜，延续到日出前的分秒，维族人的早点摊上堆着隔夜的烤馕，黑色的脸膛和蓬勃的尘土隐没在黑色的凌晨，悄然而紧密。通往帕米尔高原的路上，日头终于迟缓而羞怯地显露，如镜的冰蓝喀湖偶尔闪烁粼粼波光，延绵的冰白山川伴我一路同行。它们泰然而坐，它们平静呼吸，而我湍急的喘息，却在越来越接近高原的干燥空气里，从我干裂的呼吸道踉跄奔赴一个新的高度。

三、红旗拉普的犬

山口有劲烈的风，一路吹到崖口。绿军服红脸膛营长，迎接到一车因缺氧而醺醉的背包客。白犬淹没在积雪中，黑狗裸露出一身仓皇，它们在雪线以上生存，它们的四脚无法踏步土壤，它们喝积雪融水，它们缺少维生素 C 和女人，它们的眼睛里闪出白内障的斑驳白光。它们对着界碑外无人守卫的邻国骄傲而自欺欺人地吠叫，时光借以蓝天和雪山的影子，印在它们作为犬类错综而又沧桑的脸上，于是，它们便以更快的速度，走向了衰老。

四、尘土里的赛马节

马是尘土里种出来的鲜花，骑手是尘土披挂起来的战将，彩色包头巾的女人抱着污垢满身的小孩在尘土的包围下做忠诚的观众，裁判在尘土里坐着电瓶车掐秒表，他们与马和骑手的距离，咫尺而又无比遥远。没有人注意到，宣布赛马节开幕的西装人，马蹄声起之际，隐匿于漫漫赛道之后俯卧的小车，留下一溜黄尘，为喧哗的赛马场，增添了一抹欲盖弥彰的烟幕弹。

五、库克希里克小学

红色的石头山富含铁矿，碧青的石头山隐藏玉石，矿山富裕了开矿人，水泥大坝筑起的河床里却滴水全无。孩子们的学校被合并了，两间空无一人的破败泥房，依然静坐在飘满黄金秋叶的胡杨树下。乡里有一条一百米的水泥路，路就在山脚下，路边有白杨树和川味小饭馆。十二元一碗白菜鸡蛋面赛过大上海美食街的价，水电站职工把这里当食堂。高原鱼在冰箱里明码标价，四百八十元一斤的“山珍海味”，食客肯定不是库克希里克学校的老师，也不是那些张开小手接受我一颗大白兔奶糖的孩子。山崖里的绿洲上，扬谷的塔吉克女人不洗脸，镶嵌着泥垢的雕花壶里流出如线细水，她们只需洗净那双风干的手，她们的脸因此很脏，她们的手却总是干净。

六、高原上的婚礼

塔吉古丽的婚礼持续了三天。肉孜家族所有女人围坐在红地毯上，制作一种叫“阿日塞克”的点心，身强力壮的男人每天要在后院里宰杀数只肥羊。客人走了一拨又来一拨，他们因奶茶和手抓肉而与婚礼发生直接关系。10月并不寒冷，塔吉古丽躲在卧室里不露面，厚厚的棉被和熊熊的火炉让她的脸庞深红闪亮。母亲说过，出嫁前要把自己捂得大汗淋漓，才会更加漂亮动人。为了做一个美丽的新娘，塔吉古丽乐意接受考验。时辰终于到了，塔吉古丽要出卧室了，她十根手指套上了八只戒指，她一颗脑袋佩戴起十八样挂饰，冬阴石白玉颜料点点围绕新婚的泪眼，一袭盖头垂落，遮住了新娘的面容，她青春美丽的彩妆，从此将出现在另一面遥远的镜子里……阳光下的老者吹起了鹰笛，披弥着白胡须的嘴里传出妖娆而忧伤的乐句，盛装的人们在塔吉克鼓乐中优雅起舞，新娘塔吉古丽终于从人群后移步而现……没有人看见她那张被盖头遮挡的格外娇艳的脸，没有人看见那张脸上的眼睛里，流露的是欢笑还是哭泣。

七、待宰的牦牛

它不曾想过有朝一日会身披一袭新郎的红绸缎，它只以为它会在并不丰茂的草场上聊度一生。它跨越平坦的公路时有些犹豫，这里不是长着牧草的泥土，光滑的柏油马路烫着了它坚实而长满茧的蹄子。它以七千元的标价走进了一户人家，作为彩礼，它又像英雄赶赴一场庆功会一样，无偿地走向喜庆的屠宰场。当它最后一次回眸阳光时，青锋的快刀正伸向它无辜的脖颈。它怒吼而喘息，它试图挣扎，如同任何一次遭遇危险的袭击，它总以为，它巨大的力量能使自己化险为夷。然而，十四双黑白交错的手按倒了它，十四双胖瘦不一的膝盖抵住了它。它忽觉脖间一凉，天地顿时清明而洁白，世界变得越来越干净。如瀑的生命之水终于流尽，它睁着寂静的眼睛，停止了它曾经的疑惑、懵懂、悲伤，以及愤怒。它在喧闹的婚礼场，以宴席菜肴的方式，端到了牵走它的人们面前……

八、慕士塔格峰下的玉石梦

冰山之父在亿万年前喷射出坚硬的泪珠，我试图在他怀抱里捧起一掬凝结的冰凉，他苍老的头顶积满了皑白雪霜，他以千万个春秋的展翼，迎接每一个向他索要玉石梦的旅人。他微笑而无语，他沉寂而宽怀，他用巨大的身躯以守为攻，阻挡着另一种荒凉与野蛮。他坚守得艰难，因为高耸的俯瞰过于清晰，他总是伤怀，他一次又一次溢出的泪珠，被攀缘高原的寻宝人欣喜捡拾，人们因他的哭泣而雍容富贵、珠光宝气。无奈他宽大的双肩，却日渐狭窄薄瘦。

九、我是路人

口渴的路人终于停下脚步，蔫卷的脊梁背负着城市的轻浮。依布拉老人递上自家种的苹果，眼角割开第一百零一条皱纹。卡塔利亚女孩今早洗过脸，穿过节的布拉吉，戴妈妈织的钩花头巾，破旧的门柱藏不住她的黑亮怯目。天使昨夜已经告诉她，阿不都克尤木大爹家里会来一群带相机的客人……路人的相机镜头闪烁而过，惊动围观的黑羽鸦“扑棱棱”群起钻天。钻天杨钻不出天空的漏洞，弥天尘弥漫了清泉的眼睛。萨依瓦格核桃林遮天蔽日，遮不住洪荒热浪席卷而来。路人的嘴唇不再干裂，离开时却已倦意浓重。提买提村长的叹息松弛绵长：走吧！我亲爱的朋友，你只是一个路人，路人能穿越荒漠，却走不进戈壁滩的心。

下雪的日子在华沙

其实3月1日已非冬季，可是冬季在欧洲的中部却驻留更久。那个叫“华沙”的城市，我总觉得，波兰人给它起了一个中国名字。很少有人知道，这名字来自一对叫华尔西和沙娃的恋人，类似中国的“梁祝”。人类总是习惯用音乐、绘画、文学的方式记录美好的爱情。我想，华沙是一个“音乐”的地名，且，3月1日，恰是肖邦的生日。

然而还是觉得，它是一座凋敝与繁忙并存的城市。

落雪的天，夹着零星雨丝，使城市呈现萧瑟。赶路的人在积了薄雪的大街上留下斑驳凌乱的足印，无一例外的严肃面容，又使它趋于忙乱。雪一直未停，人们的脚步也并无停留的意思。几乎所有女人都有挺拔的身材和修长的双腿，丝袜里隐隐透出肌肤的色泽，似乎，她们并未感觉到华沙的寒冷。也许是历史留给这个城市过多的寒冷，外来的我感知着，城市里的人们，却生活在奔忙中，生计使他们的日子正常。

也有百无聊赖的人，立在街边抽烟，靠着咖啡馆外墙，雪花夹着雨点落在他们身上，亦是落在我身上。我的彻骨体会，并非是他们的。女人的烟熏妆，男人忧郁的目光，抑或他们共有的严肃表情，在我眼里，却是自由和落拓。

同样严肃的表情，在居里夫人的每一张遗像中呈现。心思缜密的天蝎座女人并不擅长以笑示人，她在玻璃橱窗里沉静地凝视世界，过于理性的目光甚而显得冷酷。钋（Po）和镭（Ra）的诞生地，就在一栋平常居所的三楼。他们叫它“实验室”，而我看见的，却是斜纹细雪背后一百多年前的景象。亦是阴雨的早春，门外那条石板路上，马车疾驰而过，居里先生带着他的灵魂远走高飞。也许，就是从那天开始，微笑从她脸上消逝。

雪依然在下，灰色的科学协会大楼门外，哥白尼扛着两肩碎白安坐，地球仪在他手中永久停顿，雪只落在北半球。而我眼里的世界，就滞留在他手里，长久处于寒冷。就这样，科学以冷酷的姿态耸立在这座城市的众多角落。

雪还在下，落在肖邦的家门口。随处可见的街头石凳上有播放器，按下键钮，钢琴曲便在落雪的大街上飘舞。据说，音乐家三十九岁英年客死法国，依照嘱托，人们把他的心脏送回故乡华沙，然而他的爱情归宿，却不知所踪。也许因为雨雪交加，或者音乐家沧桑的身世，钢琴曲在彼时的街头，听来便是浪漫而伤怀。我相信，这个脸颊尖瘦、表情严肃的男人，一定是在这样一个寒冷阴湿的季节诞生，是的，3 月 1 日，我总觉得，1810 年的这一日，华沙亦是下着雨夹雪。两个世纪前，铅灰的天色下，音乐以忧伤的面容出世、隐伏。

然而，无论是哥白尼、肖邦，抑或居里夫人的时代，人们都无法预知未来，无法知晓一场或另一场战争即将到来。可是这个城市，却早早地以严肃、冷酷、忧伤的气质，预示着某种持之以恒的灰暗底色。它与周围的任何城市显现着不同，不屑于刻薄的尖锐，似一剂注入血管的冷冻液，潮湿而锋利。在雨雪中站立片刻，你会发现，你渐渐冻结的身心，正变得越来越严肃，犹如这里的科学，以及音乐。

我们从未抵达的地方

几年前，我还是一所学校的老师时，接待过一位德国外教。他叫“强生”，与婴儿爽身粉同名。来上海前，强生在青岛工作了好几年，有一个青岛女朋友，中文说得很溜。他不需要我去机场接，自己辗转地铁、公交车，一路来到我们学校。一见面，他就问我：为什么这里的人说的不是中文？

强生在地铁和公交车里听了一路上海话，他发现，上海人说的不是中文，要不为什么和青岛人说的中文完全不一样？我向他解释了半天有关方言的问题，他耸了耸肩：中国太大了，那根本就是两个国家的语言！

强生的话让从小到大生活在上海的我顿觉惊异，是的，每一个人都是渺小的，即便我是一个中国人，我也不能用我的语言代表所有的中国人说什么，我只能代表我自己。强生的话还让我有些迷失，我不能确定，我对我脚下这片土地的认识，以及我意欲为之书写的文字，是不是准确地写出了我真实的、真正的故乡？

在中科院物理研究所公众号读到一篇文章，叫《人类从未抵达的地方是哪里》。人类的痕迹已经遍布整个地球，我们占据了陆地，我们在空中飞行，或者潜入最深的海洋底部，我们甚至还登上了月球。然而有一个地方，我们却从未抵达，那就是地球的核心。我们甚至还远远谈不上哪怕是接近地球核心的程度。茂盛的植被让我们寻迹到水源，月有阴晴圆缺让我们知道星球之间聚散离合的关系，地球浅层以及表面的众多生命活动，都与那个我们从未抵达的核心有着密切的关系，那里藏匿着无数还未揭晓的秘密，每个人都知道它的存在，却无论如何抵达不了它，即便它就在我们脚下。

2010年4月，冰岛火山爆发那些天，正要从爱尔兰赶往伦敦参加一个文学活动。原计划飞往敦伦，因火山灰弥漫，空中交通瘫痪，只能走陆路和水路。从都柏林出发，到北爱尔兰的贝尔法斯特港口，转乘开往苏格兰的轮船，横渡爱尔兰海北海峡到斯特兰拉尔，再乘汽车到英格兰的卡莱尔，然后搭上火车，到普雷斯顿，最后转乘开往伦敦的火车。这一路，始终处于忐忑不安中，因为那不是我熟悉的东方故乡，而是在遥远的西半球，在与我们不同语言、不同习惯的人类当中行走，我略觉恐慌。

终于坐上开往伦敦的火车，同行的吴亮老师疲惫的脸上露出笑容，他戏言：如果冰岛火山继续喷发，我们就飞不回去了，这样我们可以考虑在英国成立一个上海作家协会的分会，当然，爱尔兰也需要一个办事处。一行人哄然而笑。

火车安静而平稳，轻微的摇晃把我带进遥远的历史。一千九百多年前，维苏威火山爆发，一个叫庞贝的城市被掩埋，古罗马时代的灾难仿佛正在重演，彼时，我脑中想到的，是一个叫“客死他乡”的词，以及中国人常说的一句话，“死也要死在家里”。“死也要死在家里”，这是东方文化的重要根脉，我却在西方的土地上，第一次这么郑重地想起这句话。

从都柏林一路辗转到达伦敦，已是午夜一点。因是周末，街头灯火通明，喧闹似白昼，宽阔的街道和高大厚重的老式建筑在霓虹灯下闪烁着城市特有的光……忽然有一种错觉，好像，我并不是身在英伦，而是在上海，外滩边上那条叫作中山东二路的江畔，那些建筑，那些灯光，那些渗透在空气中的无以名状的气息，不可阻挡地透露出上海的质地。是的，在这之前我从未到过伦敦，可它与我的故乡竟如此相似。

彼时，忽然想到一个问题：会不会，那些我们从未抵达过的地方，其实是我们灵魂的故土？或者，我们生活在一片土地上，而我们的心，却从未抵达过它？

有关法兰西

这是在法国的南部，大西洋边一个叫“拉博勒”的小城，参加为期五天的文学节。住在一栋别墅内，绿荫笼罩的窗外缭绕着海鸥的叫声，五十米外就是蓝色的大西洋，蓝到近乎墨色。在草坪上的躺椅里摊开身躯，吹凉风，看书，或者起身进餐厅，吃正宗的大陆早餐，喝一杯咖啡。上午是用来休闲的，中午才开始文学活动。

一切的安逸不能消解内心的清寂，或者说，短暂的逃离让我对数日之后的回归更加恐惧。在如此美丽的地方，心中只有想念，静静地想，带着些微心酸……

性感的、低声的、磁性的发音，让这里的语言感性而充满柔情，仿佛，这是一个时刻都在表达爱欲的人种，他们在文学朗读以及新书发布中依然柔情脉脉地说话。我听不懂他们的语言，但我感受到了那种气氛。从他们的口腔里发出的声音，那些在我听来似曾相识却又陌生无比的语言，给我最直接的想象，就是一种情感倾诉的方式，或者，有关某种欲望的流淌。

相比他们低声的说话，他们的欢笑却是竭尽纵情，甚而放肆，声浪中包含了荷尔蒙。大西洋的风送来海鸥的叫声，类似于“爱——爱——”的长鸣。当然，爱，是汉语人种的听觉译文，可是自然与生物的声音，传递的是某种温度抑或情绪，犹如灵魂的空气，不需任何语言，只要你呼吸，就会被感染。

是的，海鸥也在宣布它们的情欲，在这样的盛夏中，本是隐藏于内心的每一丝爱，都如破茧而出的蝴蝶，或者像骄阳下的盛时鲜花，肆意飞舞着，蓬勃绽放着。因为热风与海浪参与了这种宣布，便让我想象到一对情人在汗水淋漓中激吻，旁若无人，狂热，即便是擦身而过的路人，也会因为他们的热情，而让自己深陷于渴望表达爱欲的情绪中。

图书节的朗读与新书发布会，全数摆在教堂内，这使阅读这件事变得神圣而又亲民。热爱阅读的市民络绎不绝地来到，并且参与，聆听。休息的时候，他们端着一杯香槟酒，学着用中文问候我们：你好！

我会用刚学会的法语回答：Merci！（谢谢！）Bonjour！（你好！）

教堂可以是灵魂的寄居所，可以是爱人相约托付终身的宣誓地，亦可以是奉送文字、书籍的精神慈善院，它让书成为一种广为传播的福音。

这个国度的人，热衷于谈论“自由”，甚而对别国人民的“自由生活”过于热情甚而偏激的关心，让我看到一个猎奇的少年希望敞开胸怀，给予比他更柔弱的孩子近乎纵容的关怀。或者，一只擅长飞行技术的老鸟，急于帮一只还未成年的雏鹰插上翱翔的翅膀。它始终保持着这样的天真与老辣、激情与温暖、少不更事的自信，以及虽然日渐衰老却保持自得其乐的理想主义。

而我所感觉到的，便是由这些格调并非完全一致，甚而自相矛盾的元素组成的，某种无以阻挡的，属于法兰西的——浪漫。

大众情人淮海路

这是一条上海最著名的马路，他叫淮海路。每个星期我都要在他身边走过，之所以我用了一个男性的他，是因为我觉得淮海路具有的那种沉着稳妥，应该是男性才具有的。如果说淮海路是一位带有一丝怀旧色彩的时尚绅士，那么南京路就是一个追求现代流行的男子。他们都是男性，他们太有力度了，作为一个城市的街道，他们像粗壮的血脉一样主宰着一个城市的性格，与那些女性的支流有着全然不同的风貌。

在这里，我想随意聊聊我眼睛里的淮海路，尽管有无数作家已经写过他，但我自觉我是一个旁观者，我并未贴近过他，我像一个过路人一样偶尔触及他的一次握手，那种偶然的感受，却是永久的印象。

我喜欢坐着地铁兜风，在黑暗的隧道里像一阵风一样奔跑，我感觉我在跑，那是因为地铁窗外的一片漆黑是凝滞不动的。我喜欢那种似是而非的运动感，没有参照物告诉我所处的位置，在茫然中前行，那是一种探险的感觉，这在大都市的地面上，是无法体验的。地铁把我送到临近淮海路的地方，我在拥挤的人流中上升到地面，在地下困闭汇拢着的喧嚣嘈杂就变成断了线的风筝飘得很高很远，天空里到处都弥漫着广告音乐和露天舞台上的歌声，可那声音很干净，相互之间分割着，并不混淆。

淮海路的天空并不狭窄，我抬头能看见很远的灰色云彩，这里的天无法保持蓝色，就像中年男人的笑容里总是带着皱纹一样，淮海路上空的灰色，就是他的皱纹了。这个沧桑的男人是有着很多故事的，他容纳着无数浪漫和风流的传说，可他却一直保持着风度的缄默，人们因此而并不责怪他的多情，相反，人们欣赏着他，崇拜着他。

很多人也许都记得茂名路口的那个叫“打电话的少女”的雕塑，多年前，她古铜的肤色煞是健康，她束着长长的马尾辫，握着一个电话机。她每日站在淮海路上聆听着一种声音，那是上海这个大都市的心跳声。她就那样歪着脑袋听着，一如她一向不变的肤色，日复一日地听着。

一个冬日的清晨，年少的女孩抱着一束紫色的水莲站在地铁口。那束花有十二朵，我看到她穿着一条半旧的苏格兰格子短裙，戴了一副露出手指头的半拢子绒线手套，她用纯正的上海话说：花是老新鲜的，阿拉姆妈讲，买回去好插两个礼拜，小姐侬买哇？

女孩的眼睛很亮，笑起来很甜，她像是淮海路的私生女，遗传着他的贵族式的高雅，可她却是贫困的，她靠卖花生存。这就让我想到女孩的妈妈，那个一早包好了新鲜水莲让女儿去卖的女人，她年轻的时候，也许如上海的很多女孩一样，做着淮海路的一如既往的情人。

时至今日，淮海路还是抛弃了她，于是她让她的女儿来这里，这个女孩身上，充满了意味深长的淮海路的痕迹，她的母亲确信着这个昔日的情人会接纳他的女儿。淮海路当然是博爱的，他无条件地接受女孩，即便她是以卖花女的身份出现，他依然接受，他让她在他的胸膛上成长，他愿意接受他所有流浪在外的私生子回来，只要他们能吸纳着他的营养在他的身上成长。

我买下女孩的花，然后，我就抱着一束水莲站在“打电话的少女”边等待着我的爱人。那是一个清晨，少女的古铜色皮肤上凝结着露水，在这个城市的天空下，她安静地和我一起站着。淮海路显得宁静而内敛，像沉思的男人，心胸内的潮动，只有贴近他的人才能感觉到，我想我听到了，我像在听一个陌生男人的心跳；卖花的女孩也是听到的，她像在听着把她的母亲远远地抛下的父亲的心跳；而“打电话的少女”，却是每一时都在听着的，没有一刻离他而去。

可是有一天，“打电话的少女”突然消失了，也是一个冬日的清晨，人们发现她不见了，聆听这都市的心跳声的女孩失踪了。淮海路好像失去了一个知音，人们在走过她身边的时候并未觉得她的存在，可是失去了，人们却发现，她一向如天使般无视喧哗和嘈杂，聆听着城市的心跳的身姿是那么优美，那么深入人心。

陕西南路段上的百盛购物中心，也许是淮海路上最热闹的路段了。大商场底层的玻璃窗户里，人们坐在很高的圆木凳子上吃并不正宗的西餐，加了番茄酱后变成红色的意大利通心粉，鸡肉色拉或者胡萝卜清汤看上去色泽暗淡。当我走过那一堵巨大的玻璃墙壁的时候总是能看见里面那些吃得津津有味的人，他们边吃边看着窗外如我这般的过路人，我成了里面的食客的风景。我喜欢看自己的侧影，这侧影是模糊的，但却能把身形全部体现，因此我总是在那些用叉子绞着通心粉的人身上看到自己把他们覆盖而过。我像一片有着俊俏身姿的黑色乌云一样遮挡了他们嚅动着积极吞咽的嘴巴和安坐不动的身体，然后像刮过一阵风似的把吃喝着的人再次显现。

我一路走着，一路听到清晰的“雅诗兰黛晚霜”“黛安芬女士内衣”的广告，甜美的女声，跳跃节奏的音乐，漂亮的促销小姐穿着圣诞老人的白绒镶边红大衣，她们急迫地要把手里的小礼品送到过路人的手里，可这送人的东西，却并不很受人的青睐，人们躲避着她们伸出去的那双拿着礼品的白皙水嫩的手，好像这礼品里藏着炸弹一样令人恐惧。上海人不爱占人便宜，人人都怕这便宜的背后埋藏着无数的陷阱，等价交换的规律被掌握得透彻无比，没有从天上掉下来的馅饼，不付钞票怎么可以随便拿人家东西？这是上海人的传统品格。

可现在的情况更多的是上海人吝啬时间，他们连停下来去关心一下那些广告的时间都不愿意浪费，他们一边赶路一边用眼角扫视着一路的喧嚣，心里也便装下了所有的流行时尚，脚步不停是为了去办很重要或者并不重要的事情，即便是悠闲地逛街，也是有目的有计划地逛，而并不把时间随意荒废掉，这又是一个现代大都市的品格。

这两种不同的品格同时被淮海路上的上海人占有着，于是淮海路也变得复杂馥郁起来，毕竟，简单是明快的，可是简单也是缺乏内涵的。而淮海路，却有着无可争议的涵养。

我就这样急促地走着，身旁的橱窗把我一路摄录了下来，我看到我跳跃着的步伐有着一种节奏，这节奏是所有的上海人共同拥有的，紧张而明快，像在赶时间，然而却充满了闲情逸致。

淮海路像经久不衰的明星，他总是让人们注意到他的与众不同，即便他穿着老式的长衫或者过期的中山装，依然会引起人们的注目。他失去了一个“打电话的少女”，却似乎并不缺少知音，他像大众情人，拥有着无数个如卖花女孩的母亲那样的崇拜者。她们用心体验着他，宠爱着他，依恋着他，他因此而并不寂寞。相反，他变得越来越丰富而有底气了，他淘汰着一批批的追逐者，然而人们对他的宽容却是无尽的。就这样，淮海路便成了这个城市永久的偶像。

出发与回归

十八岁之前，女孩一直生活在浦东的一个小镇上，那时候，她与城市之间有着无以言说的隔膜，虽然她的小镇隶属于上海，但小镇是在乡下，是郊区。倘若要去市区，小镇人必须坐四十五分钟公交车，然后在陆家嘴或者东昌路码头搭乘黄浦江轮渡，才能到达西岸的城市。他们把被黄浦江隔离的那片灯火辉煌的城市叫作——浦西。是的，那时候，只有上了黄浦江里的那条摆渡轮船，才能“去上海”，对岸的外滩、南京路、国际饭店，那才是上海，那才是真正的城市。

第一次独自“去上海”，她十三岁，不知道为什么要出行，只记得捂着口袋里父母给的一元零花钱，一路辗转公交车，来到陆家嘴，然后，就是与一群等船的乘客一起，站在轮渡口一道铁栅栏后面，看着江心那艘宽宽扁扁的淡绿色轮船一点点靠近。轮船靠岸的一瞬，整座浮码头轻微震荡，随即，铁栅栏“唰”地一下自动打开，身周那些提着包、推着自行车的成年人立即迈开腿，以小跑步的姿势迅速奔进轮船。她不知道他们为什么要跑，她以为轮船靠岸的时间十分短暂，人们必须跑步上船，才能不被那道随时可能自动关闭的铁栅栏挡在浮码头上。多年以后她才知道，跑步上船的人是为抢占轮船周围一圈的座位，或者为看黄浦江风景，冲上甲板抢先占据最佳位置。可那时候她不知道，她学着成年人的样子，胆战心惊地奔跑着登上了轮船。

几分钟后，轮船终于启动，船舷缓缓离开码头，一个转身，船头向着黄浦江西岸驶去。城市在向她招手，外滩、南京路、国际饭店在向她招手，那一刻，她在心里默默地告诉自己：我要去上海了。是的，十三岁的她能独自一人“去上海”了，可她发现，她心里并没有升起预期的幸福与骄傲，一路上隐藏心底的胆怯，以及某种莫名其妙的委屈，随着西岸的靠近，渐渐涌出。等一会儿到了上海，她该用什么样的语言去和那些售票员、营业员，乃至岗亭里的警察说话？她满口土里土气的浦东话只要一出口，会不会立即招致“阿乡”的奚落？事实上她并不是不会说“上海话”，那种浦西人说的话，她在家里的镜子前练过好几遍，就像上海人民广播电台里那个叫“阿富根”的男人和另一个叫“小妹”的女人一样：侬好，同志，请问南京路哪能走？到第一百货商店乘几路公共汽车……她觉得自己说得好极了，一点也听不出乡下人的口音。可她并没想去南京路，她也没钱去第一百货商店买东西，也许可以在某一爿食品商店里买一个三角包、话梅，或者橄榄，如果有鸭肫干，也可以考虑买一包，只不过，这样一来，手里的一块钱就用完了，她必须留下回家的车钱……就这样，还没来得及仔细看看黄浦江里的万吨轮和浦江两岸的风景，摆渡轮就到岸了。她被人流裹挟着出了延安东路码头，然后，一条宽阔的马路横亘在眼前。那可真是一条车水马龙的路啊！这回，她没敢随着人流穿越马路，她只是怯怯地站在路边，背对黄浦江向西眺望。视线的纵深处，那栋常常被印刷在旅行包上或者标准照片一角的远东第一高楼、二十四层的国际饭店，隐隐矗立在天边云端。还有，耳边不断传来许许多多“阿富根”和“小妹”的说话声，那些家长里短、鸡毛蒜皮的话语因携带着上海人民广播电台的标准腔调，让原本就犹豫不决的她再也不敢迈开前行的脚步。是的，她已经来到了上海，还用继续往前走吗？就这样，她在那条后来才知道叫中山东二路的路沿边足足站了二十分钟，然后，转过身，重新让自己十三岁的身躯回到了轮渡码头。

她花了六分钱从售票窗口买了一枚圆形船票，人们把那种船票叫筹子，塑料的，中心压着一个突出的“市”字。她捏着登船的筹子，心情忽然明朗起来。

她学着大人的样子，一抬手，把筹子扔进检票口那个巨大的铁皮簸箕，动作有些夸张，也许十三岁的她个子不够高，她想看看她的筹子是怎么被那口大簸箕吞进去的，所以扔出筹子的那一刻，她让自己的身躯跟着跳跃了起来。那是一枚多么欢快的筹子啊！当她把它从手里扔出去的时候，她觉得扔出的仿佛就是刚刚领取的还需被检验的成人证。然后，她听见一声清脆的“哗啦”，她告诉自己：我来过上海了，现在，我要回家了……

那就是一个浦东乡下孩子人生中第一次独自“去上海”，城市，在她的印象中，就是那一艘宽宽扁扁的淡绿色摆渡轮船，只要上了那条船，她就踏进了城市的门槛。她还记得，伴随着她去上海的那一路，是忐忑、担忧，是不甘心与委屈交织的复杂情绪，那种情绪让她几欲却步甚而鼻酸泫然。而归程，却是安心、快乐、骄傲，以及死心塌地的心满意足，即便是把塑料船票扔出去的那个动作，都让她有一种扬眉吐气的畅快感。

上海以城市的形式召唤着她，吸引着她，她便也以某种形式踏足了一下城市的土地，然后，她才开始真正的目的——回家。是的，她去过上海了，从出发那一刻起，她似乎就不是为了去上海，她的真正目的，仿佛就是为了出发之后的回归。

后来，女孩长大了，她发现，她人生中的每一次出发，都与十三岁那次独自去上海一样，不是为了出发，而是为了回归。这个不断地用出发的方式寻求回归的女孩，这个叫作浦东“阿乡”的女孩，就是我。这就是上海这个城市予我的一切，作为城市，它以无限的魅力诱惑着我一次次出发，而后，宽怀而又无奈地见证着我的每一次回归。

对 照 记

开车上班途中，有那么一小段路，总要与 3 号线地铁交会。我驾着车由北往南行驶在内环高架路上，右侧二十米远的地面轨交，一部红色列车正由南向北缓慢移动。是的，缓慢，相对于高速行驶中的地铁，此刻的它，因为进站减速而显得缓慢。并且因为缓慢，它如巨虫般蠕动的姿势甚至带着一丝笨拙的悠闲，像一个慢性子的胖子，憨厚，力大无穷。

事实上，它并不悠闲，它庞大的身躯里塞满了高峰段与我一样赶着上班的人群。与别的地铁的区别是，3 号线几乎所有的站点都在地面上。此刻，那些乘坐地铁的人们可以透过车窗看见我，在他们眼里，也许我与任何闪掠而过的风景一样，飞速退去，留下的只是视觉记忆中影印的线条，印象派油画一般，模糊而神秘。

也许该坐一次 3 号线，透过地铁车窗，看看驾车行驶在内环高架上的我究竟是缓慢，还是飞速。我想获得身处不同位置的交错体验，我希望那个乘坐地铁的我，与这个驾车行驶的我，彼此认识。

一日出差归家，已是晚上九点，辗转两次，终是上了 3 号线。车厢里并不拥挤，有座位，可以肆无忌惮地扒住窗玻璃向外看。然而窗外的风景却完全隐匿于夜色中，并没有想象中高楼与树影交错闪掠的油画意象，唯有路灯掩隐下，黑重重的高架路上，汽车尾灯拖得幽然怅茫的红光。

途经某站，上来数位穿天蓝色校服、肩上背着沉重书包的高中生。

他们三三两两聚集在车厢角落，沉默无语，面露倦色，有空位却并不坐。看起来，他们的体力与精神并不匹配。充足的体力让他们不屑占据一个座位挨过几站路，而颓丧的精神又让他们面无表情、无心交谈。又过了好几站，高中生们差不多都下了车，只剩一个抱着篮球的瘦高个男生。车厢里几乎空了，原本静默的他，忽然噘起嘴，发出一声动物般的呼啸，像一只被关得太久的小狗终于放出笼子，撒欢似的呼啸。他终于有了施展的空间，手里的篮球也憋不住弹跳起来。对，不是他要拍篮球，是篮球自己跃跃欲试了。他旁若无人，从一节车厢运球到另一节车厢，又运回来，嘴里继续发出兴奋的呼啸，这回是 NBA 球星玩嗨了给自己喝彩的呼啸。地铁在前行，而他，把运动的车厢当成一块静止的球场，他在它的胸膛上前后突破，绕行运球，投篮命中……两侧的窗玻璃里印出的，是一个运动的人、一枚运动的球，和一节看似静止其实亦是运动着的车厢。

我想，此刻他的精神与体力已完全匹配。只是，倘若把这段影像拍摄下来，里面一定没有我。夜色让一切都静止了，此刻，我不是缓慢的，也不是一颗飞速消逝的流星，我只是我，在一个呼啸着运球的男生背后，甘心隐藏。

就是这样，我在地铁的车窗玻璃里看见自己时，总想到那个驾车行驶在高架路上陌生的自己，她们什么时候相遇？

夏天，去法国参加一个图书节，其中有一项活动，观看贾樟柯的电影《海上传奇》。作为中国观众，我在巴黎的某家小影院里看到了这部被译成“*Shanghai Story*”的外语片。

上海轨交在巨大的荧幕上开进我的视线，红色的列车，车顶上纵横的电缆牵扯着笨拙的车身，轨道两边是错落杂乱的民居，稀疏斑秃的树影闪烁后退，连带着后退的，似乎还有镜头深处居民楼窗口伸出来的一床薄棉被，和一条被风吹得双腿乱舞的女人睡裤……它一定是 3 号线，只有 3 号线才会在这般平民风景的夹道中行进。它如巨虫般蠕动的样子依然缓慢，也许是因为上海到巴黎的距离实在遥远，它已不再是一个慢性子的悠闲的胖子，它更像一个负重徒步的大个子男人，走得疲惫，甚而如履薄冰。

彼时，我忽然怀疑自己究竟身处何方。黑暗的影院外面是蓬比杜演艺中心，不远处是塞纳河与巴黎圣母院，走出大门，抬头即可看见埃菲尔铁塔触及天幕的身姿。是的，我在巴黎的一家影院，可我分明感觉自己正在上海，正坐着 3 号线贯穿南北，穿越普陀、长宁、虹口、杨浦、宝山，车窗外的风景从我耳边掠过，那些房屋，那些人和树，留给我视觉的记忆，是印象派油画般模糊而神秘的线条，抑或仅是划痕。

我开始想象，这列在影片中出现过好几次的轨交列车，贾樟柯拍摄它的时候，我在哪里？是驾着车行驶在与 3 号线并驾齐驱的内环高架路上，还是正在 3 号线粗壮的肚子里与一群高峰段赶上班的乘客一起，组成一幅粗鲁而温暖的市民生活图？

终于有些明白，其实，我们并不是每时每刻都能认识自己。譬如，驾车行驶在内环路上的我，就不认识坐地铁时的那个自己；再譬如，那个一脸疲倦、沉默无语的高中生，我相信他不认识在车厢里呼啸着运球的自己；即便是出现在法国巴黎影院里的上海轨交列车，也不见得认识那条在上海真正的土地上每天勤恳行驶的 3 号线地铁。

可我依然不能停止某种追问，或者怀疑。我究竟是缓慢的，还是快速的？人的精神与体力，究竟何时匹配，何时分裂？是巴黎根植于上海，还是上海衍生自巴黎？

或者，人，需要经常审视自己，还是需要偶尔丢失自己？

巨籁达路上的蝉声

巨鹿路之于我最接近的印象，属于爱神花园，来自意大利的雕塑——爱神普绪赫，赋予现如今作家协会这所院子浓郁的文学与艺术气质，希腊神话与文艺复兴的意象在围墙里兀自葳蕤。人们从襄阳北路口走向陕西南路口，必然会侧目于那扇大门。透过葱郁的香樟树与玫瑰花，人们能看见的只是一栋小楼，一廊浓荫的通道，却不能窥见坐在覆盖着爬山虎和凌霄花的绿墙内里的人，究竟在干些什么。

九十年前，旧上海的某位实业巨头花二十万银圆在法租界巨籁达路上买下了675—681一片连号地皮，以爱情的名义，在这里大兴土木。1931年，爱神花园落成。

那时候，走在巨籁达路街头的人们也许同样会侧目于这栋新建的洋楼，围墙内的院子里，穿西式礼服端鸡尾酒杯的宾朋穿梭于厅堂，室内乐演奏的是海顿或勃拉姆斯，绅士与淑女，抑或白相人和交际花，在弦乐四重奏中翩翩起舞……远离尘嚣的小资生活并不能掩盖人们的生息常态，烟火气息同样在巨籁达路上空升腾。

巨鹿路391弄，2018年炎夏，旧楼的围墙已然刷新，傍晚时分的暑气以氤氲的方式蔓延，连天的梧桐树遮蔽不了烈日的余韵，蝉在树荫里亢奋喧嚣。自行车链条的“嗒嗒”声由远而近，这预示着此刻正是下班的时间。“嗒嗒”声停顿在沿街的12号门口，钥匙串的“哗啦”声，开门、上楼，脚步声，片刻之后，自来水声、菜刀与砧板的碰撞声，再是片刻之后，油锅炸响……窗外的巨鹿路听闻着这一切，路过的人们，也许能够通过这些声音和气味，想象这里的人们，过着与别人一样平静而又烦琐、安适而又迫紧的生活。

没有人知道，1930 年，巨籁达路 675 号爱神花园开工中的某一天，9 月的蝉声连天响彻，向东一百米，391 弄 12 号，红色电报的“嘀嗒”声正在买菜烧饭、淘米洗碗的人间烟火中暗流涌动。走过巨籁达路 391 弄的市民不知道，12 号的三楼窗口，那只摆放在不同位置的花瓶，其实是某个安全抑或撤离的暗号；弄里的隔壁邻居不知道，那些在 12 号出出进进的年轻人，恰是红色中国的第一批无线电通信信息技术员；675 号公馆里灯红酒绿的人们不知道，一街之隔，中共早期无线电培训班已然启动……

那一日，来上海暑期旅游的三位湖南中学生特地跑到巨鹿路 675 号，他们准备报名参加已经办到二十届的《萌芽》新概念作文大赛。他们站在“上海市作家协会”和“萌芽”的铭牌下合影，举剪刀手，摆时尚青年的酷炫造型。他们很轻松、很自由，他们无邪欢笑，与 1930 年藏身于巨籁达路 391 弄 12 号里的年轻人一样，他们有着对未来最美好的想象。

炎夏傍晚，巨鹿路 391 弄 12 号门口，花白发的好婆坐在一把旧竹椅上，蝉声在头顶上的梧桐树里聒噪，她却慢悠悠、安安然摇着蒲扇。门内传出青菜在油锅里的翻炒声，也许是她的儿子、儿媳，抑或房客，正在做晚饭，小孩子朗朗背诵“好雨知时节，当春乃发生。随风潜入夜，润物细无声”的童音其间透传。

这里的人们与所有人一样，生活着，平静悠然，抑或繁忙紧张。很少有人会蓦然想起九十年前的往事，人们想得更多的，是九十年后的未来，会是什么样子。

只有梧桐浓荫里的蝉声，持续了一个又一个九十年。

巨大的鹿

这是一条普通的马路，它的名字叫“巨鹿”。我总是把它想象成一只长颈鹿，而不是梅花鹿。因为，相比梅花鹿的小家碧玉，长颈鹿更加高贵、雍容。并且，唯其长颈鹿，才可称得上“巨大”，所以，我想，这条叫“巨鹿”的路，是一条大家闺秀的路。更因为，这条路上有一所院子，它的名字叫“爱神花园”。花园里藏着一座叫“爱神”的雕塑，还藏着一种叫作“文学”的东西。

每天，我都要到这条路上去上班，我的工作单位，就在巨鹿路上，我喜欢叫它“爱神花园”，虽然它的大门边挂着“上海市作家协会”的名牌。

然而，这条大家闺秀的路上，亦然有着凡俗的生活。每到中午时分，爱神花园的东隔壁，总会摆出一个盒饭摊位。一盘一盘的大排骨、小黄鱼、炒青菜、油面筋，飘逸出浓油赤酱抑或葱花辣椒的香气。据说，这里是全上海出租车司机最热捧的午餐集散地，生意极好。那些穿着白衬衣蓝制服的男人们大多是站着吃饭的，他们端着白色饭盒，靠在某一块叫作“收获”“上海文学”，或者“萌芽”的白底黑字门牌下面，吃得狼吞虎咽，吃得满面红光。某日出门打车，正好一位司机吃完午饭，便上了他的车。吃饱肚皮的男人情绪亮朗：去哪里？上海图书馆？起步费，算你给我加一块大排。我笑问：为什么都到这里来吃饭？男人后脑勺微微震动：这里的大排，真的大……后排偷笑的人，亦是暗想，以文学佐餐，这景致，整个上海，乃至整个中国，想必只在巨鹿路的午间才有。

仅仅一门之隔，爱神花园的前厅，却是一家叫“玛赫（La Mer）”的咖啡馆，兼做俄式西餐。服务生眉清目秀，煮得一手好咖啡。老板娘亦是作家，写小说，翻译俄罗斯文学作品，餐单上印着她的诗句，不是广告词般的浪漫鸡汤，而是，有些犀利，有些哲理，还有一些，并不拖泥带水的忧伤。那天她病了，手腕上贴着输液后止血的纱布药棉，一见我进门，她展开笑脸：今天做了红菜汤，很好吃很好吃，来一份吧……三角钢琴上的那本《英汉词典》，也许正翻开在第342页。咖啡桌后面的书橱，在一盏台灯的幽微光亮背后，散发出轻轻的油墨气息，与红菜汤里的酸奶酪香气浑然交融。一墙之隔的花园大厅外面，银杏树下，“爱神”正静静地伫立在一方水边。

那一日中午，不知来自哪个国家的两位背包客，一男一女，白皮肤黄头发，许是情侣。他们不在前厅的“玛赫”咖啡馆点餐，却到东隔壁的出租车司机快餐店，买了两份盒饭，从“玛赫”的前门进去，又从“玛赫”的后门出去，然后，这对外国情侣，就站在了爱神的面前。他们在花园大厅门口的台阶上坐了下来，盒饭摆在有破洞的牛仔裤包裹的膝盖上，里面自然有着浓油赤酱的大排。他们使着并不熟练的筷子吃饭，不时抬头看一眼举着双臂沐浴在阳光下的爱神，和爱神身边玩耍的四个光屁股长翅膀的小天使。他们的身后，东侧小厅的墙上，巴金老人正永恒地微笑着……

好像，这只巨大的鹿，就是这么静静地看着它身边的一切，远离着，走近着，发生着，无论是高贵的爱神，还是文艺的“玛赫”，甚而低微的盒饭店，它都以沉默的包容，优雅地、宽怀地看着这条路上的所有生息，每天每天。那时候，我总是想，也许，我是可以把这只巨大的长颈鹿，叫作“文学巨鹿”的。

关于写作，或阅读

关于写作者的一些困惑

关于病态

当一个身体和心灵都十分健康的人处于一个平和的生活环境的时候，想必他是没有任何需要呻吟的东西的。当一个人病了的时候，他就会痛，当他感受到真正的疼痛的时候，他会把那种疼痛很详尽很细致或者很真实贴切地描绘给你，于是你知道，世界上有这么一些人感觉到了痛。

写作者，就是那些经常疼痛的人。

于是有人说，那是无病呻吟。

感知疼痛的能力有高下之分，有些人只轻轻撞了一下桌子角，腿上就出现一块瘀青。有些人摔得人仰马翻，拍拍尘土站起来，一点也不痛。

在现实生活中，我们所需要推崇的是后者，然于写作者来讲，没有足够的敏感，没有一碰即痛的敏锐，那就无法做一个疼痛的描述者。换句话说，写作者更容易得病，或者说，写作者比别人更快更清楚地感知到自己的病痛，同时写作者通过自己的病痛延伸到别人的病痛，于是他为了所有的疼痛者，用自己的笔去呻吟。

从另外一种意义上说，写作者是病态的。因为写作者常常感觉自己有病痛，表现在个性或者处世上，写作者显得非同常人。比如无名之醉，比如无缘之泪，比如突如其来的咆哮，比如卷土而去的快乐……

因为写作者有敏锐的触觉，于是他很容易感到疼痛；因为写作者有痛感，于是他闹出很大动静让人知道他在疼痛；因为大家都知道写作者很容易疼痛，于是大家都认为他是病态的。

所以，请原谅写作者的病态。

当他只有感知了疼痛，他才能倾诉疼痛。其实那些疼痛，也是所有人的疼痛，只是别人的触觉过于迟钝而已。

关于个性

当所有人都身着黄色军装腰扎皮带走在大街上的时候，你看见一个穿唐装提鸟笼的人走过，你知道，这个人是个性的。

当所有人都穿唐装提鸟笼走在大街上的时候，所有人都被淹没。那个最先穿着唐装提鸟笼走过的人也被淹没了。

这时候出现一个穿皮衣蹬皮靴的人，你知道，那个皮装人是个性的。于是时隔不久所有人都穿皮装蹬皮靴了，于是，所有人又被自己淹没了。

那个首先穿唐装提鸟笼的人却依然如故，他还是穿着唐装提着鸟笼走在皮装人群中。这个人，恰恰是真正的个性。

可是所有人都不那么认为，因为所有人都去追赶新的个性了。

有人说：当个性也可以用来追随的时候，这个世界就有些悲哀了。

有人说：真正的写作者应该是那个首先穿唐装的人。

个性落于文字，被追随的形式就有些无法捉摸。可是当你没有能力去开垦一块荒地的时候，你是不是就应该在前人的土地上老实地耕耘？当你一锹挖下去的时候，你看到了明朝，你并不气馁，再挖下去，你看到了宋代，继续挖，你看到了深深埋藏的唐朝……那时候你依然毫无收获吗？

没有人会说自己一无所获，你得到了很多，但是你终究没有个性，你依然被阻挡在前人之后，你无法突破。

这就是关于文字个性的困惑。是追随还是创新？是继承还是抛弃？

是获取还是支出？抑或是无法界定的。

然而写作者，却在思索。

当写作者思索的时候，发明文字的先祖在天上发笑，他想起当年只是因为自己是哑巴，无法用声音表达意思，于是他发明了文字。他只是用那些符号表示他想吃饭，他想睡觉，他想和一个女人做爱。可是他的子孙却因为这些符号而自寻烦恼。

他一想起这些，就情不自禁地大笑！

关于形式

一个女性写作者说：我所写的很多自认为很精妙的小说无法得到发表，而我写的那些为了迎合大众口味的所谓畅销小说却发表得很快。什么时候我能用畅销小说的外壳包装上纯文学的内容，从形式上营救我的纯文学呢？

那么文字是什么东西？形式又是什么东西？

如果说写作者是一个农民，那么文字就是农民期待收获的种子，当农民把种子播撒到田里之后，他就要等待收获了。秋天过后，田地里也许是一片硕果，或者是杂生的野草中夹着几株成熟的玉米，也或者，干脆一片荒芜。

于是就有一个聪明的农民开始科学培养他的作物，真空包装种子，无菌转基因发芽，大棚恒温养育……

果实成熟了，个体壮大，美艳无比。品尝一下，口味并不好，营养价值当然不如野生的，甚至还没有种子，繁衍还需转基因。于是，那些硕大鲜艳的果实便永远在生产与灭亡中挣扎，没有延续的生命，只有人为的虚假美丽外表。

于是可以想象，形式，就是农民刻意营造的一个真空、恒温的无菌世界。当文字处于无菌世界的时候，这些文字还有生存的能力吗？

写作者毕竟不是农民，可是当写作者需要以华丽招显的形式去精心包装他的文字的时候，那么他的文字离灭绝已经不远了。生长在充满细菌充满垃圾中的文字也许更有生命力，在荒漠或者盐碱地里发芽的种子才是更为坚强的种子。

纯文学，便是一枚野生的果实，有时候干涩，有时候丑陋，甚至有时候干瘪。然而，它是必定有它特殊的味道的。以千篇一律的形式去培育它包装它，它终究无法滋生出别具一格的口味来。因此，它就必定需要在野地里自然而然地繁衍生存，并且一定生生不息。

可是，无菌培育的蔬菜水果实在是漂亮，整齐鲜亮地摆放在那里，看得人欲罢不能，于是都掏钱买。买的时候不知道其外表下的真实口味，只有品尝了才知道。

犹如花枝招展的畅销小说，当你看到实质内容的时候，你会发现淡而无味差强人意。然而终究有人喜欢，犹如很多人喜欢买那些看上去鲜艳欲滴的大棚水果蔬菜一样。

那就让野果子孤独地成长吧，很久很久以后，当土地枯竭了，你在荒漠中看到的唯一一株植物，一定是野生的！

关于想象

白雪飘过的桦树林，阴霾的天空里，白鸽子呼啸着鸽哨飞翔而过，年轻的男人和女人在白桦树上刻下名字。多年以后，当他们的孩子看到那棵写着父辈名字的树的时候，白桦林里的坟墓已经荒草丛生。

这是一段想象的文字，一个从未去过东北的写作者对大兴安岭里的爱情故事的想象。

一个生活在大兴安岭的伐木工人说：这里从来没有鸽子，只有大群大群的乌鸦。这里的男人和女人忙于生计都来不及，而且大多不识字，哪里还有闲工夫去白桦树上刻名字。这里的确有很多长满荒草的坟墓，只是那坟墓里埋葬的都是给挖参人和打猎人做临时老婆的妓女。

写作者说：这是想象你懂吗？想象是美好的你懂吗？

伐木工人不懂，很多人不懂。那么写作者涂鸦那些很多人不懂的文字有什么意义吗？那些想象只是用来蒙骗从未经历过这般生活的人的吗？

可是想象是一片天空，你可以在无边无际里自由翱翔，想象可以毫无阻拦，落叶可以返绿，无花可以结果，生命可以永远存在，爱情可以长久保鲜……

著名写作者王安忆在她自己还很年轻的时候说：想象必须要以现实为基础，脱离了现实的想象是靠不住的，是站不住脚的，是无法令人认同的。

有一个年轻人对她说：你说错了，既然是想象，那就应该没有任何约束，你可以写下你牵连着生活的想象，我可以写下我脱离了现实的想象，想象是不能定义的。

有这样一张摄影作品，在青藏高原碧蓝的天空下，一座荒凉的寺庙孤独地立在飘飞着褪色彩绸的马尼堆后面。寺庙的屋顶上站着黑压压的一群乌鸦，几乎掩盖了整个寺庙的黄色屋顶。那些肃静凝立的黑色鸟儿们沉重的身姿并没有给画面以不祥的压迫，那么多乌鸦啊，在少有人迹光顾的破落寺庙里以它们的身体把天空铺洒而下的蓝色接洽而去。阳光下的黑色鸟儿给所有的看者以一种圣洁和景仰的膜拜。

乌鸦一向是不吉利的象征，可当它们以莫大的规模排列在寺庙顶上的时候，却给你一种信仰，这是为什么？乌鸦是丑陋的，可此时，这种丑陋的鸟儿却成为了美好得有些近乎遥不可及的神圣。

当写作者把想象定义为对美丽童话的描绘的时候，想象便流于庸俗了。

想象依然需要现实的丑陋为基奠，当这些丑陋在写作者的笔下排列成寺庙屋顶上的乌鸦时，一切的美妙于是就不遥远了。谁能否认那些飞过白桦林的乌鸦比鸽子更美？谁能说那些忙于生计的不识字的男女之间没有爱情？那些妓女的坟墓与良家妇女的坟墓一样会长出青草开出野花，多年以后，它们同样会散落在丛林深处被子孙遗忘。

想象，就像刚出生的婴儿的眼睛，世界在他的眼睛里，绝没有美丽和丑陋的区分。

关于碎屑

多年前去北京旅游，恰逢中秋佳节。到商店买月饼，散装苏式月饼。

按上海人习惯对售货小姐说：我要八个月饼。

小姐回答：十一块钱一斤。

再次重复：我要八个月饼！

小姐很不耐烦：告诉你了十一块钱一斤。

于是接纳北京买月饼方式：你拿八个月饼称一下，有几斤就算多少钱好吗？

小姐几乎横眉冷对：你要八个月饼，那碎屑给谁？

探头张看那只糕饼箱，果然叠整齐的月饼下面一层碎屑。

于是低头认错：对不起，你给我拿八个月饼，再装一点碎屑进去，称一下，是几斤就几斤好吗？

小姐这才开始行动，一边称装一边说：月饼是点心，碎屑也是点心，一样卖钱，你不能要好的不要次的，都要好的，次的给谁啊？

点头做十分同意状，拿了月饼抱头鼠窜离开商店。

售货小姐说得极是，月饼是点心，碎屑也是点心。

写作者写下文字，以笔墨描摹人生与情感，那些反映全国人民乃至全人类关注的社会问题的大题材，实在是令很多写作者神往的，如若写下一部那样的能登上大雅之堂的作品，此生无憾了。于是，很多人写反腐倡廉，写警匪大案，写伟人巨人，写历史故事……

月饼卖完了，谁要碎屑？

可是有多少写作者是经历过那些波澜壮阔、百折迂回、艰险无比的生活的？

凡人琐屑的故事，平民百姓的生活，细枝末节的情节，弄堂胡同的日子……普通人的生活同样有精彩有曲折有艺术，这些小题材品尝起来一样该是香甜美味的，可是写作者却不愿意捡拾起来品尝，眼光看到的只是月饼，碎屑无人问津。

碎屑也是点心，碎屑也许更好吃，很多人更喜欢吃碎屑，入味而且容易消化，不是吗？

一个写作者，如果只愿意站在巨人的肩膀上去看远处，那他永远也学不会攀登。当写作者把碎屑拾起来仔细品尝的时候，他会发现碎屑里有那些大题材所无法涉及的美妙味道，于是，碎屑被写作者揉捏创造成了月饼。

写作者如若甘于做捡拾碎屑的人，一样会成就自己如巨人的双肩。抑或，当有人接过你捧奉上前的碎屑的时候，他会说：啊，这正是我最喜欢吃的！

那样，写作者亦然是一种成功。

生活在我们周围的人，更多的是如碎屑一样看上去无足轻重却拥有月饼一样品质的人，更多的写作者也是其中之一。

我是碎屑，我是捡拾碎屑的人，我看一眼周围，我发现我的世界充满美味的碎屑！

欲望、小说，或布景

一、写作，或是某种欲望

写小说，我是从2002年开始真正的创作，之前只是偶尔在旧练习本上断断续续地涂鸦。第一篇完整的小说，是个爱情故事，大概有一万多字。某日整理书桌抽屉，翻出一本未曾学会打字前的手稿，我看到了我写作生涯的婴儿像，生涩而又矫情，读来自己觉得可笑。

那篇叫《春天的故事》的处女作，讲述的是年轻的女孩多年来一直暗恋着大学时期曾经的教授，某一天，她终于鼓起勇气，辗转回到大学，急切并突兀地出现在教授面前……故事脉络太简单，不讲究结构，也没有悬念，文字语言天然流露。整篇小说（权且把它叫作小说）最充沛的是情绪，女孩从城里冒雨赶到郊外的大学，一路全是忧伤和迷茫。结局是，见到教授了，在雨中，看见那个想念许久的身影，旁边还有一个身影，为他打着伞，一如曾经的女孩自己。

小说的背景来源，是奉贤的五四农场，一所叫“上海旅游专科学校”的大专学院，后来成为“上海师范大学旅游学院”。据说，在我未曾出生的年月，这所绿树成荫的学校被叫作“五七干校”，不知是否就是巴金老人曾下放学习的地方。当时我是因为在一所中专当教师，学校要开设旅游专业课程，派我去进修。

那段日子，我又过上了住校生的生活。周一早晨坐车去学校，周五放学坐车回家，单程两小时公车。路途，我要说的是，没有人结伴同行的两小时路途，正是催生了我写小说的欲望。机械、单调、重复的车程，周遭景致一遍遍闪掠，从高楼丛林、人群车流，到漫长的海堤、连绵的防护林、荒莽的青麦、斑驳霜绿的农田，裸露的潮湿泥土，路边的香樟树浓绿起来，浓绿的深处，便是那所大学。这就是濒临东海的上海远郊农场的风景，除了深深浅浅的绿，几乎没有人烟，寂寞得让一车当地乘客无一例外地睡着，只我一人看着窗外，一遍遍，反反复复。

寂寞是会让人产生欲望的，那种前所未有的表达的欲望，就在路途中产生，但这欲望又是复杂的、不明晰的，于是，暂且只能以想象的方式流露。

想象真是个好东西，并且，有现实的支撑，想象变得丰富。少女时梦想未来嫁一个满腹学识的成熟男人，这梦想维持到彼时，依然只是梦想，于是，那条铺满香樟落叶的窄窄的海堤，成了延续梦想的路径。并且，这条路，还具备了通向梦想的另一特征——忧伤和浪漫。因为那条路的尽头，就是海。

上海的海，一向是荒凉的。我在海边的小镇长大，小时候常常独自步行三里路去看海，在海滩上摘芦叶，带回家留到端午节，妈妈包粽子用；拔“茅针”——茅草的嫩芽，拔下来放在嘴里咀嚼，有微甜的青草香。除此之外，就是没完没了地看，看大片大片向同一个方向倾斜的芦苇，看滩涂深处无边无际的浑黄大海涨潮着、退潮着，除此之外，没有别的。那种时候，小小的我总是被腥湿的海风吹到头颅微微疼痛，最清晰的感觉，就是孤独。

回到那条铺满香樟落叶的海堤，通往荒凉的海滩的路，梦想在那里呈现，恰恰，那里有一所大学。大学里，当然有满腹学识的教授，成熟，稳重，淡定，骨子里有浪漫……很突然地，就生出了写点什么的欲望。

我不知道别的写作者第一次创作的动因是缘于什么样的遭际，在于我，并不是因为一个震撼我的故事，也不是曲折的人生经历。只因欲望以梦想的方式呈现时，与现实终有逾越不过的沟坎，便想通过某种非现实的方式去实现。当然，很奇怪，当我把欲望落于文字时，故事却不由自主地走向悲剧，或者叫失败，至少无果。梦想并没有在我的小说中被实现，可以说，这就是“文学”初露端倪了。

上海旅游专科学校已经搬离那所绿荫密布的“五七干校”，不知五四农场边的林园现在用来做了什么。那个薄薄的练习本里，充满了绿色氤氲的水雾，《春天的故事》至今未曾拿出来示众，但那条通往混浊的东海的堤岸，把我带进了小说创作。在我还很年轻的时候，有那么多葳蕤的欲望蠢蠢欲动着要萌芽、要开花，何以表达抑或消解欲望？我选择了写作，现在想来，写作不是为了实现梦想，也不是为了编织故事，也许，写作本身，就是某种欲望。

二、虚无，可能源自敬畏

我并非中文专业毕业，写小说只是一时兴起。可是一旦开始写小说，问题就来了。什么是小说？或者，小说是什么？这真是一个最基本，也一直是困扰着我的问题。

前面已经说过，写作对于我，也许只是某种欲望。后来写多了，便在技术上有点思考和探索。然而直至今天，假如问我什么是小说，已经写了二百万字小说的我，依然只能羞愧并肯定地回答，我不知道。我无法用一个高度概括的句子，或者一小段精确的文字描述小说的概念。也就是说，我不知道什么是小说，但我想，我可以说出，什么不是小说，好比：故事不是小说，纪实不是小说，回忆录不是小说……诸多诸多。

记得早年，我还未曾开始写小说的时候看过一本书，内容是诸多名人关于文学艺术的对话。有一段对话令我记忆犹新，两位艺术家为一个行为艺术作品争论不休。这个行为艺术作品是这样的：一本《西方美术史》和一本《中国美术史》，把这两本书放在洗衣机里搅拌，历经了一次普通的清洁工作后，它们变成一堆碎纸渣。然后，把这堆碎纸渣放在艺术中心的展柜上，行了，各位，来参观吧，这就是我的作品。

两位艺术家的矛盾出现了，甲说：我觉得这是一件好作品，他妈的，中国美术史，西方美术史，他用很粗暴的方式，就这么扔在你面前！

甲艺术家用传统经典国骂“他妈的”来表示，这种艺术形式的魅力，就在于粗暴。

乙说：那你用别的两本书呢，也可以吧？

甲说：这样浓度就没有了，这件作品是有浓度的！

乙说：可是你必须告诉我这是一本《中国美术史》和一本《西方美术史》的搅拌物，你不告诉我，我就可以把它当成是一本《金瓶梅》和一本《生理卫生》课本。

甲说：那你就对艺术缺乏诚意了！

……对话大意就是如此，并没有答案，也没有对错评判。当时我十分疑惑，这样的行为艺术作品，有什么意义呢？后来写了一段时间小说，忽然发现，很多时候，创作的动因以及目标，并非“意义”。

我无意用这个例子说明小说的概念，我想表达的是，艺术，很多时候是出于个人的思考，也许它没有明白无二、单刀直入的意义。当你用人类道德、社会法则，或经济效益去评判艺术，让艺术去创造某种具体的价值，很多时候艺术就会显得勉为其难，也不再纯粹。当然，艺术可以是提升人类道德、改良社会环境、产生经济效益的手段和机器之一，但艺术却从不是为这些功利的目的而产生的，至少，这不是艺术的“初心”和“愿景”。

小说自然是一种艺术。那么，究竟什么是小说呢？刚好提到美术史，这么来说吧，比如，当我读到王安忆的时候，我觉得，我欣赏到了精美的苏绣，那是针针线线、密密扎扎勾勒出来的画幅；当我读到汪曾祺的时候，我欣赏到了写意的市井水墨画，有烟雨市声、飞短流长，却美得留白而朴素；当我读到卡夫卡的时候，我看到了灯光下的投影，似是而非，却又很真实，另一种形式的真实；当我读到托尔斯泰的时候，我看到了巨幅的情境油画，表情、姿态、气息，溢于言表；当我读到海明威的时候，我看到了线条简洁的素描，清晰、明确，没有多余的一笔；当我读到乔伊斯的时候，我看到了透过皮肉直击内脏的 X 光片，人无具象，内脏、骨骼却清晰显现……没有一部好小说，让我在阅读的时候，感觉到如同镜子一样完全而完整地照出一个真实世界。

我们总是认为镜子反映的世界是可靠的，但镜子里的影像，在物理学中，叫作“虚像”。也就是说，当我们想方设法完全而真实地去反映世界的时候，那个反映出来的世界，恰恰是虚构的。而当我们用虚构的方式去描摹世界的时候，虚构的力量却超越物理力量，到达了某种精神的真实。

那么，什么是小说？我依然无法说清小说的概念，为此遭到某些读者的严厉斥责：靠写小说吃饭的专业作家，声称不知道什么是小说，难道不是堕落？

我承认我有些“虚无主义”的倾向，但是，当你在描述“那是一根粗壮的柱子”或者“那是一堵毛糙的墙”时，你离真正的“大象”已经相去甚远，很有可能，你就成了一个摸象的盲人。也许，“虚无”正是源自对未知世界的敬畏，尽管很有可能，我是为了掩饰自己的虚弱，才常常举起“逃避”的盾牌。

三、城市，也许只是布景

从发表于《收获》2012 年第五期的处女作《记忆刘湾》开始，我的小说大多把都市边缘的乡镇作为地域背景。十八岁之前，我一直生活在离上海市区二十公里外的郊区小镇，尽管后来离开了，但我从未对发生在小镇上的故事失去兴趣。上海郊区乡镇在融入城市过程中的矛盾，与普遍的城乡矛盾有很大差别，应该说，那是“城郊矛盾”。

在我的故乡小镇，人们把黄浦江西岸那片拥挤的土地叫“上海”，把自己脚下的土地叫“乡下”。黄浦江西岸的人，把我们这些东岸的人叫“阿乡”，而他们总是骄傲地自称“阿拉”。一条黄浦江，让同是上海人的阿拉与阿乡变得隔阂与疏离，可事实上，他们却又过着唇齿相依的生活。它们之间不是发达城市与落后乡村的典型矛盾，而是微妙的、暧昧的，并不大张旗鼓的。这种矛盾也不是从城市化进程开始才出现的，而是，从我外公外婆那一代就有。

我那如今已经九十岁却还耳聪目明的外婆，在嫁给我外公之前一直生活在市区，她最愿意回忆的就是小时候跟着她那被叫作“顾小开”的阿哥去大光明电影院看电影，跟父母去国际饭店吃某家大小姐的结婚喜酒，去凯司令西餐社吃冰激凌掼奶油栗子蛋糕……七十多年前的女孩最着迷的是费雯丽和卓别林，还有本土金嗓子周璇和电影皇后胡蝶。如今我那一头银发的外婆，还会一字不漏地唱出完整的《天涯歌女》。她是个爱美的老太太，外出做客时，喜欢给自己枯老的嘴唇涂两瓣淡淡的口红，还要在松弛塌陷、皱纹重生的脸上扑一层珍珠色底粉，这些都是来自她少女时代艺术抑或审美的启蒙。我的外公，却是正宗的“阿乡”，出身于浦东地区的工商地主家庭，被父母送到西岸的学堂读书，会说英文。浦东乡镇并非落后农村，也养育了很多文化历史名人，傅雷、张闻天、黄炎培，还有作曲家陈歌辛，都是浦东“阿乡”。想来，外婆的老爹愿意把女儿嫁给一个“阿乡”，正是因为浦东阿乡既有扎实的家底，又不失质朴本性。可是，阿拉和阿乡一旦生活在一起，各种矛盾纷至沓来，生活习惯、待人接物、金钱用度，等等。这些矛盾没有尖锐到一触即发，很多在生活的磨砺之下变得圆润，抑或消解，当然，也有各持己见、互不相容了一辈子的角落。说到底，他们对生活的理解，还是有着一些趋同的内核。

说了这么多我的外公和外婆，只是想说，上海的都市与乡镇之间的矛盾起始，远早于改革开放之后的城市化改造。它们之间，不是脑满肠肥与骨瘦如柴的关系，不是宫殿与茅屋的距离，也绝不是刘姥姥进大观园的格格不入。它们的关系，就是我外婆与外公的关系，对于我来说，就是一种常态，是我打一出生就见识到的。所以，无论写城市还是写乡镇，我都不认为彰显城乡矛盾是重要的“梗”，城也好，乡也好，都是“人”的背景，归根结底，矛盾源自人性。

我曾经写过一部中篇小说，叫《彼得的婚礼》，说的是上海人邬彼得醉心于服装店“橱窗设计师”的职业，一个被边缘化的、执着而又极具工匠精神的中年男人，最后与一具被他自己命名为“邬玛丽”的塑料模特发生了“皮格马利翁效应”。小说写到结局，邬彼得抱着身穿洁白婚纱的塑料模特离开大商场，走在午夜街灯闪烁的南京路上时，我自己都眼眶潮热起来。小说发表后，有评论家问我这篇小说发生的原因是什么。

我喜欢这样的问题，追溯小说的灵感起始，这也是对创作的梳理和反思。

先说邬彼得和邬玛丽这两个名字吧。我有一位小学同学，她父亲是一家市属工厂里的电工，技术超好，每个周末都会光鲜铮亮地回浦东与家人团聚。有一次我去她家玩，听见她母亲用浦东方言对她父亲说：林憋得，隔壁毛阿姨屋里厢灯泡坏脱了，侬去帮伊修一修。

上海话的“憋得”究竟是哪两个字？我很好奇，问同学，知道是“彼得”。当时只觉得这名字好生奇怪，不似小镇男人普遍的“根宝”“金福”之类。没过多久，学校包场看电影《青春万岁》，小学生的我对那个叫王蒙的作家不感兴趣，却对“呼玛丽”这个名字念念不忘。呼玛丽是在孤儿院长大的，修女嬷嬷要她在周日为教堂的弥撒做杂事，不许她参加学校的团队活动。当然，最后呼玛丽在团支部书记的帮助下逃出教堂，加入了同学们的队伍。当时我并不知道“玛丽”这个名字的由来，只认为是修女嬷嬷起的洋名，并且，我把电影里未出现的修女嬷嬷脑补成一个严厉、瘦削、不会笑的外国女人形象。后来渐渐长大，知道了上帝和耶稣，也知道了《新约》《旧约》，同时也发现，上海人叫“彼得”“保罗”“大卫”的有不少，想必我那小学同学的父亲来自一个有西方宗教信仰的家庭。

这就是《彼得的婚礼》最初的起源，小时候怎么都不会想到，长大后我会把“彼得”写进小说，把他虚构成一个橱窗设计师，让他爱上一只塑料模特，给它起名叫“玛丽”。真正让我着手写“彼得”的原因，是有一次读到特蕾莎修女的一段话，大意是：如果你仁慈，别人可能会诬蔑你别有所图，但无论如何，要仁慈。如果你诚实，别人可能会欺骗你，但无论如何，要诚实。如果你找到快乐，别人可能会忌妒你，但无论如何，要快乐。你今天做的好事，可能明天就被忘记，但无论如何，要做好事。把你所拥有的最好的部分给这个世界，它也许永远不够，但无论如何，给出你最好的……读完这段话，我想起小时候想象中呼玛丽的监护人，那个严厉、瘦削、不会笑的修女嬷嬷，似乎与特蕾莎修女长得很像。还有，现在我们把为教堂的周日弥撒做杂事的人叫义工，或志愿者。与呼玛丽不同的是，义工是自愿的，没人强迫他们星期天只准去教堂做志愿者，不准去看电影、郊游、参加团队活动。

好吧，我想，我写彼得，是想写那种坚持仁慈、坚持诚实、坚持给出自己最好的部分，被遗忘、被伤害，却依然如故的人。有评论家说，邬彼得的命运简直就是上海这座城市的映射，上海是最能让彼得成为彼得，而不是贫嘴的张大民或打官司的秋菊的地方。我却以为，是很多彼得这样的人，让上海成为了上海。城市在人的背后，充当着永恒的布景，人变，布景才会变，坚持变或坚持不变的，永远是人。

误入歧途的写作者

在人生舞台上，我曾经扮演过传授知识的教师，还扮演过愉悦他人的歌唱者，在家庭里更是扮演着一个相夫教子的贤妻良母。不论演技如何，至少，我对自己的角色还算满意，演得也还尽心尽力。然后，有一天，我迷上了“打字”，当我能够做到在一分钟内用电脑键盘打出六十个字时，我决定转行，放弃了教师、歌唱者、贤妻良母的头衔，走上了一条不归路。

好了，我终于成了一名写作者。

起先，我力求讲一个完整的故事，我力求在讲故事的时候设置一些悬念，我力求在解开悬念的同时留下几个永远不予回答的疑问，我相信，给结局留下更多可能性，才是好故事的模样。至于用什么样的语言来讲述我的故事，那不是问题，语言是上天赐予我的能力，我竭尽使用，毫不吝惜。就这样，我努力着，想让自己成为一个技艺超群的说书人。当然，直到今天，我依然没有达成目标，上天并没有给予我说故事的天赋，我只是在以小说的形式记录某种心情。

后来，我力求给小说赋予智慧的哲理，我力求在小说中清晰地呈现思想，我力求让每一个句子都充满思想的玄机，我要做一个思想的巨人，并且让读者在合上我的小说后醍醐灌顶，抑或意犹未尽，最后，陷入深深的思索……至于故事，那不是问题，故事可以在恰当的叙述中自然地渐趋圆满，仿同一日接着一日的生活，即使不做计划，依然可以顺利地过下去。不过，到现在为止，我还没有成为一个思想的巨人，我甚至还是一个行动的矮子，一个懒惰的耕种者，如此而已。

再后来，我力求让写作变成一种艺术的创造，我希望这种创造，它的过程是艺术的，它的结果也是艺术的。对，纯粹的、探索的、允许天马行空的、允许异想天开的艺术，那才是文学的终极目标，不是吗？故事、哲理，那已经不是问题，甚至，追求故事或者哲理的创作，岂不是一种功利？德彪西就曾说过：我最鄙夷那些唯唯诺诺企图制造意义的音乐。所以，我想，我要做的，就是这样一名以艺术为终极追求的、纯粹的写作者。可是，时至今日，我并没有成功地让自己在追求艺术的创造中肆意翱翔，我想象的翅膀常常遭遇现实的打击，一些人告诉我，很多人告诉我，最后，连我自己都告诉自己，也许，你最应该做的就是把故事讲好。

当我写下几百万字的小说时，我发现，一个从教师、歌唱者、贤妻良母演变为写作者的人，她为自己设定的目标，事实上每一个都几乎没有实现。在我一步步努力让自己成为一个说书人、一个思想者、一个有艺术追求的写作者时，我只是把自己塑造成了一个日渐畸形的唠叨者，我想，我已经误入歧途。一些人认为，很多人认为，最后，连我自己都认为，我需要退身到最原始的角色，为锅碗瓢盆和吃喝拉撒而上蹿下跳，为一切人间烟火流露我最简单的喜怒哀乐。

培根在《增进知识论》中提到：把历史安排给记忆，把艺术安排给想象，把哲学安排给理性。

可是很多时候，我们看到的却是：把历史安排给谎言，把艺术安排给娱乐，把哲学安排给狡辩……

尽管我无法确定，这些误入歧途的安排与写作者有多大关系。但我还是想说，人类，也许是最容易误入歧途的物种，或者，被误入歧途。我们常常愿意把诱因当作理想去追求，我们一不小心还要为自己的“进步”扬扬得意。很多时候，我们并不自知，身在世界，我们可能正一次又一次地误入歧途。

也许只是单恋

我从不愿意承认曾经有过当作家的理想，小时候没有，长大后也没有，直到如今，我依然不敢想象，我怎么就能如此轻易地把“作家”当成了一种触手可及的理想？我想，我只是一个靠写作混口饭吃的人，我不敢称之为“理想”。因为我总是觉得，当需求和欲望被戴上“理想”的帽子后，一切就变得太过远大和崇高了，我有一种对“作家”这个称谓不敬的自愧。我宁愿用“混口饭吃”这么低贱的说法来描述我所从事的工作，这是我对文学以及创造文学作品的人——也就是作家，发自内心的无限敬畏。

好吧，我想，我可以把自己叫作“文学爱好者”，虽然这个称谓已经被用滥，但我找不到更好的说法。那些在书展上排队请著名作家签名的人都可以叫文学爱好者，尽管他们也许不会把那本扉页上有着作家手写大名的书读完。我得让自己与他们撇清关系，最好的证明就是，我从没有买过一本书然后请作者在书上签下大名，当我还没有写作时，以及开始写作之后，都没有。但我从不认为，这是我对作家不尊重的表现，绝不是。相反，因为那些打动我、震撼我的文字，令我无法释怀地陷入某种必须“远离”的情感困境。因为敬畏，不敢靠近。

当我与王安忆老师面对面交谈时，我不敢叫她替我在《长恨歌》的扉页上签个名；当我在某次文学交流会上和余华邻座时，我不敢拿出一本《活着》请他写下他那笔画简单的大名；当我在上海国际文学周的奈保尔专场中近距离看着这位苍老的大师时，尽管我手里始终捏着那本《米格尔街》，却半步都不敢走近他……我无法解释这种被朋友们称为“自闭”的心理症结，我想，我只能说，因为太爱了。爱让我胆怯，爱让我不敢承受，或者说，没有资格承受。我总是在想，我有没有资格？当人们把我称为“作家”的时候，当人们把我写下的文字叫作“文学”的时候，我总是质疑我的资格。

我一边质疑着自己创作文学乃至谈论文学的资格，一边不可自控地对文学趋之若鹜。有一天，我在一位微信朋友的转帖中看见一篇文章，忘了作者的名字，也忘了文中的原话，只记得大意是：写作者总是强调自己的创作属于纯文学，那是一件矫情而又可笑的事情。我忽然有一种被戳到痛处的感觉，如同一个从未拥有过一样真货饰品的女人，有一天终于戴上一枚金戒指，便时刻想要告诉别人，这是真金的。

你为什么要戴戒指？是为告诉别人，你也拥有货真价实的金子？如果真的是这样，那么最好不要把这称为理想，那只是欲望而已。所以，我得把自己叫作“靠写作混口饭吃”的人，这样我才会心安理得一些，这样才不会让我担心因了我的加入以及存在而折损了文学的纯度和重量。

五年前，一位前辈级作家在读了我发表于《十月》的中篇小说《哭歌》后，写了一篇评论，我在那篇评论中看到很多鼓舞人心的赞词。当时我想自谦一下，可我在邮件中回复那位前辈的话却毫无疑问地暴露了我的得意神色：我愿意写出让读者喜欢的小说。

老作家回答：别为读者写，先想着写出自己心里的东西吧。

这位前辈作家如今已经过世，我从没有见过他的面，但那一次他在电子邮件里对我温和的揭露，让我从此记得自省，我写作是为什么。

我拒绝为我的写作赋予宏大堂皇的可以称为理想的冠冕，我不觉得我已经有资格这么说。可我又是一个从事写作十年有余的人，我该如何谈论我与文学的关系？这么说吧，我是一个患上单恋的人，我爱上了别人，我确信这种爱已经到了一定深度，因为爱情，我变得妄自菲薄，爱会让人低到尘埃里。这就是我从 2002 年开始写作以来，至今无法抹去并且大有越来越严重的心理趋势。

爱情从来不会让人驾驭，而人们总是被爱情驾驭。一如文学，究竟是文学创作了作家，还是作家创作了文学？这是我越来越不敢断言的话题。

很难预测哪一天我才敢于以文学为理想，现在我只是一个靠写作混口饭吃的人，我希望我可以混得好一些。

写他们，是试图走进另一个星球

——中篇小说《成人记》创作谈

很多很多年前，有一次，在“小绍兴”饭店便餐。邻桌有一对母子，他们的餐桌上独独一盘白斩三黄鸡，没有别的菜。儿子十七八岁的样子，顾自举箸大啖，吃相肆无忌惮。母亲低眉端坐，用筷子挑拣出最好的肉块，夹到儿子的碗里，自己一口都没吃。母亲做成这样，孩子被宠坏是一定的，彼时我想。然而等他们吃完，站起来准备离开，我才看出异样。那孩子抬起头，面容完整暴露于我视线内，典型的“唐氏儿”。母亲牵着儿子的手出饭店，人高马大的小伙子，可能因为吃的欲望得到满足，步态雀跃。

那时候，我还没结婚，自然没有孩子，观察邻桌母子吃饭，仅是好奇心使然。直到自己也做了母亲，偶尔想起那场景，会忽然心痛。

2010 年，上海世博会，生命阳光馆。明亮的大厅里，二十岁青年高智宁坐在三角钢琴前，《土耳其进行曲》在他的手指间飞流直下。事实上，他的智力水平永远停留在三岁，但他拥有钢琴 10 级证书，他可以在舞台上演奏无数首世界钢琴名曲，他是一个有着特殊才能的智障患者，他是“雨人”。“雨人”的父亲站在台侧，他全程注视着他的孩子，他弹几首曲子，他就站多久。每一次出行，每一场表演，这个中年男人都要成为“雨人”的附体。他是“雨人”的生活，“雨人”是他的舞台。

2015 年，上海杨浦区，某阳光学校。我去采访，进教室听课，我选择了靠后排的座位，隔着走廊的左边，是一位高个儿小伙子。从我落座开始，他连续三次挪动自己的椅子，朝着我的方向，越过走廊。他正向我慢慢靠近，在离我一拳之隔时，突然面色绯红，轻启嘴唇：你知道我叫什么名字吗？他准备把自己介绍给我认识，他的智商停留在七岁，但是，身体的本能驱使他向一名成年女性靠近。我没有见到他的母亲，但阳光学校的老师告诉我，他母亲准备带他去相亲，对方，是一个聋哑女孩。母亲说，再不给他找个女人，要出事了。

我的一位文友，热情开朗，多才多艺，有一回酒到酣处，突然提起他二十多岁的智障儿子。事故发生在一岁左右，正牙牙学语，有一天午睡，从床上跌下来，那以后，再没开过口。长着长着，也长大了，喂饱就好，还有，家门一定要关牢，文友说。十八岁的时候，跑出去过一次，满城找不到，我绝望了，想大概儿子要没了，不想一抬头，就在小区外面的公交站边，坐在街沿上，我眼泪"哗"一下落下来。他从没叫过我一声爸爸，可他是我儿子。

那以后怎么办呢？我没有问他。他和妻子从没去深究过儿子的智障是因为从床上跌下来造成的，还是先天就有问题。那天午睡，是妻子在照看孩子，他在单位上班。从此，午睡成了他们家的禁忌。

很少在大街上看见智障孩子，大街这种地方，可能遭遇的未知凶险实在太多，他们是要被照顾和看管的一群人，他们被深深地藏在某些地方。那扇紧紧关闭的家门，既是阻挡了危险，同时阻止他们走向外面的世界。

2010 年上海世博会，为了体现残疾人的尊严和价值，呼唤人道主义，促进残疾人事业发展，在世博会一百五十多年的历史上，首次设立残疾人综合馆"生命阳光馆"。因为要采访智障者和残疾人，我走进了阳光馆，于是，经历了一次这辈子从未有过的感官体验。

那是一个叫"盲人体验"的项目，工作人员带我进入体验区的时候，我是睁大着眼睛的。可是，当我踏入那扇门的一瞬间，我忽然发现，我已身陷无边无际的黑暗。当我们进入黑暗，我们一般会说：这个地方很黑，看不见。然而现代人，似乎已经无从去体验那种伸手不见五指的黑暗。即便在古代，没有灯光的夜晚，也有星光和月光，我们总能依着身周的形和影而有所参照。可是在盲人体验区，没有任何参照，我站在原地，不敢跨出一小步，感觉，往前一步就是深渊。当时我想，我大概知道了什么是“黑洞”，什么是“盲”。

然后，工作人员提醒我：你伸出左手。左手刚探出，立即触到一个墙体，天哪！我以为四周什么都没有，我以为我身在无依无靠的黑洞中，没想到，只要一抬手，我就能扶到墙。可是在那种绝对的黑暗中，连伸一下手都是恐怖的，脑中充满了不确定以及不可把控的不安全感，甚至是危机感。接下去，我就扶着墙，极其小心地迈步，抬起脚，探索着往前，踏下去的每一步都满怀恐惧，感觉前面的任何一步都会踏空，因为，我不知道前方、四周到底有什么，或者没什么。是的，在那个世界里，我是一个睁眼瞎。

彼时，忽然听到声音，呼喊声、吆喝声、皮球的撞击声。工作人员开启一盏灯，星光般微弱，可依然让我立即分辨出，我的左边是一道墙，右边两米处，是一块布网拦起来的小球场。只见一群少年在星光下踢球，他们，全部是盲人。他们听着球飞来飞去的风声，听着伙伴们相互之间的吆喝声，传球，射门，守门员扑住了球……倘若没人告诉我他们是盲人，无论如何，我不能相信，一群盲孩子，可以把一场球踢得这样风生水起。

从“黑洞”里出来，重返光明，我忽然有种死而复生的后怕，倘若在那样的黑暗中，我想，我是活不下去。可是那些盲孩子，他们是怎么活下去的？还有，那些智障孩子，他们无法说出他们的内心，那么，他们又怎样体会我们常人所认为的那些悲欢与冷暖？我们无从获知他们的世界，或者说，他们活在另一个星球，是不是，我们永远都无法走进他们脑中的黑洞，抑或心灵的黑洞？

我忽然有种冲动，我想要写写那些活在另一个星球的人，我要试探着了解那些看不见彼此的人，是怎样懂得彼此的。

于是，有了《世上最美的脸》里的盲人阿兴，有了《隐声街》里的智障者大毛毛，有了《成人记》里的智障儿郑舟……很多时候，写病人，是想以其特殊，来消解普遍的困境。然而，写病人，一定不是仅仅为了同情病人，体谅病人，给予病人关爱，而是，要如何懂得他们，如何不把他们当病人。也许，所有人都把他们当病人的时候，父母是最不愿意把他们当病人的人，或者，父母，就是人群中少有的那几个试图走进另一个星球的人。

小时候看见过邻家傻儿子结婚，娶的也是个傻媳妇，后来还生了孩子，居然伶俐活泼一切正常，他们因此而当上了傻爹傻妈。也许是出于本能，他们知道如何做夫妻，如何完成生育。然而，我不知道的是，这个孩子长大后是否会因此而自卑？如同那个锤杀父母的十三岁男孩，他的怨愤，来自无以抉择的出身。可是，智力障碍并未妨碍他们具备繁衍后代的动物性，事实上，那也是人性。

老人喜欢对小孩说这样的话：等你长大了，娶了媳妇，别忘了娘。

光长大是不够的，还要成人，这是作为一个“人”的权利。那么，什么才是“成人”？是一个衡量道德水平的尺度标准，还是一种身体需求的描述？法律理性而又冰冷，它规定了一些没有权利“成人”的人，叫“无民事行为能力人”或“限制民事行为能力人”。可是，只有母亲知道，她的儿，要成人。

那个带儿子去“小绍兴”吃一盘白斩鸡的母亲，莫名想起她，会有惺惺相惜的感觉。我是做母亲的，我想，我大概懂一点点为人父母的心。

那些微弱的幸福

——中篇小说《万事如意》创作谈

我有一部中篇小说《万事如意》，发表后被转载，杂志编辑的导读颇合我意：老年病房里的人生百态。一边是等待死神的病人，一边是努力生活的护工们。生和死，都难如人意，“万事如意”更像是对人世间的嘲讽。生活在“死亡”气息弥漫的氛围里，人们是否还有追求幸福的能力？

小说讲述的是一群在老年病房里工作的护工，她们的生活，她们的追求，她们的喜怒哀乐。这部分经验的来源，是多年来我常常在老年病房里无奈逗留的所见所闻。我的父亲在老年病房里住了五年多，他得了阿尔兹海默症。他从逐渐丢失记忆，到慢慢失去功能，最后，他躺在病床上，除了发出一些意义不明的声音，不再具备一切常人的思维和行为。父亲的生存维持，全数依靠护工，吃喝拉撒，洗漱更衣。这五年，为父亲做护理的护工至少更换了七轮，而我，跟随着父亲，见识了一些护工的生活面貌。我们总是惧怕死亡，甚而惧怕与死亡哪怕只是搭上边的职业，比如殡葬行业、临终医院，乃至医护工作。在医院里，老年病房的护工，是与死亡打交道最密集的职业，对于那些老病人而言，护工是他们生命中最后一程的陪伴者。我喜欢与护工聊天，每次去看望父亲，总愿意挤在护工扎堆的操作室里听她们八卦。遗憾的是，她们大多不是上海人，她们口音浓重的语言常常让我难以理解。但我还是喜欢看她们热火朝天地干活的样子，听她们拔着嗓门说话的声音，她们让我感觉，死亡是一件不值得放在眼里的事。她们日日夜夜与将死的老病人生活在一起，倘若没有足够乐观和强大的内心，又如何能承受老年病房里最常见的永别？

可是有一天，我父亲的第六轮护工小马哭了，那是我第一次看见护工哭。她哭的原因，不是为了某个病人“升天”了，而是，她接到安徽老家打来的电话，说她患癌症的哥哥去世了。然而她哭，也并不是因为哥哥去世，而是，她要赶回老家参加哥哥的葬礼，这需要立即动身，可她不知道是否还能赶上当天的长途汽车，并且，也不知道该如何快速把自己的病人托付给别的护工。从接到老家打来电话的那一刻起，局面超出了她的把控能力，于是她哭了。接下去，整个老年病房的护工和家属都行动起来，有人替她上网查询长途汽车的班次，有人拿着她的手机替她网上购票，护工们自觉分配她的病人，她急着装行李，却不知道要装什么，最后把两个塞满泡菜的密封盒装进了拉杆包。她拖着行李一路碎步跑出老年病房的时候，依然保持着哭哭啼啼的样子，我想，她还沉浸在无能为力的伤感中。可是，即便在无能为力的时候，她依然记得要把她的泡菜盒带回老家。是的，护工们用乐扣做泡菜、腌萝卜，用微波炉蒸南瓜、煮玉米，在食堂提供的统一餐食之外给自己加餐。她们还利用睡前的一丁点儿时间织毛线袜，刷手机淘宝，买花花绿绿的打底衫，她们很少买外套，因为她们必须穿制服，好看的外套没有用武之地。她们在极其有限的空间和条件下力求扩大生活的自由度，那是属于她们可以把控的幸福。

三天后，小马回来了，她送走了因病去世的哥哥，回到老年病房，继续她热火朝天的护工生活。我没有从她的脸上看到一丝悲伤的余痕，她还是那个爱大声说话、整天嘻嘻哈哈的女人。大概，于她而言，面对死亡是常态，而赶上那场为死者送行的仪式，才是更有意义的。“万事如意”的核心在于“如意”，什么样的“意”，才是符合我们内心所求的？老年病房里的护工们让我意识到，让死亡变得“如意”，正是她们在做的工作。那些被“死亡”威逼和包围的生活，也依然有着可追求的幸福，或许微弱，也同样是幸福。

情致所在

——中篇小说《丁香弄》创作谈

过日子，我是一个信奉极简主义的人。家居一律没有装饰性元素，朋友送的木雕、画框、挂毯之类，全被我收进箱子，只在每年一次整理居室时拿出来清点一遍。饰品的意义，于我而言，就是让收纳箱变得沉重，进而让我常年保持某种非物质的、文化的、遗产般的安全感。

我喜欢做菜，据家人反映我的烹饪手艺还不错，但我从不喜欢用调配颜色的点缀式材料，譬如盘口摆个胡萝卜花、黄瓜花，用青椒的时候配半个红椒……这不是我喜欢干的，因为这对菜的口味提升没有任何作用。于我而言，能在一口锅里解决问题的，绝不会启用第二口锅。比如最近，家人提出要求，买一台很酷很新潮的电视机，我口上答应，却始终不配合行动。一想到家里已经有两台电视机，现在又要多一台，忍不住生出无限焦虑和烦躁，于是苦口婆心、迂回拖延、斗智斗勇，终于让家人自行打消了买新电视机的念头……

不知道这算不算是心理问题，抑或已经是心理疾病。在快节奏运行、高速度前进的现代化大都市里生活，什么样的闲情逸致还能在那股无形却又激烈的洪流下幸存？

可是，什么是情致？按照辞典解释，情致，是指有一定价值和理性的情趣、情感。我想，我是一个被生活的洪流冲毁了内心情致的人。那些源源不断、夜以继日地涌出的不胜其烦的生活，真的会让人对一切有趣抑或无趣的物事全然失去兴趣。我在想，我是不是不再热爱生活？或者，我这样的言论，会不会是一个抑郁症早期患者不经意的病症流露？可我从不愿意承认，根本上，我就是一个没有情致的人。这不是真的。

幸好，有写小说这件事情，让我在虚构中重拾情致。至少，它让我知道我是一个并没有放弃生活的人，尽管只是虚构，尽管更多的是鸡飞狗跳、鸡鸣狗盗。当然，除此以外，也有白兰花清逸的幽香，以及人与人之间从不相互厌烦的关注、记得、较量，即便是结仇，亦是用心。

好吧，如此说来，我是应该感谢文学的，它让我跳出高速运转的都市轨道，看一眼身旁的人，看一眼自己的脚下。当然，更要感谢我那些小说里的人物，很多时候，他们替我活出了情致。只是，我必须承认，即便可以在虚构世界里再活无数次，现实的焦虑和烦躁依然会时不时地打扰我。生活不胜其烦，而我们的趣味，要在咖啡馆、健身房或者徒步旅行中保留，还是需要在内心保留一缕目光，射向世俗平庸的生活背后所不及的真相？那些只能解决情绪困境的小资生活，一如装饰品，在我眼里，只是聊以自慰的形式，它担负不起生活本身，亦解决不了生活的困顿。

每个人都有自己的世界，也许我们永远无法走进别人的世界；每个人都有自己的爱情，也许我们永远无法懂得别人的爱情。当我们尝试用别人的目光，看别人的一切，或许，误解与更多误解的错综延续，才是万般人间世情的造主。

大概，这就是我的情致所在吧。

关乎尊严

——中篇小说《张某花》创作谈

最近几年，我与“临终医院”打交道的机会很多。五年前，我的外公住进“临终医院”。三年前，我的父亲也住进去了。父亲入住的第一年，与外公成为病友。两年前外公去世，留下父亲继续在那所乡镇卫生服务中心消耗着早已没有了意识的生命。

我把它叫作“临终医院”，是因为这里几乎所有的住院病人，都是患了不可逆转的重病的老人，中风、脑溢血、阿尔兹海默症……终日卧床，生活不能自理，智能低下，需要专业护理。于是老人们以病历卡的方式排起了队，一个接一个来到这所死亡列车随时要来接走他们的候车厅。

生命的过程中，最相似的阶段是刚出生以及即将死亡时，赤条条来去无牵挂。区别是，一切属于成年人的羞耻，于婴儿，都是可爱，甚而荣耀。小屁股终日暴露，当众一泡猎猎作响的尿，还未经历过漫长抑或短暂的人生，婴儿只是动物。然而，只需经过文明的洗礼，就有了追求作为人类的“尊严”的权利。

我总是无法确定那句话到底是怎么说的，是“有尊严地活”，还是“有尊严地死”？出入“临终医院”，才发现，对于那些意识模糊甚而一无所知的将死病人，“尊严”是何其奢侈啊。在那里，尊严有时候是亲人的“羞耻心”，是家人的“面子”，有时候，体现为护工的“小费”。

护工与病人没有任何亲缘关系，但她们时刻陪伴着病人，与病人有着最频繁的肌肤接触。我总感觉，刚给过小费的几日，她们是很“瞧得起”我们的，那些天，她们把我们患病的家人照顾得最是体贴周到。不知道这是不是我的阴暗心理作祟，作为病人家属，我们与她们，常常处于斗智斗勇的暗战中，可不得不说，我们离不开她们。

父亲所住的医院很小，只五名护工，几年下来，我们已相熟。她们知道我是“写书”的，有一天，其中一位拉住我，指着最壮大的那一个，说：你来写写她吧，大胖这辈子苦啊！

我被五个女人围坐，大胖开始讲述自己的“血泪史”，被家暴、逃婚、再婚、丧偶……讲到伤心处，泪眼模糊。一众女人齐齐唏嘘，也许是第N次了，在首次聆听的我面前，这样的唏嘘当属文学评论，有必要重申。

“张某花”不是大胖，但大胖一定是《张某花》里出现的五名护工之一。每个人都有属于自己的故事，倘若我不是“写书”的，大胖的那些血泪史，与我有什么关系呢？

我只是想和“大胖们”搞好关系，因为，我的父亲还住在“临终医院”里，“大胖们”关乎着父亲“有尊严地活”，或者“有尊严地死”。作为病人家属，这是我没有修饰的真实。

没有一个生命是为等待而存在的

——短篇小说《后弄》创作谈

小时候，我是在外婆家长大的。外婆家老房子的后门，通向一条弄堂，童年时代的我眼里，弄堂很宽，很长，每天有充沛的烟火气氤氲缭绕在面朝弄堂开启的每一扇门洞里。那是一条“繁华”的弄堂，有很多商店，油酱杂货店、布庄、五金铺、鞋帽成衣铺，甚至还有只在清晨和夜晚开业的杂货店，我们把它叫作“早夜商店”。

自打外公外婆家的绸布庄公私合营以后，外婆就一直是商业社“早夜商店”的营业员，她永远不会和我们一起吃早饭和晚饭，早上，我睁开眼睛的时候，外婆早已去上班；晚上，外婆总要到我睡着后才能下班回家。20 世纪 70 年代中叶，是我三岁或者四岁的时候，有一个夏天的清晨，我醒来，外婆照例已经去上班，我独自起床后，突发奇想要去找外婆，于是走出家门，走进后弄。我试图沿着弄堂找到外婆的“早夜商店”，可是我走错了方向，我沿着弄堂走了很久很久，弄堂太长了，几乎是梦境一般遥遥无尽，以我三岁或者四岁的脚步，我将永远走不出弄堂。我当然没有找到外婆的商店，我也不知道自己走了有多远，我只记得，一个买完菜准备回家的邻居看见了我，她把我带回了家。

同样是三岁或者四岁，还有一回，依稀记得，我站在弄堂里，看着一辆带篷的大卡车载着外婆和弟弟远去。我大哭，因为我知道，外婆坐上车，肯定是要去弄堂外面，去更大更远的地方，坐在大卡车上的外婆，怀里抱着的是弟弟，而不是我。我看着远去的大卡车哭得气绝，因为我知道，以我的能力，我是无法走出弄堂的，可是，外婆没带我。周围的大人都在笑我，他们倚靠在自家的门框边，对着小小的我指指点点，而我，在哭泣的间隙偷看他们。他们无一例外的高大，他们的身后，是黑暗而又深邃的门洞，以及那一方门洞中我无以辨别的、他人的生活。彼时，小小的我，莫名生出一种无能为力的恐惧感，对于那些成年人，以及这条我无法逾越的弄堂。

这个曾经令我哀伤到悲恸的场景，至今还会偶尔出现在我的梦境中。长大后也和外婆说起过这事，外婆说，她是带弟弟去北京西路的儿童医院看病，比我小两岁的弟弟得了一种我们上海浦东人叫“奶痨”的儿童消化不良症。而我记忆中的大卡车，其实是一辆带篷的小货车，很小很小，差不多像现在的残疾人助动车。大卡车怎么能开进弄堂？外婆说。

2020 年 1 月，九十二岁的外婆去世，我们全家回到外婆的老房子参加葬礼。再次走进弄堂，发现住户大多已搬迁，烟火气不再，弄堂比记忆中窄得多，也短得多，从这一头走到那一头，总共不过两百米，并且，不再有任何一家商店开在几近凋敝的弄堂里。发丧的时候，大舅抱着外婆的照片，我的母亲和姨妈们哭着，一众亲人披麻戴孝走出家门，走进后弄。然后，我发现对门关闭着的玻璃窗内里，赫然挂着一条女式内裤，大红色。

舅妈早就抱怨过，对门人家把房子租给做特殊生意的年轻女人后，每天都有不同的男人造访，“烦都烦死了”，舅妈一脸嫌弃地说。她在老房子里照顾瘫在床上的外婆已经一年，她每天目睹对门的年轻女人既是活色生香又是无聊落魄的日子，那些来来往往的男人，有那么几个，已经脸熟……

我跟着送葬队伍走在末尾，一抬头，看见外婆家老房子的蓝色门牌，上面写着：船板桥路 209 号。

距离我童年记忆中的弄堂生活已经过去四十年，可我从来不知道，这条已经划入市政拆迁规划的、曾经令我绝望的后弄，是有它自己的名字的。

人与人生活的异同，大约都在一扇窗、一道门，抑或一条弄堂之隔中被误解，而当你停下来注视的时候，你会发现，一切与你原来的认识，居然很不一样。于是想，这种感觉，倘若写下来，也许是有意思的。

没有一个生命是为等待而存在的，世界在变，人也在变，“后弄”里发生的一切，过去了，也就过去了。

别人的目光

——中篇小说《香鼻头》创作谈

上海人把接吻叫"香鼻头"。20 世纪 70 年代末，外国电影开始进入中国。有一次，六岁的我跟随父母去看日本电影《追捕》，影片演到杜秋和真由美接吻的桥段，原本寂静的影院内，飘浮起一阵阵克制的轻微喘息。我不明就里，响亮地问父亲：他们干吗要咬嘴巴？却听后排有人悄声说：是"香鼻头"，不是咬嘴巴。黑暗中顿时响起一片窃窃笑声。那时候，人们从未有过在大庭广众之下共同见证男女亲密行为的经验，哪怕是在电影中。

几年后，参加亲戚的婚礼，闹洞房时人们吆喝新郎新娘"香鼻头"，小学三年级的我才略微明白一些什么，却也并未全然明白。一个孩子，如何能懂得"香鼻头"之于恋爱中人的意义？

再说一件发生在我们小镇上的旧事。某日，一群青年去县城看电影，结束已是深夜。归家途中，一男青年想和三位女青年开个玩笑，于是躲在黑暗角落里，待女青年们走近，一跃而出。女青年们自然被吓了一跳，其中两个追打了一阵男青年，也就无事了，而另一个，却出了问题。姑且把她叫作"小妹"吧，据说，小妹被吓出了痴病，镇上的老人说，那男青年必须和小妹"香鼻头"，她的病才能好。后来事情究竟如何解决的，我却因母亲工作调动举家搬迁而并不知晓。直到三十年后的某天，偶遇小镇老乡，提起小妹，说是嫁了，生了儿子，只是儿子长到青春期，竟重蹈他母亲的覆辙，发了痴病。起因？未知。

这就是我关于“香鼻头”的记忆，也是小说的灵感起源。

多年前，我有一部中篇小说投稿《人民文学》，进入终审，需稍作修改。当时敬泽老师是主编，我发短信向他求教。他回复我一句话：小说家只需说三分话。

以我浅陋的理解，我想，也许敬泽老师是要告诉我，写小说，不做狭隘的评判者，亦不轻视每一种可能性。

每个人都有自己的世界，也许我们永远无法走进别人的世界；每个人都有自己的爱情，也许我们永远无法懂得别人的爱情。在《香鼻头》中，我尝试用别人的目光，看别人的一切，或许，误解与更多误解的错综延续，才是万般人间世情的造主。

只是怀念

——中篇小说《守住月亮》创作谈

十五年前第一次去广东，为珠海的一场演出。

演出结束后，我脱离大部队，搭大巴独自去往广州，因为老段。

广州的滨江路上有很多酒吧，驻唱歌手们在其间游走，深夜的珠江边，谋生的身影浪漫而又落拓。

老段是那些驻唱歌手中的一个，可我并不认识他。

那时候，我刚开始写作，老段在我的博客上留言，希望买下我的两首诗，他想谱曲演唱。

我们通过几次电话，第一次是谈价钱。那时他已很有版权意识，尽管我怀疑，他并不是真的要和我签合同。可我还是通过电话接待了他，因为，十五年前的大多数人，与诗歌几乎走上了不共戴天的路途。

他用有些沙哑的嗓音自报家门：叫我老段吧。紧接着告诉我，他只是一个酒吧的驻唱，他没钱。我说我不要钱，我说谱好曲唱给我听听就行。就这样，一个月后，我们通了第二次电话。

吉他淙淙拨响，一段前奏，沙哑的歌声从听筒里传来。说不上好听，甚至有些平庸，有两处小小的跑调，不严重。他不知道我也算歌手，尽管是业余的，那时候我唱歌的水平远远超过写作。

他让我提意见，我什么都没说，我确定我的诗，与他谱的歌，是两个不同的作品。我允许他有自己的理解，尽管那是我的诗。我想，我不是一个特别爱惜羽毛的人。但我还是很好奇，他为什么要做一名酒吧驻唱？他创作歌曲，可他对自己的才气有过怀疑吗？

一不小心，我按下了他话匣子的电钮，这位文工团老兵顿时像絮叨的老男人，在电话里向我描述了一个完整的自己。一段引以为荣的军旅生涯，很多位已然成为明星的战友，如今的流浪歌手，从东北唱到广州……说到兴奋处，表演了一段快板书，隔着电话，把竹板打得清脆激越，哗啦啦滚滚而来，节奏密集而又错落有致。彼时，我几乎能想象电话那头的他左手持电话，右手打竹板，一副眉飞色舞、喜感而又土气的样子。

那才是他的专业，是的，土气的专业，真不知道，谁又会喜欢听快板书呢？

挂断电话，我甚至有些庆幸，因为，高中毕业的那个暑假，我也参加过文艺兵招考，并且通过了初试和复试。最后一锤定音的关头，我退缩了，因为，当兵意味着停止学业，意味着退伍后也许我要为谋得一份与文艺毫不相干的职业而上下求索。

老段的遭遇，恰是印证了我的担忧。可是当年，做出放弃的决定后，我依然忧伤了许久，“文艺兵”成了我曾经追索而未能实现的梦想。

只身去广州，与其说为老段，不如说为看一眼那条我从未踏上的路途的终点。我没有找老段，我在滨江路上选择了一间酒吧，坐在人迹寥落的黑暗中，听一个瘦弱的年轻人弹吉他唱歌。那个声音不是老段的，他不沙哑。他下场后，换了一个女歌手，我才步出午夜十二点的酒吧，沿着珠海，过海珠桥，走回了我租住的酒店。

那时候，距离我和老段通话已经过去两年，流浪的歌手早已与我断了音信，不知道他会不会在新的城市、新的酒吧里唱我那两首诗。

前段日子，带母亲和儿子去观看《芳华》。整部影片，我没有在文工团解散前号啕歌唱送别时被感动，亦没有为炮火连天血肉模糊的战争而落泪，却在已然患上精神病的何小萍于夜色中起舞时崩溃。

身着竖条纹病号服的女子走到月光下，她展开双臂，她旋转，她沉浸而又沉静地舞蹈着，她的目光里，是与世隔绝的梦幻。顿时泫然。

用余光瞥一眼身旁的儿子，平静的年轻人，脸上是阅读学术论文的表情。

当我老了，当我向我的儿子诉说我曾经的芳华时，他会为之动容吗？

也许，梦想与爱情一样，从未真正获得，才是最美好的怀念。

所以，我想说，写《守住月亮》，也许只是试图用一个爱情故事，倾诉我曾经的梦想、如今的怀念。

不可以停止恋爱

——电影《末路爱神》观后

我一直试图在这部影片里找到音乐的出处，但我知道，我是徒劳的。这些音乐，仅仅属于一个叫“莫里斯”的老男人。他曾经如此英俊，他是一个有名的戏剧演员，可他依然在岁月的流逝中走向了苍老。

已经连续十九天没有新的文字创作，但不能否认，我每天依然坐在电脑前敲击着键盘。我所做的工作，是一次次地修改某一部已经完成的小说，我希望把我文字中的世界修饰得更加完美，抑或悲剧得更为深刻。直到今天，终于在忙碌到缺乏思考的时段过去时，我开始感觉饥饿。于是，我找到了那部被翻译成《末路爱神》的影片。

说到底，这部影片讲述了一个老年人心有余力不足的爱情。

小提琴与少女光滑的肌肤同时在岁月沧桑的手心里悄然滑过，你并不知道坎坷的人生可以用柔滑的琴弦摩擦出缕缕温煦的波光；你也并未在意生命的窗口即将关闭时，人可以对自然充满亲近而毫无畏惧。你总是试图走近他人，温暖在你的想象中滋生延长，但你终究发现，如果你想躺在一个年轻而美丽的怀抱里走进天堂，那是一件如此奢侈的事情。

可他居然做到了，那个叫“莫里斯”的老男人。

我的作家朋友方子东曾经推荐给我一部叫《窃听风暴》的德国影片，今天，我再一次接受了他推荐给我的这部新片，它叫“Venus”。我们的译者总是把异国语言弄得极其通俗，当我看完影片后再次阅读这个经过人为修正的标题时，我开始为标题中无法表达的深刻感觉遗憾不已。如果我是译者，我想，我会把它叫作“最后的维纳斯”。他叫她维纳斯，他说：她是爱神。

他并未奢求占有她，他只是在生命的最后期限里试图靠近爱的本原。任何人，哪怕老到失去了语言功能，他依然有爱，在他的心里。犹如在他临死前的一刻，他让她替他脱去鞋袜，他把赤裸的脚浸入冰冷的海水，他用含糊的口齿说：我的天性让我这么做。

然后，他说：现在，我们可以好好谈谈了。他们坐在荒凉的海滩边，他靠在她肩头，疲惫不堪地闭上了眼睛。他甚至还打了一个呼噜，似一个忙碌的人在完成一项工程后预备休憩片刻，这预计的片刻休憩，却成了永久。他死了，苍老的头颅埋在她的肩膀和脖子间，安详，却似意犹未尽。

方子东说：感谢导演选了一个海水像泥浆色的海滩拍这出戏，北海的阴郁更切合让我们烦恼的生存感，如果此时海碧天蓝，就太装腔作势了。古怪的老头在临死前提了个奇怪的要求，他要女孩子把他的鞋子袜子脱掉，他将脚伸进肮脏的海水，之后安然死去。我很喜欢这个桥段，海水的冰凉、女人的身体、爱神、爱情，老头子拼命地抓住每一刻生的体验，在污七八糟的海滩上吹着海风死去，死亡来得突然而且恬静。在阳光下静躺或在海水里泡脚，或者为了感情神伤，其实我们很容易就可以在和死亡的缠斗中赚上一票。

从头至尾，我一直努力倾听影片中的英文对白，怕字幕翻译者根据自己的理解篡改许多对白的原意。幸好，我看到的是一些支离破碎的文字诠释，或许并不理解，但还是读到了原汁原味的表达，哪怕它们总是不成漂亮的句式。

他爱过无数个女人，或者说，无数个女人爱过他，试图成为这个名人的朋友。可他还是衰老到在摄影棚里因心脏的不堪重负而被迫停止拍戏，他甚至只能扮演那些不需说话的角色，比如病入膏肓的老人，比如紧闭双眼的尸体。她看到了他的窘迫，她拒绝他的靠近，然后，她开始渐渐接纳他的关爱。起初，她只奉献了她的手，只能抚摩，阻止亲吻。后来，她又把她的肩膀奉献了出来，这一回可以亲吻了，再然后，没有了，什么也没有了。他叫她维纳斯，这似乎没错，他把她当作爱神，但他并非没有侵犯的企图，只是，他力不从心。于是，她只能是他的维纳斯。

写到这里，再次回到开头阅读自己的文字，我猜测，我如此乏味的叙述肯定会让读者厌烦不堪。但我还是不可抑制地想说说两年前曾经在一个养老院里看到的一幕。那个老年人的世界与任何别的地方一样充满鸟语花香，可我还是在走进这所香港巨富投资建设的设施良好的养老院时闻到了强烈的衰败气息，如过期或者霉变的食物，形似完整，内里却流溢出衰竭症状。所有的居民都穿着条纹棉布衣裤，在我穿越他们的房间时，我看到他们的眼睛里无一遗漏地流泻出茫然的暗淡光泽。然后，我在一间休息室里看到了一对老年男女。苍白瘦弱的老头，木讷静坐，他的眼眶深深凹陷，发黄的眼珠目不转睛地注视着他眼前的一个女人。女人也许已不能叫作女人，她头戴与婴儿一样的花边布帽，皮肤褶皱如揉搓过的废旧纸张，没有女人的丝毫姿色。她坐在轮椅里，面无表情，眼光却一刻也不曾移开她身边的老男人。他们就这么默默静坐对视，即便有人从他们身边走过，亦是无法吸引他们转移目光。他们早已老到失去了正常的自控，他们只保留了一种意识——对视。

今天之前的所有时间里，我一直猜测这一对已是痴呆的老人拥有着坚贞持久的爱情，他们一辈子相守，直到不会做任何事，不会说任何话，他们依然坚持不离不弃。这是最美好的想象，我以为，这就是幸福。

可我看到了老男人莫里斯的生命挣扎，我才开始相信，也许，那对养老院里的老人，只是无力抗争什么了，才这般安静默然地相视无言。可以说他们是不离不弃，其实，亦可以说，他们已形同陌路。这为大多数人并不赞同的猜测，是我顿悟之后的内心了然。我确知，一个人，哪怕躯体已老到枯萎，心，却依然是跳动的。欲望不会因衰老而失去，只是，衰老让人们表达爱意时更温和退让。

又想到方子东说过的话：姐姐，其实，做一个敏感的人是很累的，欲望过多而庞杂，而你又拥有超过别人的触觉，因此，你总是在矛盾与焦灼中。因为敏感，你因此而更容易绝望，那么用什么来拯救我绝望的心呢？恋爱，不断地恋爱，哪怕这一辈子换过无数个恋人，我依然发现，恋爱是保持生活激情的良好方法。

莫里斯直到死前最后一刻还在恋爱，即便他已说不出一句完整的话。

人可以无语，可以失聪，可以视而不见，人，却不可以停止恋爱。

现在，我开始觉得有必要原谅那些造成家庭乃至社会矛盾的多情种子了，也许，他们真的在持久地热爱着生活，热爱着生命。当然，若是与同一名对象，不断地、长久地恋爱，那是最完美的。然而，这，可能吗？

少年与爱情

——电影《牯岭街少年杀人事件》观后

在观看《牯岭街少年杀人事件》之前，一直坚持着“年轻时我们不懂爱情”的认识，以为，爱情在初入青春的年轻人眼里，未必都是懵懂到一无所知的，但必定，少年人身上所实施的爱情实践，怎会是在成熟的理解之后的举措呢？所以，我们总是说，年轻的时候，我们不懂爱情。

记得念高中的时候，第一次参加区里的优秀学生干部夏令营。夏令营包括杭州旅游以及学生干部培训课程，其中，就有一位大学教授给我们这样一群被称作“未来建设者”的青年们上了一堂关于“爱情”的课程。至今，我的那本牛皮纸封面写着红色的“工作日志”四个字的本子，依旧保存完好。翻开，可见当时留下的密密麻麻的笔记。其中，有爱情的概念、婚姻的概念，以及我们从无认识的与爱有关的一些词汇和注释。瞬间感觉自己长大了，成年人在向我们宣讲什么叫爱情，并且给予我们一个明确而标准的答案。我们便开始对照着这些概念，开始了亦真似假的爱情之路。我们看到了自己心念倾慕的人、默默地预备陪伴他终老的人、一刻不见便思念切切的人，哪怕什么都不要，就这么一个人，我们便可以饕餮精神之餐，以自己的想象，加固着我们对照概念之后认定了的爱情。

可是，什么叫爱情？事实上，我早已忘记了当时记录下来的关于爱情的概念。但有一句话，始终清楚地记得，那就是，男性和女性之间具有的某种排他性的情感。注意，排他性。是，这是爱情的最显著特点。那么什么叫排他性呢？很简单，当你拥有一样珍贵的宝物，你对它是否有占有欲？有，那是一定的。如果被别人夺去了你的宝物，你会怎样？伤心，悲痛，绝望，仇恨，什么样的悲观情绪都一一产生了。好，那你准备采取什么样的措施？放弃？夺回来？报仇？宝物回归，失而复得，心满意足，加倍珍惜。很好！

可是，宝物，不是人。爱情所指的，是人。少年小四对少女小明说：只有我能帮助你，只有我。

小明说：你怎么那么自私呢？你和所有人一样，追求我，然后要我改变，可是我为什么要为你改变自己呢？这个世界是不会变的，我和这个世界一样，我不会改变。

然后，这个叫小明的美丽少女，倒在了痴心爱她的少年小四的刀下。他说：我不要看到你丢脸。

没有人来质问他：丢谁的脸？

这是一部平静的影片，从头至尾，没有一个真正的高潮，即便小明死在她的小男朋友刀下的那一刻，周围依然声色平静。那棵叫不出名字的大树下，女孩已匍匐在地，而身后的小商店，依然洞开大门，有人在买烟，有人在吆喝，灯火通明的背景，人头攒动，自行车铃铛驱逐行人的声音，晚归的少年们稀稀拉拉地骑着单车过去了。这一边，却是黑暗的树影下，少年喊着倒下的女孩：你起来啊，你起来啊，我知道你可以的，你行的，你快起来啊！

没有人看到少年的内心，甚至他哭泣着的声音，也在夜色中如此常见而无甚怪异。

这个世界，实在是有太多的怪异让人熟视无睹。十五岁少年的爱情，算得了什么？生存维艰，生命微贱，活下去的人，依然每日三餐，昼夜生息，依然要大扫除，要夜不归宿，要打架斗殴，要记过处分，要据理力争，要……他却为一份无以名状的感情，屠杀了一个少女，和这个少女的影子所遮盖的他自己。

一个具有激烈的成长经历的少年，是用一把刀来宣布他爱情的排他性的。接下来，他用的就是十五年的青春时光，来证实他爱情的长久和珍贵了。他以自己的认识，表达了他的爱情观。只是他实在缺少一些胆怯，所以，他敢于宣布。似乎，这也与他家庭的民主教育有关。有几个孩子能如他这般大胆地宣布自己的爱情？这时候，用什么样的方式去实现爱情的宣布已经不重要了。有的人隐藏，有的人流露，有的人大肆宣扬，有的人，把爱情永远埋葬在一去不回的青春岁月中。可是这种种的不同背后，都是一样的爱。只是那时候，我们从不懂要总结归纳提炼，然后用理论的武器维护我们的爱情。

可是谁能说，他是错的呢？

上帝说，小孩最大。上帝没有说，小孩不可以爱。

还想说，这是一部主旨混乱的电影，一如我惯常推崇的小说，没有表达过于明确的立意，但处处可见闪光的亮点。你为其吸引，却不知是什么道理，只知晓，那些人，那些事，那些失意和快乐，都是你曾经渴望拥有，或者拥有过后，又失去了的。

一个炎夏的午后，我花了四个小时看一部叫“牯岭街少年杀人事件”的影片。然后，我用了更多的四个小时，回忆其中的一个场景。

信仰基督的二姐对小四说：你不要感到孤单，我一直在关心你。不要再怀疑我，让神带给你力量。好不好？

小四稚嫩的声带还未脱离少年的演变期，他嘶哑着说：只是，有太多倒霉的人，太多不公平的事了。

二姐试图劝导他：你是不是太跟别人计较，你是不是经常只想到自己？基督为了我们的罪，奉献了自己的生命。连哥都可以为了袒护你替你受爸爸的惩罚，你要感激别人替你做的一切啊。你何曾替别人做过奉献呢？你应该懂得这个道理。

小四却掉转话头：二姐，你有没有读过《战争与和平》？

二姐已沉浸在她的布道中，最后她说：明天约你和陈牧师聊聊好吗？

那是一个深夜，似乎没有星月，小四的手电筒发出闪烁的光芒。姐姐和弟弟的目光射向不同的天空——“感激和奉献”，《战争与和平》。

第二天，小四没有去见牧师。然后，少女小明，死在了少年小四的刀下。

也许，年轻时代的我们，根本不需要某位教授传授给我们关于“爱情”的概念。爱是天然生成的，爱怎可以用一个简单的句子完全诠释清楚？可是我们总是逃避着灵魂的牧师。我们以成年人的标准，测度着自己是正确的，或者，自己是错误的。可是，我们怎能知道，爱情，终究是没有错的。我们亦从未自问过，在我们的灵魂里，是否需要另一种信仰。我们，从来不知自问。

纷乱如狂风喧嚣、如洪流奔腾的生活，让我们从一个少年，忽然变成了一个正走向暮色的成年人。我们并未因成熟而懂得爱情，却常常发现，我们越来越为渴望爱情而无所适从。我们总是不懂，曾经拥有过的爱情梦想，怎会都变成了向往，而不是现实。

恋爱的是犀牛，还是你

——重观话剧《恋爱的犀牛》

重新观看《恋爱的犀牛》原因有二。其一，我在关注许久的“易北半球——马格德堡论坛”上看到，留学德国的中国学生们，完全拷贝排演了孟京辉的这出一度名噪戏剧票房的试验话剧。

2006年夏天，我在德国的易北河畔生活了两个月。这两个月，我写下了一本生涩但真诚的《马格德堡日记》，易北半球论坛转载了这部日记。从那以后，我常常踏进那片异国的留学生天地。圣诞前夕，马格德堡的中国学生们张贴出了《恋爱的犀牛》广告宣传，我便热切等待着他们成功演出的消息，虽然不能亲临观看，但还是充满了期冀。

演出果然大获成功，看到论坛里的剧照，观众热烈的反响，我甚至开始羡慕这群远离家乡的年轻人。是什么促使他们有如此巨大的能量和热情，投入这样一出具有一定难度、需要较高专业水平的演员参与的话剧排演？我无从获知，但我还是被剧场内蔓延的气氛感染。我从不承认我已衰老，虽然我的生命越发走向沉重蹒跚，可在易北半球论坛里，我却发现，我的确并不衰老，因为，这里还有这样一群人，激情于业余话剧的排演。而我，竟也在他们的激情鼓动下，搜寻出记忆中的所爱，回味、眷顾、重温，仿佛丢弃的爱情，失而复得。

我并不认识马格德堡版《恋爱的犀牛》中男女主角的扮演者，但我知道，2003版《恋爱的犀牛》男主角的扮演者，叫段奕宏。在他出演“马路”的时候，他叫段龙。那时候，我还没有迷上这个看起来并不高大健壮的演员。直到《士兵突击》播放，那个叫袁朗的军人，以他坚毅而性感的形象定格于我的视线，才想起来，他就是“马路”，那头为爱情而勇敢、为爱情而悲伤的犀牛。这是我重新观看《恋爱的犀牛》的原因其二，为一个演员。

马路是一个彻头彻尾的爱情至上者，而在《士兵突击》里，任何角色都无须爱情。我们仅仅从袁朗的自白中听到，那个没有给他打麻药就为他割下阑尾的护士，最后成了他的妻子。但这并不是爱情角度的表白，或者说，如果一个女人哪天爱上了袁朗，那这个女人的倒霉日子便从此开始了。“爱情”这个词汇，一旦出口，总是如此耸人听闻，一如《恋爱的犀牛》第一场里，年轻人一再置疑：爱情？

爱情？在新的世纪，我们要建造一个世界上独一无二的巨大的钟表，有人要把自己的名字刻在八点钟的位置，所有人都在思考关于荣誉、关于金钱、关于地位、关于美貌……爱情，却唐突而不合时宜地出现了。这个飞速前进而又步履沉重的时代，还需要爱情吗？

我想我没有资格谈论试验话剧的形式，是否真的让人们对诸如“爱情”这样的话题引起反思。每一次观看的过程，我都在想同一个问题，如果是我，我会怎样表现对爱情的质疑？但我不得不承认，段奕宏的表演，让我又一次陷入迷失。一个对爱情置之度外的袁朗，一个为爱情失魂落魄的马路，如果让你选择，你会选谁？

每一个纯粹的男人，都是极其可爱的男人。为爱情而纯粹，或者，为事业而纯粹。你若得到马路，你将永远生活在呵护和爱惜中；你若得到袁朗，你将不断遗忘为人妻子的身份。你愿意要哪一种生活？

事实上，没有一个男人如马路那样痴情无悔，也没有一个男人如袁朗这样干脆决绝。因为他们纯粹，所以，他们便成了戏剧中的一个角色。他们可以说明一些问题，但他们只能说明一些问题，而不能变成女人的现实。

当一个男人告诉你：我爱你，我真心地爱你，我疯狂地爱你。如果在中世纪，我可以做一个骑士，把你的名字写在每一座被征服的城池；如果我是天文学家，有一颗星星会叫你的名字；如果我是法官，你的好恶就是我最高的法则；如果我是西楚霸王，我会带着你临阵脱逃任由人们耻笑；如果我是杀人如麻的强盗，他们会企求你来让我俯首帖耳……

聪明的、灵巧的、伶牙俐齿的、愚不可及的女人，你会选择这样一个男人吗？

如果一个男人敢用一把改锥扎自己的胳膊，敢用烟头烫自己的手心，敢在和他的朋友比赛喝酒时说：我的酒量是二两，和你喝，我舍命！

聪明的、灵巧的、伶牙俐齿的、愚不可及的女人，你会选择这样一个男人吗？

所以，当一个过于纯粹的男人在你面前出现时，你要做的，也许还是遗忘。

马路说：忘掉，是一般人唯一能做的事儿，但是我决定，不忘掉她。

可更多的人，还是选择了遗忘。忘掉你没有的东西，忘掉别人有的东西。忘掉你失去的和以后得不到的东西，忘掉仇恨，忘掉屈辱，忘掉爱情！像犀牛忘掉草原，像水鸟忘掉湖泊，像地狱的人忘掉天堂，像截肢的人忘掉曾经快步如飞！

忘掉爱情，其实并不困难。几乎所有的人，都忘了自己曾经拥有一双爱情的翅膀。忘掉了飞翔的鸟，成了一只鸡。没有翅膀的生活，同样被鸡认可为生活。

可我们无论如何还是保存着一些奢侈的幻想，“爱情”这个词汇，只能在戏剧中堂而皇之地出现，我们便蜂拥而趋，为那个提出爱情质疑的角色疯狂一把，哪怕只是做一个观众，做一个以艺术为挡箭牌的爱情缅怀者。

也许，我们什么都不缺了，荣誉、金钱、地位、美貌，一样也不缺了，我们还是发现，我们的灵魂里，缺少了一个至圣的角落，那个角落里，应该存放着一种叫“爱情”的东西。或者，我们都深藏着这个角落不愿意示人，我们为此而羞涩、屈辱、堕落，甚至赴死。最后，我们都把爱情丢失了，即便偶尔想起，我们也把这个词汇假借于犀牛的身上。是犀牛恋爱了，不是我。

其实，我是那么羡慕马路，居然可以这么纯粹地去爱一个女人，居然还愿意这么赤裸裸地表达他的爱情。如果是我爱上了你，也许我会说：想让我在你和自由之间做出选择吗？我想，我不用宣布，你也能知道我的答案。

其实，我的心里，根本没有答案。

终于明白，忘掉爱情的人，最显著的特点，就是虚伪。我想，我正变得越来越虚伪。而《恋爱的犀牛》，让我重拾寻找爱情的真诚。为此，我想，我得感谢易北半球论坛的中国留学生们。当然，我还要感谢马路，感谢那个扮演马路的男人，他让我有信心和兴趣再一次阅读这部话剧。在这个过程中，我在寻找我纯粹的爱情。

为爱情活着，为尊严死亡

——电影《布达佩斯之恋》观后

20世纪30年代的匈牙利，诞生了一首经典名曲《忧郁的星期天》，它之所以出名是因为有一百五十多人在听过这首曲子后不约而同地选择了死亡。所以，这首乐曲也被称为“历史上最悲苦的音乐”。后来作家尼克·巴克以此为背景创作了同名小说，1999年，德国导演若夫·舒贝尔把小说搬上银幕，这就是怀旧唯美的影片《布达佩斯之恋》。

从凌晨两点开始，一直到天色微明时分，我始终沉溺于一种界于抑郁和悲伤之间的情绪中，心里，却充满了爱意。结局终于来临，屏幕上，布达佩斯的阑珊夜色如同影片主角“伊莲娜”的暮年岁月。平静而苍老的女人，依然不掩绝色的美丽。只是，当一个女人把美丽保存至暮年时，她的美丽已经与姿色无关了。她因坚守尊严而美丽，亦为忠贞于爱情而美丽。尽管她被许多男人爱慕，而她又同时爱着两个男人，但我依然要把“忠贞”这个词汇加之于伊莲娜。这似乎有悖于常理，但我还是坚持我的认知，因为，在这部影片里，我看到了一种对爱的全新理解，我内心深处的悸动和犹豫，因这部神来的作品而释怀和坚定。

阳光下的多瑙河边，伊莲娜静躺在如茵的草地上，左边是餐馆老板拉斯洛，一个乐观浪漫的犹太人；右边是餐馆的钢琴师，音乐家安德拉斯。两个男人分别枕于女人的双臂，被温情沐浴着的男女，完全忘却了有关爱情的所谓独占特性。谁说爱情不可以分享？对于这两位不同民族和职业的男人而言，他们得到的，或许并非是伊莲娜一半的爱，我有理由相信，他们得到的是全部。爱情于拉斯洛，于安德拉斯，是完完全全的拥有。

我们暂且不去解析欧洲文化给予20世纪的男女主角如何的浸润和影响，仅是沉浸于影片中，便为这种独特的爱情分享而牵引出内心深处的善意和宁静。不是所有人都能认同和接受被分享的爱情，有些人会因无法独自占有爱情而愤怒仇恨，而有些人，却因分享而得到了加倍的情谊。譬如拉斯洛，当他听到他聘请的钢琴师安德拉斯为自己的情人伊莲娜写了一首绝美的钢琴曲，他也看出伊莲娜不可抑制地爱上了落魄的钢琴师时，他告诉他的女人：别顾虑着我，每个人都有选择权，我继续往前走，这样你比较容易做决定。

伊莲娜为忧郁而贫穷的安德拉斯流溢而出的才气折服，年轻的女人怎能阻挡爱的袭击？十米之遥后，拉斯洛回头，夜色中，布达佩斯城的某个街角，女人消失了踪影。第二天早晨，在市场里买餐馆烹饪所需的土豆的拉斯洛与一夜缠绵之后到市场来买鲜花的这对恋人相遇。沉浸在爱意中的男女虽然衣着凌乱，但因为相爱，一切都可以原谅了，哪怕享用早茶时，安德拉斯连白糖都需要向邻居借。

我相信伊莲娜并不是不爱拉斯洛，她捧着宝蓝色鸢尾花站在嘈杂的市场里看着昨日的情人，她的眼光是如此殷切真挚。她走向他时，身后的安德拉斯平静地注视着他的老板和他的一夜情人，然后，拉斯洛说了一句话，这句话给予我这个银幕外的观众以焦灼之后的释然。宽宏如斯的男人，他对着他所爱的女人说：认识伊莲娜四年，我才渐渐了解，每个人其实都想一箭双雕，一是肉体，一是性灵。伊莲娜现在箭已射出，一个是拉斯洛，一个是安德拉斯。分成两半的伊莲娜对我来说，总比没有一半要好。

呆怔片刻后，两个男人会心微笑，然后，共同抬起一袋土豆，走向他们的餐馆。女人蓝色的裙裾在他们的身边随风飘逸，这绝美的颜色，同时预示着一段悲情之爱即将开始。如同那首叫作“忧郁的星期天”的音乐，成为了整个故事的真正主角。

也许我把一种常人视为异类的爱情描写得过于“契约”化，似乎是两个男人达成了默认的协议。而拉斯洛的表达，亦是存在犹太人的商业化倾向。比如做生意，他宁愿让对方赚取适当的利益，也不愿意因自己会减少获得而宁愿放弃买卖。他会计算出成本与收入之间的差价，然后做出退让，以达成利润的获得，哪怕是微薄的盈利，总比亏本好。可我们不能因犹太人的价值观而唾弃他对爱情的理解方式和处置方法，他并没有奢望从伊莲娜身上得到金钱的盈利，他是因为爱她，情感利益趋使他做出退让的选择。为此，我轻轻地松了口气，并因此而对拉斯洛更为青睐起来。

彼此信任的两男一女因为爱而相安无事，爱情的氤氲气息始终弥漫。那首安德拉斯的原创作品《忧郁的星期天》，终于在拉斯洛与维也纳唱片商的撮合下风靡起来，布达佩斯的这家小餐馆因此而门庭若市。贫穷的钢琴师不再落魄，但令人费解的是，在《忧郁的星期天》广为流传时，人们发现，许多起自杀事件都与这段音乐有关，那些把自己带向死亡的人们在选择自我毁灭时，身边的唱机正不约而同地播放着《忧郁的星期天》。作曲家究竟要通过这段音乐告诉人们什么样的音乐语言？

死亡，与爱情一样，如此令人着迷。

所有人都为之震惊，但所有人都无法拒绝音乐的吸引和蛊惑。与其说那些慕名而来的食客是为享受拉斯洛餐馆里的美食，不如说，他们更是为自愿投身于这段让灵魂迷失的音乐而趋之若鹜。然而，不是每个聆听音乐的人都选择了自杀，我确信，有两种人不会自杀，其一，是拥有爱情的人，比如伊莲娜、拉斯洛，或者安德拉斯；其二，是灵魂已麻木的人，比如德国人汉斯。

汉斯仅仅是爱慕着伊莲娜的美色而对布达佩斯念念不忘，他来餐馆吃著名的肉卷或者听《忧郁的星期天》，目的即为获得伊莲娜的倾心。伊莲娜爱着宽宏大量通融达观的拉斯洛，伊莲娜爱着才华横溢刚正不阿的安德拉斯，这个信誓旦旦要交付给伊莲娜一个欧洲最大的贸易公司的德国男人汉斯，无法在她的爱情领地里占有方寸之域。伊莲娜的真情可贵，就在于她即便可以同时爱两个男人，甚至她可以爱更多的男人，但对于她不爱的男人，她选择的一定是不妥协、不奉迎，哪怕布达佩斯被德国纳粹占领后，汉斯以纳粹上校的身份拥有了金钱和地位的双重势力，她依然坚持着她信守至此的爱情。

恶魔出现，希特勒卷起的战争风暴肆虐整个欧洲，布达佩斯无法幸免于难。那场众所周知的战争使犹太民族遭受灭顶之灾，而犹太人拉斯洛同样不能逃脱。黑暗笼罩的天空下，安德拉斯终于为他创作的音乐找到了几年来始终无法透彻的音乐诠释，他为《忧郁的星期天》配上了歌词。而他，却在汉斯的逼迫下为这个发了战争财的纳粹弹奏完自己的音乐后，开枪自杀了。彼时，伊莲娜触及灵魂的配唱，让绝望的音乐天才通透领悟了死亡的意义。而安德拉斯的死，也让拉斯洛理解了亡人一直以来追寻的音乐真谛。在安德拉斯的墓地，拉斯洛告诉伊莲娜：这首曲子要告诉我们的是，人人都有自己的尊严，我们会受伤害受委屈，这些都熬得过去，只要我们还保有一点自尊。但如果还有人对我们当头倒下一桶屎尿，或许告别现世是更好的选择。选择的人就得离去，但要走得有尊严。

有人为尊严而死亡，有人为爱情而保存生命。曾经救过汉斯一命的拉斯洛依然不能逃脱汉斯的残害，当他以西装革履的身躯登上开往集中营的列车时，他的嘴角轻轻扯动，露出了一个绝望的微笑。而此刻，丢弃了所有承诺和信义的汉斯正在站台上，与走向死亡的曾经的朋友目光相对。这个被拉斯洛一度视为朋友的德国人，却在片刻前，夺取了向他求救的伊莲娜的身体。女人试图用自己的身体换取她所爱的两个男人中幸存的一个，可她得到的是当头淋下的屎尿。

女人总是要比男人长命，我相信，很多时候，女人比男人更加坚忍。她有许多活下去的理由，为爱情，为孩子，为延续一个生命或者某种精神。而男人的刚性，则让他们在面对凌辱时，宁愿选择折断自己。

当八十岁的汉斯以学者的身份重返布达佩斯的那家餐馆时，战争的硝烟早已消失于时空的洗涤。《忧郁的星期天》奏响在这个曾经的纳粹的生日晚宴上，回到这个给他留下许多回忆的餐馆来度过他的八十岁生日，亦可以说成是他的怀旧。布达佩斯情结让他无法忘却这家餐馆，而餐馆里的那架黑色三角钢琴上，女主人伊莲娜美丽的相片至今令他迷恋。被赋予魔咒的音乐再一次发挥作用，白发苍茫的汉斯在吃完一份与当年如出一辙的肉卷后，于音乐声中轰然倒下，音乐的魔力让众多的死亡事件中，多了一起暴毙现场的非自杀特例。

夜深时分，客散人尽。片刻之前发生的德国老学者的突然死亡，并没有让餐馆持续喧嚣庞杂。一切都过去了，一切都可以安静下来了。厨房里，苍老的老板娘伊莲娜哼着《忧郁的星期天》，在水池边洗涤着杯盘碗碟。那些餐具中，有一个小拇指般的玻璃瓶，这个玻璃瓶，曾经装在安德拉斯的口袋里，后来，又藏在了拉斯洛的密码箱里。两个男人都试图在自尊遭受摧残蹂躏的时候，用瓶子里的毒药把自己送往天堂。只是，他们都没有来得及用上。而他们共同的情人伊莲娜，却握着这个小小的瓶子，活到了最后的微笑。女人为爱而活着，而活着的最终目的，是为捍卫曾被剥夺的尊严而复仇。

一段旷世离俗的悲情之爱正在“*Gloomy Sunday*”的流淌中走向落幕，我的心随着音乐的渐弱而复归平静。彼时，便有了一种平静之后的冲动。想告诉那些正在因失恋而痛不欲生或者对曾经的爱人心怀仇恨的人：在自由与尊严面前，爱情，只能退却其次。而真正的爱情，又怎能用是否相互独占来测度？爱之博大、爱之容纳、爱之坚守，在《布达佩斯之恋》里，以无须旁白的音乐语言给了我理解上的超越。为爱情而活着，为尊严而死亡。也许，这就是爱情与死亡之所以同样令人如此着迷的原因，绝然而极致，从来如此。

那首着了魔的音乐，以它平静而自然的流淌，给予敏锐的灵魂深度的忧伤。它甚至是优柔似水的，一如快乐与悲伤、幸福与灾难、爱情与死亡，总是在一瞬间，就相互融进了彼此。那些句子，怎能不让我想到，原来，死亡亦是如此美丽。

你的夜已不远
与黑夜分享我的孤寂
闭上双眼
就见孤寂千百度
我无法成眠
然而孤寂稳稳缠绵
我看见身影在袅袅烟中闪动
告诉天使

别留我于此
我亦随你而行
忧郁的星期天
孤寂的星期天
我度过无数
今日我将行向漫漫长夜
蜡烛随即点燃
烛烟熏湿双眼
不要哭泣，亲爱的
因我终于如释重负
最后一口气息带我永返家园
返抵黑暗国度
心，终于安适宁静

炎炎夏日，何以消暑

炎炎夏日，何以消暑？读书吧，心静，自然凉。如果你心情不错，你可以读书，散文集上佳。选一处相宜的情境，竹榻，清风，将开的晚香玉，读书最是惬意。

如果你精神不太好，去读书吧，古典小说，抑或诗集，太阳穴上点一滴驱风油，很有可能，消沉转而深沉，自闭转而自省，这很好，很有腔调。

如果你有点油腻，试试读书，哲学类，社科类，读不下去？那就短篇小说。无须空调，就一把蒲扇，无论如何，书会给你增添略微的清爽。知道那句话吧，“腹有诗书气自华”，不过前提是，你还想改变自己。

如果你嫌弃身上过于浓郁的烟火气，好吧，读书吧，诗词歌赋、养身菜谱，皆可。无论文学、科学，抑或玄学，烟火气里带了书香，你会变得自爱。读书的时候，泡一杯薄荷茶，大口饮凉气入肺，小口抿口唇清新。“上得厅堂”不是每个人都能做到，读书的人，可以。

如果你浮躁、焦虑，还有点强迫症，读书，还是读书。啃几本大部头名著，中国的，外国的，或许你读过，再读也无妨，要记得，配大壶凉白开。“书犹药也，善读之可医愚”，无须排队挂号诊脉 CT 扫射，良药不苦口，并且，它还可以与你长相守。

如果你失恋了，那还能做什么呢？找人倾诉？每个人都在欢乐着自己的欢乐，烦恼着自己的烦恼，何必叨扰？喝酒解愁？非但不能治愈心病，还伤身。罢了，不如打一盆清水，落三滴“六神”，洗把脸，然后，读书。听过那句话吗？“书卷多情似故人，晨昏忧乐每相亲。”有书，失恋何足挂齿。

如果你过得荣华富贵、万事如意，那你更应该读书，什么都不缺的人，需要读书养心，一如参天大树，也需要日久天长的阳光雨露。好吧，说实话，读书会让你变得不那么“土豪”，常年鱼翅海参的人，一日绿豆百合，顿时清脱。你可以想象，除了荣华富贵，你还可以拥有某种“气质”，无以名状，却让你自信得彻底。

如果你去旅行，不要忘了带书，喧嚣过后，需要独处，书用以解忧、消磨、聊以度时。你还可以一路走，一路读，一路扔下，送给客栈、茶楼，留给下一拨旅人。当然，被丢弃，书也不会自艾自怜，书是大众情人，没有你，它随时会被别人拥入心怀。所以，书丢了，也不要遗憾，也许下一个捡起它的人，比你更爱它。

书是亲人、友人、爱人、情人；书是师长、孩子，是金玉、食粮，是暖水袋、清凉油；书是美貌，是爱情，是记忆，书是一切变质之后的不变，书是一切融化之后的永恒。所以，要拥有一切，从读书开始。至于炎炎夏日，何以解暑？当然是读书。

怀旧的色彩

也许这是一个适合怀旧的季节，也许是秋风与落叶容易让人流露一些怀旧的情绪，于是找出一些旧片来看，看《廊桥遗梦》，看《罗马假日》，看《日瓦戈医生》……我不清楚，是怀旧情绪让我意欲寻找那些很久以前的老电影，以及讲述老故事的电影来看，还是已然老去的故事，让我加倍地陷入了怀旧的时境？

有一段时间，觉得自己很难清晰地表达内心所想，三言两语自然不周全，长篇累牍又处处把本意歪曲以及破坏。于是，越发不愿意用写实的散文随笔形式来表达我的心境抑或情感。世上没有一支笔能够完全准确地描摹一颗心脏的搏动。

L看了我最新的两篇小说，说：越来越“写意”了。我说：“写意”不好吗？是不是油滑了？不踏实？L说：只是感觉而已，感觉这东西，是很难说清楚的。

我想，L要说的是，小说太过庞杂，所包含的意义他看不清晰。也许作者正与小说中最丑恶的人同流合污，或者只是其中一个角色，经历着不辨美丑以及不知真假的现实。这只是我的猜测，事实上，我依然无法确知L的意思，赞同抑或反对？欣赏抑或抵触？然而，我毫无异议地喜欢那个词——写意。

何必那么明确和精准？有时候，一个难以自拔的人会以为有能力拯救自己；有时候，一个坚强独立的人，却渴求芸芸趋俗的庸常生活。人类的情感，即在于无以言说的复杂性，譬如看怀旧经典影片，总有一种色调，萦绕在我感官以及精神所及的四周。

怀旧的色彩，一定不是单调的。不可能素白，不可能纯黄，亦不可能一律的暗淡，而是沉沦与挣扎、复杂与统一、欲望与纯洁所综合着的颜色。我想用法国印象派画家的风格来表述我感觉中的怀旧，搜寻许久，却一下子无法找到最贴切的一位。

《廊桥遗梦》里，那种隐绿中带点棕灰调子的阳光，以及风，激烈地烙刻在骨髓里的爱情，然而却永远不能伸手触及，最后，只能以灰烬的形式，扑进这种灰绿调子的阳光和风中。因为，她所爱的另一个灵魂，就在那里漂浮游弋。

《日瓦戈医生》中的西伯利亚白，亦是让我感觉并不是完全的白，而是，白中隐藏着深暗的玫红和灰褐。它让人感觉岁月已经被锈蚀，或者正在被锈蚀，它让冰清玉洁的轻盈即刻变得厚重与沉着，它让爱情也变得不再清纯而灵动。如果爱情必须在政治背后苟且偷生，那么西伯利亚的积雪上沾染了玫瑰的血液，就是这部影片中怀旧的主调。

《罗马假日》却是黑白主题的爱情，真的太纯洁了，然而那种黑白，亦是拙朴和古老的颜色，它依然有棕黄的复调，一切归于深与浅的渲染，沉淀越深，爱，便越伤感。

这并不是某一个具体的故事所能清晰讲述的忧伤，我愿意把这种感觉，叫作——“写意”。我不懂画，可是现在，我力图把“怀旧”这种情愫，当作一种写意的情感表达。然而在中国画中被我们叫作“写意”的表现手法，却过于灵动而飞扬，它不足以解释我此刻所说的“写意”。以我外行的理解，在西画中，“写意”更靠近“印象”，风景、静物、长袍女人，抑或一条狗，低迷而沉重的调子，深远，带一点梦幻，我想，也许这就是“写意的怀旧”，观者可以从画中看到与自己心有戚戚的情态。

想起多年前在德国学习期间的一件小事。

8 月底，欧洲的初秋，周末坐大巴去往意大利。因为要度过一夜漫长的车程，便在巴士上反复地看《罗马假日》。这是一部太过熟悉的电影，每个人都看过数遍，因前方的目标是意大利，我们便要形式主义地去想象一个浪漫如同“罗马假日”一般的胜地。我们很天真地要在旅途中制造一些浪漫的气氛，然而，一车二十多个中国学生，终是看得鼾声四起。

最后一遍播完时，车窗外已经泛起淡淡的晨晖。阿尔卑斯山黛色的脉影连绵不绝，山坡并不绿，木屋绰然零落，教堂的尖顶脆弱地伸向空中，山顶上的积雪，亦是泛着暗褐或者铁灰的微光，它们并不是洁白的……

我趴在玻璃窗上往外看，我看到了一个怀旧的欧洲，以及，一个写意的欧洲。老影片中简洁而又复杂的色调，印象派油画中丰满、沉重而又冰冷的堆积，如同遥远而无以伸手可触的梦境，令人怀疑阿尔卑斯山的山麓里，隐藏着几许沉默的忧伤。

这仅仅是我的写意，或者说，是我的印象，如此而已。

向死而生的咏叹

久闻金山吕巷有著名的民间习俗“哭歌”，包含了哭丧歌和哭嫁歌两种。近年又传来消息，“哭歌”已申遗成功，成为金山区一项“非物质文化遗产”。一直未有机会真正听过“哭歌”，便更是希望有朝一日能亲自聆听一下这种亦歌亦哭的民间文化艺术。当一项民间习俗已然成为文化遗产，它的意义，已超乎实用性的功能，成为了一种可欣赏、可学习、可传播、可传承的文化。即便它的起源只是对死的恐惧，以及对生的留恋。

很小的时候，被母亲带着去参加她的外婆的葬礼。也就是说，去世的是我的太外婆，我把她叫“外太太”。“外太太”小脚，年轻时过的是体面的生活，家里有用人，还有每天早上起床后专门的梳头娘姨。她去世的那一年，我大概四岁，照理不记事，可不知道为什么，我脑中，总有那场葬礼的记忆。

墙门间的客堂深处，绸缎被面覆盖着一具薄瘦的躯体，依稀可见外太太的小脚顶起被面，闪光的缎面上有两个尖尖的隆起，好似兜头兜面地盖着两个华丽的粽子。我听见我的舅奶奶在哭她的婆婆，以歌唱的方式。绵长高亢的曲调，旋律时而哀伤、悲怆，时而抒情、悠扬。叙事性的哭词，我无法听懂全文，却能明白，那是一个个串联起来的旧故事，故事里有喜怒哀乐，有生离死别。一席哭唱罢了，有人端来底部描画着红金鱼绿水草的搪瓷面盆，盆里有热水和毛巾。舅奶奶擦洗过她哭肿的眼睛和泪痕斑斑的脸，从热腾腾的蒸汽中抬起头来。一瞬间，我看见，那是一张满足且又骄傲的脸。

如今回忆起来，那张并不年轻的脸，就像是一场大型综艺节目中的主持人的脸，写满了庄严、喜悦、责任感、胜券在握的自信，以及统筹周旋游刃有余的成功经验。是的，舅奶奶那张脸，以及她那一曲哭歌，使一场丧事具备了仪式感，传递的，也不再是简单的拒绝死亡的愿望，而是生命与生命之间、生命与世界之间种种爱与不爱的关系。

求索“生”，惧怕“死”，这是一种本能，它属于任何生命体，包括动物、植物。

异乎动物的是，人类追求“生”的目的，已超脱于“繁衍”的本能。甚而，追踪人类为何留恋“生”而惧怕“死”，更多时候，我们会发现，我们留恋的不是“生”，而是“生活”，是“爱”，是一个生命体与另外一个生命体，乃至很多很多生命体之间的“情感”。也就是说，人类追求的“生”，更应说，是“生的意义”。

让我们来看看吕巷人民的一曲《清明上坟歌》：暖洋洋春景百花开，鸟对对双飞林木间，红艳艳桃花已开绽，绿层层杨柳倒堤边。风飘飘几点清明雨，咿呀呀轻摇扫墓船，烟飞飞村野烧银帛，只听得娇滴滴声音哭半天，惨凄凄泪湿娇俏帕，夫啊你不该，撇奴奴独自到黄泉。苦凄凄孤子把谁人靠，忧戚戚愁肠百结谁知音，意茫茫欲再从人去，一心心抛不下旧家园，悲切切心酸肠欲断，哭哀哀跪在墓旁边。泪盈盈再敬三杯酒，急匆匆掩泪尚留恋，若要相逢在梦里边。

这一段哭词，充满了古老的《诗经》所具备的修辞手法“赋比兴”，甚可匹敌《汉乐府》中的挽歌《薤露》与《蒿里》：薤上露，何易晞。露晞明朝更复，人死一去何时归。蒿里谁家地，聚敛魂魄无贤愚，鬼伯一何相催促，人命不得少踟蹰。（译：薤上零落的露水，是何等容易干枯。露水干枯了明天还会再落下，人的生命一旦逝去，又何时才能归来？蒿里是魂魄聚居之地，无论贤达之人还是愚昧之人都不免一死，魂归蒿里。主管死亡的神对人命的催促是多么紧迫啊，人的性命不能久长，更容不得稍稍逗留。）

任何时候，人们在为逝去的生命或情感哀哭的时候，总不忘把万物生灵拿来比拟人生，哭颂无常而又葱茏不息的生，哭诉必然而又无能为力的死。无论是金山吕巷的哭歌，还是中古时期的挽歌，都有着独特的悲哀情调和凄丽的美学风格。这既表达了以悲为美的美学观念，也是独具风神的生存哲学的诗意显现。哭歌的真正价值，也就在于此了。

生命总是敌不过自然，“逝去”，才是自然给予人类最终的归宿。

如此追溯，让我想起罗曼·罗兰在《约翰·克利斯朵夫》中所写的那段话：每个人都要轮到去登上千古长存的受难的高岗。每个人都要遇到千古不灭的痛苦，抱着没有希望的希望。每个人都要追随着抗拒过死，否认过死，而终于不得不死的人……

所有的生命所经历的，最终都是一场悲剧，因为，没有一段生命是永恒的。然而，这就是悲剧之美，美就美在——“逝去”。于是，人类学会了用歌哭的方式，发出向死而生的咏叹。是的，当人们面临“逝去”时，才最大地发现了存在的意义，一如，没有死亡的生，也就失去了生的意义。

牧羊人王新军

认识王新军，是在上海作家协会的昆山创作基地。那天作协组织去“大旗村”参观，据说是个全国标杆富裕村，正开课的青年作家研究生班十多位学员与我们同行。研究生班的作家中，不少已然声名鹊起，王新军算一个，但我并不认识他，只是看过他的小说。一行众多南腔北调，除了上海籍的一两位，我就再不认识别个，于是就出现了这样一幕：深冬季节，进大旗村的千米步行路上，三五成群，只我吞吃着凛冽的西北风独行。

我猜，王新军是个心肠特别好的人，他大概是不忍看小女子独自走在西北风中没人搭理，反正，这个站在人群中显得鹤立鸡群、长得像高原上的牧羊人似的黑脸膛彪悍青年，主动向我发出了问候。

我是用仰望的姿势看他的，因为牧羊人有着我们江南人企之不及的高壮身量。然而与我说话时，他的黑脸膛上却掩着一层不知所措的腼腆，语调倒是轻缓平和，冬日的寒风把他带有浓重家乡味道、充满齿音的普通话吹得支离破碎，我像听觉迟钝的聋子一样不断大声问道：什么？你说什么？

牧羊人如同对待他羊群中最弱智的那一只，耐心地重复着他依然语调平缓的问候。那时候，不知道他就是甘肃作家王新军，亦是不好意思当面询问“你是谁”。千米步行路程很快到达终点，我们不知所云的聊天就此告一段落，好心的牧羊人让我这头有轻微自闭倾向而离群索居的羊不再显得孤独，彼时，只暗暗心存感激。

直到两天后的聚餐，酒过三盏，大家开始对酒当歌。轮到卢一萍表演，他说：我不会唱别的歌，就唱一首《王新军放羊》吧。王新军放羊入深山，尕妹妹打柴赶上前。王新军要拉她的手，尕妹妹要亲他的口。拉手手，亲口口，二人疙崂里走。

卢一萍歌毕，对座的黑脸膛高个子牧羊人端杯起立，不言不语，不急不恼，似谢幕般微笑，而后一口干了杯中酒，落座，亦是微笑、沉默。原来，他就是传说中的“西北八骏”之一王新军。那会儿，就觉得，这个如同大树一样有着魁梧的躯干和宽阔的肩膀的男人，放马更合适。

小时候，看过那部叫《牧马人》的电影，改编自张贤亮的小说《灵与肉》。影片中朱时茂演男主角许灵均，黑脸膛上一双黑眼睛里，闪烁着质朴却忧虑的光芒。这个被打成右派的男人，在祁连山下的敕勒川牧场上与马为伴，与淳朴善良的妻子过着相濡以沫的生活。看过王新军的小说，又见过西北汉子王新军，并且知道他曾经也是一个放牧者时，我便以为，他就是许灵均。恰巧，王新军就是祁连山下的甘肃玉门人。当然，王新军轮不上被打成右派的年代，并且，牧羊人王新军的眼睛里，除了有着与许灵均同样质朴的光芒以外，更多的，是平和、淡定，而非忧郁和焦虑。

王新军的写作起始于他放羊的年代，听他说小时候的往事，一如阅读他的小说，散文般抒情的语言，素朴至于极美的句子，故事隐没在接天的大草滩和头顶上的白云里，而他，就是那个一边放羊一边写下梦想的青年。

年轻的牧羊人第一次发表文章，是在玉门地区级的报纸。收到五元钱的汇款单，他便给他的羊们放了一天假，步行到镇上的邮局，取到了有生以来的第一笔稿费。他把他的稿费全部交给了杂货店，换回一口袋糖果。牧羊人王新军用一口袋糖果，请他那些同样生活在大草滩上的亲朋好友分享了他文学之路上最初的成果。幸好他的羊不爱吃糖果，若非如此，五元钱，够请如此众多的羊吃什么呢？

后来，牧羊人王新军的文字，源源不断地变成齿音很重的玉门普通话，在大草滩的有线广播里朗朗诵读。他坐在他的羊群中聆听自己的文字，他的羊们便如同他骄傲的乡亲，端然站立在绿油油的大草滩上，与他一起，把故乡的蓝天绿草、山峦戈壁，有滋有味地反刍、咀嚼。它们用日渐肥硕的身躯和洁白如云的毛色，给予日后将成为一名著名作家的牧羊人长久的记忆……

当然，这是我听他用并不十分丰富的口语讲述他的少年牧羊故事后，用自己的想象描绘的情景，亦是因我读过他的小说，便对他那段真实的牧羊生活做了一番虚拟的自言自语。牧羊人王新军不善言辞，他是不会这么说的，但他的文字却是这么告诉我的，我相信，没有经历过那样的生活，写不出有那一种灵魂的文字。他的文字，正如祁连山下的牧歌一般，逶迤苍茫，旷阔久远。

在牧羊人王新军纵横辽阔的文学故土上，他的羊们始终占据着相当的时空，说到底，他的性格，是和那些多半时候坚持沉默是金的羊们相似的。如今，这个被叫作“作家”的牧羊人，依然如同大草滩上那些沉默的生灵，保持着他宽厚淳朴、缄默容纳的性格，一如既往。

某年春天，在复旦大学举办的中韩作家论坛上，作品朗读与讨论环节中，轮到韩国女作家李贤洙朗读王新军的小说《坏爸爸》片段。韩国美女对照着作者介绍，给予我们的牧羊人良久的注视，然后抓住麦克风，发出了感慨：果真是经历过游牧生涯的作家啊，这么高大健壮，和他的作品一样，帅气、潇洒思密达……

牧羊人王新军嘴角一咧，腼腆地笑了笑，无言。那会儿，我想，如果大草滩上的羊们听见了李贤洙的评价，一定会打开它们沉默的嘴巴，发出一片“咩咩”的笑声。它们对他太熟悉了，在它们与他混迹的那些日子里，它们怎么就没有发现，它们的主人居然是如此帅气、如此潇洒的一个人呢？它们觉得，一个牧羊人，当然应该这般高大健壮的，要不他的臂膀怎么能守护得住浩渺白云般的羊群？他的胸怀怎么能装得下连绵不绝的祁连山脉？他的目光怎么能领略鹰击长空、驼走大漠的豪迈气概？

当然，它们一定还是会为一位异国美女作家，乃至任何对它们的主人心仪的评价而骄傲地欢叫。因为，即便它们不能如同白云一般从世界这一个尽头飘游到另一个尽头，牧羊人王新军，却已经把它们变成了文字，跨过河西走廊，踏上丝绸之路，走向大草滩外遥远的、更加广阔的世界……

关于活着，或遗忘

我青春的父亲和母亲

得空把母亲收藏的老照片找出来翻看，几十张泛黄的纸片一如既往地躺在那只旧皮鞋盒里。记得在我还是幼小的孩童时，最喜欢抱着皮鞋盒一张一张地看照片，看父亲和母亲年轻的身影，看婴儿时的自己，寻找照片上的父亲、母亲与幼小的我相似的长相和神态。这些黑白照片让幼小的我长上了想象的翅膀，我希望拥有母亲那样长至腰际的麻花辫，我梦想有一天嫁给一个父亲那样穿军装的男子……照片背后的真实世界，恰因岁月的珍藏，变得无限美好。

皮鞋盒的底部垫着两张奖状样的厚纸，那是父亲和母亲的结婚证书，顶端印着醒目的“毛主席万岁”，中间写着父亲和母亲的名字，底下敲着人民公社的印章。1969 年，我青春的父亲和母亲以两张“奖状”作为见证，开始了他们共同的生活。1969 之后的日子，就在那个长方形的盒子里累积着。这个盒子里曾经装着父亲结婚时为自己买过的二十六年人生中唯一一双皮鞋。皮鞋穿在了父亲脚上，母亲，就用这个装皮鞋的盒子，把日后的生活一片片地储存进去，直到今天。

小学时，曾经把父亲的军服照偷到学校去给同学看，那位失去联系三十年的女生，我依然记得她当时的惊叹：你爸爸真英俊啊！

20 世纪 80 年代的孩子们还不会用“帅”或者“酷”这种词汇，但我们已经懂得了什么叫“英俊”，什么叫“美男子”。因为父亲的英俊，我便骄傲于那张黑白标准像里的军装男子属于我。这个头戴军帽、眼神炯炯地注视着镜头的男子，这个微仰头颅、面容冷峻地看着远处的男子，他是我的。梳麻花长辫的女子被我视作另一个女人，即便她的长辫子光滑柔软、长至腰际，即便她是他的妻子，她是我的母亲。

很多很多的女孩，也许都会如我这般恋父。那个并不轻易展露笑脸，却把宽厚温暖的怀抱给了我的男人；那个从不说多么爱我，却总是出现在我最需要的时候的男人；那个其实并不高大伟岸，但在我眼里总是如此洒脱，哪怕手指间夹一支烟，任烟雾在面庞与鬓发间轻柔缭绕的男人；这个男人很普通，但他是我的明星、我的偶像，是我幼年时代的白马王子。

于是便挑剔起了年轻的母亲，父亲看上了母亲什么？一个资产阶级家庭出身的女子，在那个年代，既没有地位，也没有尊严。而且一直认为，年轻时的母亲相貌当属普通，父亲究竟看上她什么？

这是一个从不敢说出口的问题，只是在心里默默计较，为我的白马王子不甘心，为我不敬的质疑找不到解释而叹息。直到长大后，我也可以写情书，可以向心仪的男孩表达朦胧的爱意，可以告诉自己爱什么，或者不爱什么。那时候，再看照片上的军装男子和麻花辫女子，顿然了悟。什么是爱？爱她，不为她的美貌，不为她的家境，只为她拥有青春、清澈的目光，善良的心，还有大家闺秀的知书达理、文雅安静。这样的女子，难道不美丽？这样的女子，难道不值得爱，不值得娶她为妻？

父亲的眼光真不错。一个男人选对了妻子，便是选对了一辈子的生活，也是选对了他的后辈们未来的施教者。在一个家庭里，还有比母亲更重要的角色吗？

可是幼年时代的我，为什么那么不认同甚至排斥母亲的美丽？我想，只有一个理由：因为我固执地认为，那个穿军装的英俊男子，他只属于我，而非其他女人，哪怕她是我的母亲。

把皮鞋盒子里的老照片一张张拿出来，照片已然老旧，有的边角被蛀坏，有的严重泛黄，可我还是清晰地看到军装男子冷俊潇洒的目光，看到背带裙麻花辫女子面露坦诚和率真，还有他们的孩子，从幼儿成长至少女、青年的我。我被他们拥抱在怀，我分享的并不是他们给予我的一份爱中的部分，而是两份爱相融后倍增的爱。

照片倾囊而出，露出那两张奖状样的结婚证书，它垫在皮鞋盒底下已经三十多年，可它总是如此沉默而持重，我青春的父亲和母亲，他们用婚姻作为生活的垫底，在写着两个人的名字的纸片上，积累起了三十多年的果实。

翻看老照片的彼时，母亲正坐在沙发上看电视。忽然，她扭头盯着我看，目光里全是疑惑，片刻后，她嘴角一咧，不再年轻的脸上漾起满足的笑容，自言自语道：我怎么能生出这样一个女儿来？做梦一样。

我大笑，她也大笑起来。那个梳着长至腰际的麻花辫的姑娘，正在我手中的相片里安静地看着我，她的旁边，军装男子的眼里，正流露出一缕沉稳、坚毅、坦然的光芒。

因为病和爱，我不再文学

他不认识我已经将近一年，这一年里，每一次去探望他，我都会对着他大声呼唤：爸爸！大多时候他会爽快地回答：哎！女儿。可他并没有注视我，他总是半垂眼皮，涣散飘忽的目光所抵达的是某个不知所踪的地方。我拍拍他的肩：爸爸，你看看，我是谁？

他终于抬起眼皮看我，片刻，堆起一脸抱歉的笑：对不住，想不起来了。

是的，适才他脱口呼唤我“女儿”，只是一种类似于条件反射的机械动作，与记忆毫无关系，他不认识我。

有时候母亲会逗他说话，问他女儿是做什么工作的。他会想那么几秒钟，谨而慎之，吞吞吐吐：做、做什么的？不知道啊……

母亲试图让他高兴，哪怕是即刻就会遗忘的瞬间快乐：作家，你女儿是作家，知道吗？

他果然大喜：真的吗？太好了！

他使劲拍着巴掌，一脸称心满意的表情，于是我们跟着他欢天喜地。两秒钟后，母亲再次问他同样的问题，他脸上却已归复一无所知的抱歉的笑：对不住，不知道啊！

他还在继续远去，毋庸置疑。我无法让他知道，我用一个小小的长篇记录了他患上阿尔兹海默症的两年时光。他当然可以不记得一切与他有关的荣耀和遗憾，可我不能不记得。而文字，帮助我记住更多有关他的过往岁月。

我的记录本上写着二十多个预备创作的小说标题，那是一次次灵感闪现时迸出的词句，那些烟花般散碎却夺目的文字是我储备的种子。我总是想，某一天，我会播种它们、培育它们，然后，它们也许会长成一片美丽的草坪，或者一棵参天大树，那就是我的作品。对，有二十多个标题，如今它们依然作为种子被封存着，我没有时间去播种和培育它们，因为他病了，因为我不能不管他，因为他是我的父亲。

2010年的青创会上，我代表青年作家发言，发言稿中我提到了他，我的父亲，他在我的发言中承担了某种文学传承和责任嘱托的重任。我这么写道：

> 有一年春节，我回浦东老家过年，在父母的卧室里，我发现一张破旧的稿纸，上面涂鸦着一些句子。开首第一句是：1894年的秋季，是一个雨水充沛的秋季，我爷爷抬头望天，一望，就望到了潮汛即将如期到来。
>
> 我认出来，那是我退休在家的父亲的字迹。对于任何一个出身在书香门第或者知识分子家庭的孩子来说，父母伏案书写的景象是十分常见的。但于我退休工人身份的父亲，那是天大的奇迹。母亲告诉我：你爸爸说要写小说，真的开始写了呢。
>
> 一旁的父亲用哈哈大笑掩饰着自己的羞涩，他笑着说：写了一个开头，想想，女儿写小说，老爸就不用写了，以后叫女儿替我写就行。
>
> 彼时，我既是为父亲的可爱而窃笑着，同时，又有些被感动。如果说过去我仅仅是为自己的一点点小冲动、小情怀而写作，那么父亲看似玩笑实属嘱托的话，让我忽然产生了强烈的责任感。1894年的秋季，我父亲的爷爷正抬头望天。1894年的秋季，我的爷爷在哪里？我的父亲在哪里？我，又在哪里？我无法在记忆中找到1894年的我，但我可以在文学里看到如同我父亲的爷爷那样的人。他们在1894年的秋季用抬头望天的方式解读自然和生活，理解人生和命运。那个抬头望天的故去之人，不正是1894年的我吗？那时候，我感觉到了文学的

重要、文学的神圣！他让一个老人寄予了一份记录生活、收藏历史、释然沧桑、怀想未来的希望。那么如我这样被冠以“写作者”名称的后辈，需要向我们的前辈交出一份什么样的答卷？

这就是我在2010年的时候对文学矫情的认识，我让父亲在不知情的情况下参与了我的矫情。

两年前，他开始全面发病，我不得不一次次从遥远的杭州湾开车赶回浦东的父母家，我的时间在上百公里的来回路途中消耗殆尽，我必须随时面对他，我那因为脑萎缩而衍生出幻想症、怀疑症、忧郁症、健忘症等等诸多精神病症的父亲。当他把他的老妻、他的女儿折腾得筋疲力尽时，我终于发现，我再也无法躲在自己的蜗居安静地写作。一贯的生活方式和秩序被打破，如此，我便无法胜任作为一个写作者的社会身份，我变得越来越焦虑，以及压抑。每次赶回父母家，停下车，我会在驾驶座上呆坐好一会儿。说实话，我不想进那个家门，不想看见那个早已不像父亲的人，那个随时会发病的令人恐惧的男人，那个用自己的患病把家人捆绑在他身边的自私的老男人。

是的，他是我的父亲，《远去的人》写的就是他。当然，我没有把自己长久地关在车里不出来，我知道那是逃避不掉的，所以每次我都只是喘口气，然后挺一挺酸麻的脊梁，脸上堆起笑容，走进那所充满迟暮气息的房子。那个自私的老男人，从不意外地以三岁幼儿的头脑和七十多岁老年男性的躯体呈现在我面前：他正把一只板凳从客厅拖到厨房，又从厨房拖到卧室；他为不肯洗澡而站在卫生间门口与他的老妻怒目对峙；他摊开手掌冲着走进家门的我讨要零食：要吃，给点吃的……

我是谁？看看我是谁？我举着一只香蕉问他。

他的视线投向香蕉：对不住，不知道……

他终于把我忘了。

可他曾经是怎样记得我的？是不是，不久以后，我也将忘了那个认得女儿的父亲？遗忘是那么容易，生命脆弱，记忆更是脆弱到可以转瞬湮灭。我开始急切地想要写下这个已然不认得他的女儿的父亲，这个老人，这个生养了我的至亲之人。当我在键盘上敲击下标题“远去的人”时，我预感到这一次的写作，将是一次真实的记录。小说的虚构已经无法承担我的焦躁，我必须毫不隐藏地袒露，以及宣泄。

是的，我没有更高的境界，我没想要用文学去承担某种社会责任。《远去的人》中那些故事，那些遭遇，有关他的，有关我们家的，每一个细节，都是没有一处虚构的千真万确的事实。因为亲历，并且这种亲历还在继续，我便无法从文学的角度去谈论这个作品，甚至我觉得，这是一次过于私人的记录，虽然个体的经历兴许也代表了一个社会群体，兴许还能反映某种社会现象，但我依然会为任何一次有关这个作品的文学探讨感到羞愧。当文学与生命、情感比肩站立时，我发现，文学是矫情，是隔靴搔痒，是一顶因尺码过大而不得体的礼帽。

五年前，我为他写过一部长篇小说《我青春的父亲》（发表于《中国作家》），以他为原型的男主角生存得有活力而始终努力。那是2009年春天的故事，那时候他还在我的小说里青春着。五年后的今天，他却在我的另一个长篇里以阿尔兹海默症患者的身份渐渐远去。他没有读过《我青春的父亲》，因为虚构，我不敢让他读。如今，他当然不再有能力读《远去的人》，然而倘若他能读，我亦是不敢给他读的，因为并非虚构。

虚构与非虚构，都让我羞怯于把我的作品坦陈在他面前。原因是唯一的，那就是我一直回避的、现在不得不说出来的一个字——爱。

当他患病的时候，我感觉到了前所未有的爱。当我们患病的时候，我们拥有或者失去了爱。我前所未有地感知了爱和病的纠缠是如此紧密，这种感觉，让我为多年前写下的那个虚构的父亲感觉羞愧，亦是为我如今写下的正在渐渐远去的父亲而多了一丁点儿近乎自慰的心安。

和爸爸说再见

2020年2月19日，深夜十一点，刚从医院回到家，洗完澡，靠在床上刷手机新闻，看全国疫情进展。电话铃声骤响，是值班医生的声音：快来吧，不太好，今晚可能挺不过去。

一个小时前，刚与值班医生说过再见，他告诉我，有情况随时打我电话。三天来，都是这么过的，白天去医院陪护父亲，深夜回家睡觉，第二天再去。每一天，医生都会预告：今天可能挺不过去。然而，都没有应验。他的鼻腔、手腕、腹部连接的线路和管子通向监护仪，显示屏上的数据一次次跌到谷底抑或升至极限，又一次次恢复平稳。他闭着眼睛，却努力呼吸着，氧气面罩下，他残破的肺通过沙哑的嗓子发出尖锐的啸叫。

他会挺过去的，我总觉得。四十年前，年轻的司机遭遇一场车祸，从手术台上下来，他在病床上躺了几个月，他挺过来了。五十年前，他刚从部队复员，进工厂上班。某一个夜班，他的手指被冲床压断，他被同事送进医院缝针，回家已是凌晨两点。他的妻子正身怀六甲，他不忍吵醒她，悄悄进门。剧烈的疼痛让他无法入睡，他坐在餐桌边看了一夜报纸，没有发出一声呻吟……我想，他能挺过去的，这么坚强的人。

家属准备寿衣吧，估计今天挺不过去。第一天上午，医生就这么说，在老年病房，这是医生最常说的话，没有人忌讳，家属也早有思想准备。然而，医院外面的寿衣店悉数关门，因为疫情。母亲急得不知所措，哪里去找寿衣啊！她对着父亲的第九轮护工小倪说。

我拿出手机搜索，百度、饿了么、美团，我不能确定这些软件里有没有卖寿衣的店家注册，我一边搜寻，一边思索，如果找不到寿衣店，是不是要让母亲回家翻出父亲没穿过的新衣？终于，高德地图上跳出一个电话号码，殡葬用品厂商直销，于是打去。下午，直销店店长开着车亲自送来我为父亲选的衣服，灰色大衣、黑色西服、白色衬衣、红色领带……

父亲在氧气面罩和各种管子的连接下依然努力呼吸着，母亲把寿衣收进病房里的储物箱，脸上露出欣慰之色：你外公当时就这样，医生说不行了，准备寿衣吧。寿衣买回来了，结果他又挺了三年。我们浦东人有说法，寿衣是冲喜的，所以老人都会提前给自己准备寿衣……这是母亲的愿望，不能说也是我的，但我总觉得，父亲能挺过去，不是因为寿衣，而是因为，他坚强。

这三天，每天早上在医院门口测量过体温，被消毒水喷洒过一遍，随后走进大门，入门诊大厅。没有一个走动的人，没有一盏亮着的灯，所有诊室都关着门，仿如鬼城里刚被废弃的医院，仪器还在，药品还在，玻璃小窗上的“挂号”“付费”“取药”等红色大字依然显赫，然而，一切都静止了。穿过门诊走廊，过露天长廊，到二病区，上楼梯，终于听见熟悉的声音，老人的哭泣、呼喊、吼叫，抑或残喘的呼吸，以及代表生命在继续的监护仪“嘀嘀”声响，还有，护工们的脚步声，戴着口罩的闷闷的说话声，偶尔窜出的呵斥和骂声……三天来，全天候守在老年病房，我几乎开始喜欢上这里，因为，这个离死神最近的地方，却充满了“活”的声音。

倘若今晚父亲能挺住，就是第三天了，我一边把汽车开到限速临界点，一边告诉自己，会好起来的，会好的。深夜的中环几乎没有车，路灯却一如既往地通亮。人们已经在家里困守了一个月，武汉的疫情还未见到真正的转机，火神山和雷神山已经开始收治新冠肺炎病人，抗击疫情的战役正打得水深火热。医院早已停诊，也不允许住院病人的家属探视。父亲所住的医院能让我陪护在旁，是因为医生断定，我的父亲将不久于人世，而他们有责任通知家人在场。

午夜零点，终于赶到医院，敲开大门，门卫已接到医生通知，快速放行，穿越黑暗的门诊大厅，进入白亮的老年病房。走廊尽头，是父亲的病房，我一路小跑，跨入。没有监护仪“嘀嘀”作响，母亲站在父亲床头，抬起挂满眼泪的脸：爸爸没了！

我不知道自己是怎么完成那些接下去必须要做的工作的，医生叫我做什么，我便做什么，去办公室填表，开病亡诊断书，给殡仪馆打电话，给远在重庆的弟弟打电话……急促，忙碌，马不停蹄。回到病房，母亲已拿出储物箱里的寿衣。要给父亲换衣服了，小倪喊来几个护工，他们围在父亲床周，快手快脚地操作起来。二十分钟后，都穿戴整齐了，只剩下领带。我喊住小倪：等等，领带，我来给爸爸系吧。

我要给他打一个最豪华的“温莎结”，他向来爱漂亮，他知道自己长得比较帅，他对穿衣一直有要求，所以，不能敷衍他。我用了很长时间打好了复杂的温莎结，然后，把领带圈套进他松弛的脖子，轻轻收紧，宽阔雍容的温莎结抵住他的下巴，他平静的脸上顿时煞有介事起来。是不是太紧了？我伸手抻了抻他的衣领，我触碰到了他依然暖热的脖子。是的，这是我的父亲，刚停止了心跳，依然温暖着的父亲。

很多很多年前，他下班回家，工作皮鞋踩着楼梯发出“噔噔噔”的声音，健捷而明快，十岁女孩听见他的脚步声，守候在楼梯口，他一出现，她扑过去，吊在他的脖子里，他温暖的脖子。现在，我在他温暖的脖子上系上了领带，好了，我西装革履的爸爸，帅气的、煞有介事的爸爸，他要走了。

殡葬工把他推上车，母亲说：快和爸爸说再见，说爸爸走好。就像小时候，他要去上班，开着他的小货车，母亲在身后叮嘱我和弟弟：快和爸爸说再见……

我无法启口，我在心里说：爸爸，再见啊！两天后我们去送你，你等我！

殡葬车消失在夜色中，站在黑暗的马路边，我终于泪如泉涌。他走了，这是真的。

九个月后的下元节，我们把他送到了东海边最漂亮的墓园，他住的区域，叫“海棠园”。墓碑上的那张照片，是他六十岁退休时拍的。那时候他还显得很年轻，饱满的脸颊，光亮的额头，眼神炯炯，嘴角微微向上牵扯，是微笑。他把微笑留在了墓碑上，母亲看着他，说：以后你们给我选照片，要挑一张和你爸爸年龄差不多的，精神点的，要不然，看起来不般配，是不是？

一个月后，某一夜，我梦见父亲复活了，他躺在老年病房的那张床上，医生刚宣布他的心脏已经停止跳动，我正在给他打领带，然后，我发现他的眼皮翕动了一下，我凑上去看他，他居然睁开了眼睛，紧接着，发出一记刻意的、重重的咳嗽，目光里竟带着狡黠和揶揄。就像小时候，考试前夕的夜晚，我躲在房间里偷偷看闲书，他发现了，在门外发出一记重重的咳嗽，而后推门进入。我知道，他每次重重地咳嗽，都是在向我发出预告：我来啦！你把闲书藏好了，别让我发现……

醒来，心情竟是平静的，没有伤痛感。却好奇，怎么会做这样的梦？于是上网查询，各种解读，不一而终，其中有一条，终是让我选择相信。

> 凡梦亡故之灵自言复生者，是其人再世而已梦之也……身忽死而复生者，福来寿永之征也。
>
> ——《梦林玄解》

他用一记重重的咳嗽，向我们宣告，他已投生新的世间。我愿意相信，就像相信父亲一样，相信一个梦。

缓慢地活着

父亲在医院里躺了五年。这五年间，我时刻做着父亲离我们而去的准备。譬如，未来的某一天，他走了，我需要做什么？给他准备哪些他喜欢的衣物？要不要通知他退休前的单位和他最铁的老哥们儿？请哪些亲朋好友来参加告别仪式？要为他写一篇怎样的悼词？还有，买天长园还是清逸静园的墓地……他还躺在病床上的时候，我就在想这些问题。有时想着想着，忽然心头一紧，自责不已。他的心跳还平稳，呼吸亦通顺，正常的新陈代谢表示他的生命还在持续，我却在思考如何面对父亲的死亡。这让我不禁怀疑，我一直自以为理性与务实的性格，其实是一种冷酷与无情？这种时候，我就会让自己的思维戛然而止，仿佛不去想死亡，死亡就不会来临。可是，依然会在不经意中一次次地想起那些“冷酷无情”的事，想到最后，总会归结到悼词。

是啊！倘若为父亲写悼词，我要怎么开始？我想到的第一句话是：他从来知道自己是一个平凡的人，所以，他一直想要做点不平凡的事，以企及他某些不曾被我们知道的理想，这让他的人生总是处于上下求索的紧张进取中……

可是，躺在医院病床上的父亲一直很好。虽然他早就失去了记忆，不会行动，不会说话，也不会认人，可消化功能似乎不错，吃喝拉撒规律有序，心脏也没坏，高血压、高血糖、高血脂这些老年人的普遍毛病，他一样都不占。他还很能吃，喂他饭菜或水果，他会张嘴、咀嚼、下咽……这是他最后五年里与我们互动的唯一方式。在汤匙碰到他的嘴唇时，他以张嘴来回应，直至最后一年，只要床头出现一个俯瞰的人影，他就会张开嘴巴，如嗷嗷待哺的幼雀。

他变成了一个婴儿。吃，是他屈指可数的生命特征中唯一的主动行为。

在刚开始出现失智症状时，他变得怯于外交，逃避人情往来、家政事务。他越来越怕麻烦，从我们家的发言人、责任人、一家之主，渐渐变成一个缺乏逻辑、缺乏担当的“自私”的人。而那时候，我们并不知道，阿尔兹海默症正一点点“蛀空”他的大脑，他已经无力面对一切需要脑力甚至智慧的生活。

他用了两年时间，从失智，发展到失能，最后，他住进了医院。我为他写了一本书，叫《远去的人》，这部十三万字的长篇非虚构，记录了他的两年时光。在那两年中，他忘记了我们全家，忘了陪伴他大半辈子的老妻，忘了他的一双儿女，然后，忘了他自己。后来，他躺在医院里的五年，我没有再去写他，因为，他停止在深度的失智与失能中，没有任何新的进展，一张病床，是他的全部生存空间。那又有什么好写的呢？他无法与我们交流，他只是维持着生命。那也不能叫生活，他只是缓慢地生存着，缓慢到我们看不见死神究竟离他有多远。

看不见死神，而我又确知，死神就在周围。于是，我总要猜测，某一天，死神忽然造访父亲，那时候我该怎么办？我需要做什么，才能尽到我作为女儿的职责？甚或，我要怎么做，才能倾注抑或表达我对父亲的爱？尽管，最后的一切都只是形式，可我总需要用一些形式告诉父亲抑或他的亲朋好友，他是一个得到了爱的人，这是他有限的人生最大的成就。

就这样，想了五年，他却一直在老年病房里井然有序地活着。他每天都能见到他的老妻，每个礼拜都能见到他的女儿，一两个月，就能见到他在外地工作回来看他的儿子。虽然他并不知道，站在他床头的那个人究竟是谁，但我们依然在看到他如同嗷嗷待哺的鸟雀一样张开嘴巴时笑他：就知道吃哦，爸爸，你是不是吃货？

这么开他玩笑的时候，我们总以为，他会一直如此，缓慢地活下去，活得一天比一天平凡，平凡到几乎没有存在感，平凡到我们渐渐忘了他年轻的时候也曾有过上下求索、紧张进取的生活。

2020 年 2 月中旬，新冠肺炎疫情最为严重的某一天午夜，死神，终于不期而来。这个总想着要逃避一切外交事务、人情往来的人，仿佛就是要挑一个无须应对那些烦琐事务的日子，然后，不需要抢救，不需要挣扎，让我们猝不及防地，离开。

他寂静地离开了。没有告别仪式，没有众多亲友为他送行。五个至亲的人，在规定的时间内，匆匆送走了他。他消失在那道铁门内，我努力抑制着难以平复的哭泣，那么短，那么短的告别，他选择这样的时机离开，他让我哭都还没哭够，就消失了踪影。是的，我所有想好的，为他的离去所做的预想和准备，几乎全部无法实现，他甚至不给我为他写悼词的机会。

没有盛大的告别仪式，这让我并不觉得他果真已经不在了。至今，我依然会在周末的上午想着去超市买应季水果带去医院，或者，在淘宝上看到打折的尿垫和奶粉时想要为他下单囤货，那一瞬间，我会忘了他已经不在人间。他的确已经很久没有参与我们的生活，他用五年无声的时光让我们一直以为，他住在一家医院的老年病房，3 楼 36 床，靠窗。他像一个婴儿一样，在每一个人影俯瞰着他的时候适时张开嘴巴，等待着我们去喂他……他以这样的方式拒绝我为他写悼词，所以，我总是以为，他依然在缓慢地活着。

父亲节那天，看到很多人在为父亲写些什么，微信或微博，三五行字，有祝福，有怀念。我忽然想，我的父亲，他不肯让我为他写悼词，那我就写一写这个还在我心里缓慢地活着的人吧。他真是一个太过平凡的人了，平凡到我们不知道他是不是有过理想，可是我想，他应该对自己感到满意，因为，他是一个得到了爱的人。

我的2020

2020年1月20日，我与先生驾车从上海出发，准备用两天时间开到他的故乡四川南充。这是他自十五年前回国工作后第一次决定回乡过年，但就是这个年，我们遭遇了前所未有的诡异的疫情。在故乡的一个星期，我们没有去探亲访友，也没有去周边看看我先生想念许久的他的中学、他的老师，以及很多承载了他童年与少年记忆的地方。我们在家里度过了无聊的一个星期，除了为公公婆婆做饭，更多的时间，我就在刷手机新闻。那个时段，我几乎无法沉下心来看电影和看书，更无法坐在电脑前写点什么。

从四川回上海的两千多公里，我们驾着车，仿佛在穿越黑暗隧道，我们不敢在休息站逗留超过五分钟，因为不知道停顿的地方或者前方会有什么厄运在等待我们。中国的高速公路四通八达，我们绕开了本来必经的湖北路段，比原先的路程多开了几百公里，回到了上海。接下去，我们遭遇了至今我依然不明真相的病毒的侵袭，我鼻塞头痛，随后，我的先生发烧了。我们两人躲在家里不敢出门，喝储备的板蓝根和小柴胡冲剂，煎熬的一个多星期过去后，我们相继痊愈，是的，直到今天，我都不知道，那十天，我们究竟只是患了普通的感冒，还是与新冠肺炎相会而后告别。

可是，就在我的先生退烧后三天，我父亲所住的医院发来病危通知。我的父亲，八年前患了阿尔兹海默症，五年来，因为失忆和失能，一直住在医院的老年病房。2月初，他因呛咳造成普通肺炎，却因疫情原因，无法转院到三甲医院抢救。2020 年春天，他没有挺过去，去世了。按规定，仅仅五位至亲的亲人，把父亲送走了，不能开追悼会，不能办告别仪式。我至今耿耿于怀的是，我没有机会为父亲写一份悼词，在与他告别的时候念给他听。

接下去的日子，我依然无法让自己写下哪怕一个字，更不要说看电影、电视剧，我能做的就是刷新闻，各种新闻。这让我想到一个问题，当人类对自身的命运无法把控的时候，当生活动荡不安的时候，文学，抑或艺术，有什么用？当自己上一秒的所见在下一秒就有可能被证明是错误的时候，当发自我们自己头脑的思考随时需要质疑它的可靠性的时候，从事文学创作的人，要怎么做，才是有价值的，抑或，仅仅是对的？

直到暴风雨渐渐平息，直到国庆和中秋双节到来，我终于能静下心来，抑或有一份闲情逸致去看电影了。2020 年，我第一次进影院看电影，就是国庆档的《我和我的家乡》。

电影演到徐峥导演的那个部分，失忆的乡村教师回到曾经任教的农村，眼见孩子画纸上的校园变成了真的校园，而他的记忆，却停留在多年前，无法跟着时代来到崭新的现在，彼时，我潸然泪下。那会儿，我特别特别想念我的父亲，那个在世的最后五年，把他最亲的亲人全部忘记了的人。

忘记是必然的，随着生命的逝去，一切都会被忘记。然而，一部电影打动了我，它让我回到过去，让我想起一些匆匆告别的人，追忆一些已然逝去的爱，以及重新审视在动荡中无法安心思索的问题。

既是一切都将被我们每一个个体忘记，那么，我们又为何如此珍惜记忆？彼时，我仿佛有些明白，文学，抑或艺术，也许并不是仅仅为了当下而存在，它是一份记录，一份追忆，一份回溯，一份反思，一份积累。

诺贝尔文学奖得主萨拉马戈的作品《失明症漫记》中，人们就遭遇了一场突如其来的瘟疫。繁忙的路口，绿灯亮了，中间车道的头一辆汽车却停止不前，司机在挡风玻璃后面挥舞着手臂，围观的人打开车门之后，才知道他在喊：我瞎了！没有人会相信，他的眼睛清晰明亮，巩膜像瓷器一样洁白致密，然而他却一再绝望地喊着：我瞎了！我瞎了！一位路人送他回家，却被传染上失明的怪疾。眼科医生成了第三个牺牲品。失明症迅速蔓延，整个城市陷入了一场空前的灾难。小说给我们呈现了一个面临巨大危机的社会，当生命受到威胁，当生存出现危机，当人与人之间、人与外界之间需要隔离，由此危机延伸而来的，也许就是社会生态、权力结构的变化，人性既被考验，又一次次被证明其脆弱，以及作为人类，永远心怀希望的特点。小说带着浓烈的荒诞气息，但也让人反思：今天，人类几乎进入了一个物质主义的消费世界，当所有的神圣事物都不再与我们的世俗生活相关的时候，所有的个人都将成为孤独的失去理想的个人，再无某种终极关怀将他们连接起来，这时的人类，是否将不再能应对大危机？社会一旦发生崩溃，是否将无法重建？

所幸的是，经典的文学书籍依然在书店角落长久地停留，经典的电影也被人们从网络里搜索出来，一次次地回顾，他们维系着我们社会的共同想象。

诗意的夜晚， 莫问前程

2018 年 9 月，G85 高铁，上海虹桥始发，目的地湖南，一千一百八十公里，耗时四小时二十五分。

列车一路向西、向南。前座往后放靠背，碰倒我托板上的“农夫山泉”，邻座迅疾伸手，捞住几近落地的水瓶。我说“谢谢”，他笑笑，低头刷手机。他坐在我外侧，白 T 恤，休闲裤，戴眼镜，年轻的面容。

长沙南站将到，年轻人站起来，从行李架上拿下拉杆箱，还有一个白色环保袋，上面印着“湖南大学土木工程大会”字样，想必来自某次学术会议。我也伸手去够行李架，他回头问：你下车？

他托下我的拉杆箱，我再次道谢，他依然只是笑笑。列车停下，他下车，白 T 恤招展飘逸。

我要去的地方叫涟源，湖南的地理中心。不知道白 T 恤年轻人去往何处，也许是湘江之滨的岳麓山下。我听到身周音调折转的湖南话，一如电影中领袖的乡音。天色朗亮，空气暖湿，体感和呼吸与上海如出一辙。忽然意识到，四个半小时，高速列车已带我飞越一千多公里。

不知道为什么，脑海里莫名浮现《无问西东》的某句台词：说到底，这是人与上天之间的事情，而非人与他人之间的事，但行好事，莫问前程。

1938 年 5 月，湖南涟源，杨家滩。暮春多雨，潮湿泥泞的土路上，数百名学生扛着箱子，挑着担子，赶着牛车，走进那些叫“佩兰堂”“师善堂”“存厚堂”“存养堂”的老建筑。世界在战火中飘摇，华北容不下一张平静的课桌，国立交通大学唐山工程学院迁往湖南湘潭，未来的“桥梁之父”茅以升就职院长。

师善堂，四合五进的天井里，诵书声和讲学声与堂外稻田里的蛙声交相辉映。青砖马头墙内，鸡群在席地而坐的年轻人中穿梭。井台边长着葱茏的杂草，廊檐下堆着挂白霜的南瓜，堂内的浮雕屏风隔板成为教学抑或生活的工具。1938 年的湘军名将故居，流溢出前所未有的书香学韵。

村民家的一窝小猪，结群穿越挂“师善堂”牌匾的门楣，窜入堂内。某位教授正在上课，也许他正回忆青涩的年华，追索关于生命的意义：我在你们这个年纪，有段时间，远离人群，独自思索，我的人生到底应该怎样度过。某日，我偶然去图书馆，听到泰戈尔的演讲，今天，我把泰戈尔的话介绍给你们，希望你们在今后的岁月里，不要放弃对生命的思索，对自己的真实。

泰戈尔在 1924 年 5 月的清华园里说了什么？

> 因此我竭我的至诚恳求你们不要错走路，不要惶惑，不要忘记你们的天职，不要理会那恶俗的力量的引诱、诞妄的巨体的叫唤、拥积的时尚与无意识、无目的的盈利的诱惑……

猪们听不懂泰戈尔的话，它们也无以干扰潜心的读书人，自然生息阻隔了枪炮声和硝烟。八月，1938 届毕业生从杨家滩走出去，走向战场，走上家国救亡的征途。

2018 年 9 月，涟源，桥头河乡。夜色降临，演艺中心人声鼎沸，盛装的年轻人，抱孩子的妇女，矍铄的老人……一场诗歌朗诵会即将开演。

剧场里座无虚席，人们放下劳动的农具，停泊好运蔬菜粮食的货车，把游荡的禽畜赶回圈棚，拖家带口地来了。他们不是来看演唱会，也不是来摸彩票赶庙会，他们是来听诗的。

蓝色银幕映照的舞台上，诗人说：我想和你虚度时光，比如低头看鱼，比如把茶杯留在桌子上，离开，浪费它们好看的阴影。我还想连落日一起浪费，比如散步，一直消磨到星光满天……

一只蝴蝶正不知疲倦地飞舞，荧光把它的翅膀染成宝蓝：我听见“举头低头”，还听见“故乡明月”，尾音拖得比季节还长……我疑心身处梦境，忘了这儿离家千里，太阳当空，北运河静静流淌，一节节火车开进我思乡的骨头。

黑暗的观众席里，上千双晶亮的眼睛射向舞台，他们身上，几乎藏满了诗意，日头晒黑的脸蛋上，湄江水洗白的牙齿间，黑色土地般的头发里，不明来由地露出喜气的眉梢头。这些似乎从不试图思考生命意义的人，却在聆听诗句的时候，拥有着无以名状的——懂得。

这情形，令我想象八十年前，穿越战火的青年学子纷至沓来，他们在远离家乡的此地，是否也会念起某一首诗？或者，给沦陷区的父母写一封信：儿很好，母勿念，文章每日都写，儿在外求学，衣食不愁，今饿殍遍地，哀鸿遍野，儿怎敢言累……

八十年前的国立交通大学唐山工程学院，便是今天西南交通大学的前身，1938 年，它在湘潭重生。八十年来，这里的人们仿佛从未改变他们的执着甚而执拗。战火纷飞的乱世，再是艰难动荡，他们也要在这里摆下一张平静的课桌。而如今，即便白昼的世俗再是强大，生活再是劳累，他们亦要让夜晚充满诗意。

深夜，诗歌朗诵会结束，星辰在墨蓝的夜空里沉眠。什么都不想，在夜中行走，可以走很久。诗意的夜晚，莫问前程。脑中再次浮现影片中的台词，是另一句：愿你在被打击时，记起你的珍贵，抵抗恶意；愿你在迷茫时，坚信你的珍贵，爱你所爱，行你所行，听从你心，无问西东。

沙丁鱼生活记

不知哪位作家曾在某篇文章里把拥挤的公交车比喻为“沙丁鱼罐头”，因为真实贴切，于是这种比喻被沿用至今。只是小时候读到“沙丁鱼罐头”这几个字，脑子里总是充斥着喷香馋人的气味，这种食品以高档和美味名扬中外，普通百姓通常消受不起。沙丁鱼，听名字想必是外来鱼种，中国人，至少是上海人，从没见过新鲜的沙丁鱼。所以童年时代，我想象中的沙丁鱼，就是一条条油炸后用五香调料卤过的小黄鱼。

直到长大后才知道，其实罐头更多是为穷人食用的方便简易食品，有钱人不爱吃罐头，有钱人吃新鲜的，当然，那是发生在外国人身上的事。也许公交车这种交通工具，正是起源于西方工业革命，因此，乘坐公交车的人，也须用某类西方鱼种来比喻才更显生动可信。抑或，首先用到“沙丁鱼罐头”的那位作家是外国人，他（她）是从小吃着那种一小尾一小尾廉价的沙丁鱼长大的，所以，挤在这种公共交通工具中的平民，便只能是沙丁鱼，而非金枪鱼或者大马哈鱼。可是在我的童年记忆中，穷人是根本吃不起罐头的，平民家庭，一般只在逢年过节、探病送礼时才用罐头。也就是说，三四十年前的中国，罐头是一种高档礼品。

三四十年过去了，城市交通问题依然严峻，“沙丁鱼罐头”依然当仁不让地作为公共交通工具的比喻而存在，我依然在身处拥挤的地铁车厢时，把亲密无间到前心贴后背的同胞默默地叫作“沙丁鱼”，当然，我也是其中一条。

事实上，说了那么多我想象中的沙丁鱼罐头，却不是今天的主题。真正想说的是，作为一条沙丁鱼，我常常在属于我们的公共罐头里观察别的沙丁鱼。我和所有的沙丁鱼一样，我们活得不是很容易，但也不算太不堪，至少我们没有因为被装进罐头而变成一条死鱼，一旦脱离罐头，我们依然是一条活生生的鱼，只不过在罐头里，因为空间的狭小和空气的污浊，我们被捂得过度成熟，以至于烂熟，于是，我们很容易就遗忘了自己作为一条鱼曾经的优雅和美丽。鱼是应该生活在水里的，罐头这种地方，逼仄、壅塞、不透气、不采光，鱼要是被装进了罐头，那还是鱼吗？倘若是，也只能是罐头里的沙丁鱼了。

那天坐地铁，上班高峰段，自然是百分百的沙丁鱼罐头。靠车门边有一条年轻的美女沙丁鱼很是惹眼，留黄色披肩发，戴大框眼镜，耳郭里塞着耳机，手里捏着那种叫什么水果的手机，“旁若无鱼”地沉浸于自己的视听世界，好像这个罐头就是一泓鱼池，身在其中，便是如鱼得水，自若悠然哉！然而，不防一个紧急刹车，正专注于音乐的美女沙丁鱼在惯性作用下，竟毫无悬念地一头扑入了身旁一尾中年男鱼怀中。

中年男鱼幸运地被天上掉下来的馅饼砸到，他无辜地拥抱着美女鱼，脸上霎时荡漾起一阵幸福的红晕。美女沙丁鱼一声尖叫，撑住中年男鱼胸膛想推开他，可是车厢内拥挤到几无缝隙，两条鱼尴尬的推搡恰似缠绵的纠绕。美女鱼恼羞成怒，不知是要动武，还是要掩住那张凑得实在有些太近的脸，扬起手朝中年男鱼面门甩去。车门恰在那时开启，很不幸，美女鱼的眼镜在她自己的扬手挑拨下悠然脱离鼻梁，施施然飞出了罐头，落到了站台上。更不幸的是，一旁的中年男鱼黑色的头颅竟也忽然脱离它安放的肩膀，如同一颗软塌塌的黑球，追随着美女鱼的眼镜飞射而出，“呼啦啦”一下扑在了美女鱼的眼镜之上。

整车鱼顿时发出一片惊叫声：脑袋掉啦！车厢内，可怜的中年男鱼正顶着他那颗光芒四射的秃脑袋，目瞪口呆地盯着站台水泥地上已然脱离主体的黑色头颅，脸上的幸福红晕早已被羞愤的煞白掩盖，颤抖的嘴唇里爆出一声惨烈的呼救：我，我的假发套！

整车厢的惊叫声立即被一阵哄堂大笑替代，笑声中，美女鱼的尖叫脱颖而出：你赔我眼镜！

这一声喊叫让中年男鱼霎时怔住，他看了看不再戴着眼镜的美女鱼，又看了看站台上紧依在一起的眼镜和黑色头颅，终于爆发出一声发自丹田的愤怒吼叫：你赔我假发套——

接下来，这两条年龄差距悬殊的沙丁鱼便如一对反目成仇的老夫少妻，开始了喋喋不休的争吵。站台上的眼镜和假发套却像另一对恩爱夫妻，以相依相偎的姿势旁观着车门内这对老夫少妻的战争。三两声虚弱的劝架夹杂其中：不要吵了，车门要关了。

正在危急关头，站在这两人身后的一位瘦男孩，哦不，一条年轻的沙丁男鱼，忽然拨开争吵的两条鱼，一个箭步冲出车门，迅速捡起假发套和眼镜框，直起身回头快速朝车门内用力一挤。就在青年男鱼重新入罐的当口，车门擦着他消瘦的鱼背合拢了。众鱼齐齐拍胸脯惊叹青年男鱼胆大心细动作迅捷，而他却已笑得白牙齿露了一嘴，鲨鱼似的虚张声势。笑完，冒充鲨鱼的青年沙丁男鱼一手托着眼镜，对气急败坏的美女鱼朗朗而道：拗拗造型的，又没有镜片，摔不坏，别叫人家赔啦。

说完，又把另一只手里的假发套往中年男鱼头上一扣：很好哦，没坏，大叔，还能戴……

美女鱼接过镜框，羞怒而道：这是国外买的原装名牌货，你有钱也赔不起……声音明显轻了许多。美女鱼翻着白眼把镜框架上鼻梁，顿时，长得实在过分的眼睫毛生生戳出两个镜框外一厘米有余……原来，眼镜是假的，睫毛也是假的。

中年男鱼扯着戴得有点歪的假发套，一边诺诺地抱怨：还说没坏，都走形了，要是戴不上去还是要赔的……这么说着，假发套终于很敬业地把中年男鱼光芒四射的脑袋裹进了它温暖黑暗的怀抱。

喧嚣的沙丁鱼罐头渐渐安静下来，罐内依然拥挤，几乎人人闭着嘴，捏着自己的手机低头摆弄。亲密无间到前胸贴后背的鱼们，总是不太愿意让自己的目光与另一条鱼的目光来一次交遇和会集，亦是不愿意承认，他们与周围的任何一条鱼一样，来自同一条河流，此刻正同车共济。

停靠下一站时，年轻的沙丁男鱼到了，跨出罐头的那一刻，他回头看了一眼美女鱼和中年男鱼，咧开嘴角无声一笑，然后，矫捷的鱼影朝人流中一钻，消失在了站台上。可他那笑的样子却留在了我的脑中，不无揶揄的眼神，露出满口白牙齿，笑得不知天高地厚，像一条虚张声势的鲨鱼。

车门关闭，载着一车沙丁鱼的罐头重新启动，罐内依然逼仄，空气依然污浊，鱼们也许依然不记得，其实，在水里的时候，他们曾经是那么优雅，那么美丽……

发胖记

在出租屋居住了十多个月，终于有人觉出了我的发胖。久违的朋友总在一见面时就脱口道：哎呀！你胖了。

经常见面的朋友，是在春天到来后开始发表意见的，他们不忍打击我，说得比较婉转：你是不是胖了？好心的人用质疑的口吻，意思是：也许不是你胖了，而是我的眼光出了偏差。

出租屋很小，十八平方米的房子，还有一间可以摆一张双人床和一张写字桌的阁楼，厨房在公共走廊，因为地处黄金商业地段，月租金要三千元。可是离儿子的学校很近，于是租了一年期限。等儿子高考一结束，我就要与这间小屋坚决地说“拜拜”。是的，坚决地，果断地，并且，不再回来。因为我总觉得，我的发胖，完全是因为这间出租屋的缘故。

难道不是吗？在这之前，我天天吃了睡、睡了吃，钟点工阿姨包下了所有家务，那时候我都没发胖，为什么住进出租屋不久，我就胖了？在这个狭小幽闭的空间里，全部家务都是我一个人干，我买菜，我做饭，我洗衣服……是的，我不用房东的洗衣机，我用双手搓洗衣服，因为我总觉得那台洗衣机里充满了前一任房客的汗液、脚臭、体毛……我还擦地，每天擦，从一层的地砖到阁楼的地板，趴在地上撅起屁股擦啊擦。刚搬来时，我在走廊里炒菜，隔壁老张师傅说：看不出来啊！小姑娘蛮能干。

那时候，我多半是在炸小黄鱼，或者炒黑椒牛柳，香味从我的锅里窜出来，一路窜到走廊的每一个角落。那说明什么？说明我家务活干得好！还有，听听他叫我什么？“小姑娘”，你懂的，小姑娘的意思就是，我不是一个发胖的中年女人。可是前几天，我在做一锅酸辣汤的时候，老张师傅忽然说：好香啊！你在烧什么？我刚要回答，他紧接着说：你是不是胖了？昨天在菜场看见你，我都不敢认啦，胖了胖了……好香啊！你在烧什么？

我没回答张师傅我在做“酸辣汤”，我默默地算了一下，这个月，他是第五个说我“胖了”的人。可是究竟从哪一天开始，我就发胖了呢？

去年4月，去浙江参加文学论坛峰会，穿黑色蓬蓬短裙、粉色高跟鞋，从上海开车到绍兴，“噔噔噔”走进会议大堂。穿红格子哈伦裤的美女编辑小T与我第一次见面，我们“哈哈”笑着拥抱，表示神交已久的彼此向往。她说：你不像上海人，性格不像，脸也不像，就两条腿像，修长，挺直……于是就有了著名男作家老Q改编的越剧小调：天上掉下个薛妹妹，长着两条上海腿。于是，又有了穿白兰花旗袍优雅美丽的著名女评论家S教授的表扬：看看这小腰，这长腿，多好！

可是今年4月，那条蓬蓬短裙，锁不上拉链了。双脚塞进粉色高跟鞋，好紧好紧。

去年5月，党外人士学习班去枣庄考察，那天穿一条大花布宽腿裤和一件小布褂。Z教授惊叫：王二妮儿，你好啊！

晚会上，有人唱新疆民歌，问：有没有伴舞的？于是我从座位上起身，跳起了在塔什库尔干采风时学来的塔吉克鹰舞。虽然不太正宗，但是考察班班主任F老师说：哎呀，这是谁啊？这么美！

事后F老师告诉我：其实女人哪，不需要长得太漂亮，也可以很美的。

F老师真不会说话，可我一点儿都不生气，我知道自己不漂亮，可我也知道，我可以让自己很美。因为，我有灵动起舞的手足腰腿，以及“王二妮儿”一样的纯朴模样。

可是今年5月，隔壁的老张师傅成为第五个说我“胖了”的人；我穿着宝蓝雪纺长裙走在街上，我看见玻璃墙中映出一个近似俄罗斯母亲般伟大的形象。一年不到，我就成了一个胖女人，是不是，作为一个不涉家务的少妇时，我可以让自己保持力所能及的美丽，而当我成为一个劳动妇女时，我便开始朝着强壮发展？或者是这间狭小的出租屋实在养人，住进不到一年，我就生生地被养成了一个壮妇？

敲门声响起，开门，弄堂里站着那个每月都来抄一次电表的女人，她递给我一张纸：沈桂宝，电费单！

我不叫“沈桂宝”，可她总这么叫我：沈桂宝，电费单。

隔壁老张师傅说：沈桂宝是女房东，在这里住了几十年，两年前搬走了。

我没问那个叫“沈桂宝”的女人长什么样，但我想象中的女房东，一定是个肥壮敦实的女人，也许她有着一头黑白间杂、粗而浓密的短发，她穿着灰色抑或棕色的说不上什么样式的外套，她的两手总是沾满肥皂沫和油腻，她还是一个大嗓门，她在这间狭小的房子里说的每一句话，都通过并不隔音的单壁传送到弄堂里的每家每户，我便循着她的声音，走进我左邻右舍的家门：

我的东隔壁住着一个奶名叫“阿四头”的男人，他的老婆乐于用粗哑的嗓音向邻居坦陈她的生活状况，于是我知道，冬天到来时她好不容易为她那长得像武大郎一样的老公买到了一套成人棉毛衫裤。兴许她老家在江苏常熟，我总听见她用常熟味的上海话叫嚷：荷包蛋来——炒青菜，以告示她家的一餐简朴而又营养不错的晚饭。

西隔壁的男主人有点娘，但他似乎有着显然的道德洁癖，每次他都会用拿腔拿调的“哦哟——哦哟——勿要面孔哦！”来结束一场评论家长里短的电话会议。

对门的男人酷爱搓麻将，朋友的牌桌摆在浦东他都要骑助动车去参加。他常常整夜不归，他的女人没办法，请老张师傅帮忙劝劝他：搓麻将没关系，不过勿要玩物丧志哦！

楼上人家的孙子正牙牙学语，奶奶抱他下楼来，总要用她的苏北口音教孙子把邻居一个个唤过去：喊人，喊什捏（什么）？爷爷、奶奶、阿姨、叔叔，不喊？不喊不带你出去玩！

后楼的单身老女人叫“金凤”，她对这一栋楼的公共信箱超乎寻常的责任心常常使她敲开我的门，交给我一张卫生宣传广告或者有线电视付费单。可金凤似乎住着一间不属于她名分的屋，有一天她的兄弟吵上门来讨屋，她哭着说：想想娘死的辰光讲的话，想想吧……

我以“沈桂宝”的名义在左邻右舍中穿行，我用听觉和目光游走在他们的生活中，于是我日渐地长得像沈桂宝了。虽然我从未见过她，但我确信，假如我继续住在这里，我将长成一个肥壮敦实的，有着一头黑白间杂、粗而浓密的短发，穿着灰色或者棕色说不上什么样式的外套，两手总是沾满肥皂沫和油腻的、大嗓门的——胖女人。

请原谅我这么描述我的邻居，对他们我没有丝毫蔑视，可是这里实在太养人，不到一年就把我养得这么胖，我必须承认，我迫切地想要逃离这里。

亚信峰会期间，交通管制，高架路限制通行，只能闭门打字。我在键盘的敲击中听见走廊里做饭的老张师傅问阿四头：那帮“枪毙具（鬼）”还在吗？

阿四头回答：还在，还有军演。

老张师傅大喝一声：娘比，阿拉上海要被伊拉吃穷特了！

随即传来他那上海普通话的哼歌声：当我，想你的嘶吼（时候），我的心，在蚕豆（颤抖）……果真有些颤抖的尾音，却挡不住地透出一股得意劲儿。

左邻右舍毫不吝啬地把他们过日子的声色送进我单薄的屋门，一如这将近一年里的任何一天。这里，是福州路上海书城后面的一条弄堂，我居住在一间逼仄、狭小，而又幽闭的小房子里，它阻挡不了外面世界的哪怕一丝喧哗，也无法藏匿属于我个人的任何隐私。这里，就是我持续了一年的“家”。

还有三个星期，儿子就要高考，三个星期后，我将离开这里，也许永远不会再回来。不过，这短短一年好像还挺重要，倘若日后回忆起这一段生活，我想我会说：在这里，我曾经度过一年发胖的日子。

病 或 梦

感冒一般有三大症状，咳嗽、流鼻涕，以及发烧，于我而言都只是微恙，当然，那是指年轻的时候。也可以聊以自慰地说，按照国际惯例，我还算一个青年，所以，“年轻的时候”，大致可算三十岁之前。

三十岁之前，我是不会介意自己患上感冒这种微不足道的“疾病”的。喝几杯开水，睡上一觉，烧就知难而退了；或者灌下一瓶枇杷叶糖浆，咳嗽也就好了。至于鼻涕，平民家的孩子，鼻子底下一年四季源源不断地淌着两条羊脂玉般的粗面条，那是最正常的生存状态。我妈总是回忆我小时候如何“干净”，标准就是——不像别家孩子那般，人中连接着上唇的两厘米空间，常年浸润在具有些许咸味的黏稠液体中……我想，并不是童年时代的我不爱流鼻涕，实在是我的体质太好，鼻涕基本无法做到源源不断，渗几滴清水挂住鼻尖，三两天也就断了流。

然而问题还是来了，三十岁以后，感冒这种疾病在我身上的演绎变得越发猖獗起来。咳嗽要咳到去医院挂水才能止住，伴以低烧，连日早退夜升，仿佛许以如此的折腾，才能算是经过了努力才得以存活，生命便显格外珍贵起来。

直至2013年尾的这一场感冒，竟让我体验了瞬间失氧和血糖降到极限，以及电解质失衡的不可控状态。那时刻，躯体已经不属于自己，仿佛指端连着一根电线，电流从头顶到脚底簌簌流遍全身，我的躯体被点燃成一捆烧着的柴火，收缩、收缩，而后，我看见，一个僵硬的自己慢慢地瘫倒在了洁白的瓷马桶边……

此刻回忆起来，依然感觉彼时的意识是清醒的，像一场梦中梦，知道身在梦中，却无法终止那种明知虚拟却又忍不住真心恐惧的体验，只能任由梦里的自己越过凶险恶劣的悬崖隘口，一道接一道，有惊无险，却心力交瘁。感觉那时刻，自己就是一条洄游的鲟鱼，在涌动的潮水中朝某个方向身不由己地前行着。我亦是清晰地记得，我看见了自己，这个我，看着那个坐在马桶上浑身颤抖的我，居高临下地俯瞰。我不能确定，那究竟是灵魂看见了躯体，还是躯体看见了灵魂。

医生说，这是低血糖，或者叫电解质失衡导致的休克状态，我却以为，那是灵魂的瞬间出窍。那几天，梦不断造访着我的睡眠，是真的做梦，整夜不断。梦境多与离散、迷失和寻找有关，总是被最亲的亲人莫名疏离，背弃你的是曾经信誓旦旦的恋人，素来诚实的朋友忽然无端失信，触手可得的果实一夜之间企之不及……醒来，胸腔里充满钝重的忧伤，一种无能为力的落拓感，虚拟的本质使困境永远无法得以释然。事实上，生活与昨日并无区别，梦醒后的心境，却已是另一个自己，与真实的自己隔山隔水地隔阂着，却又无法干净地剥离。便知道，病中的人，多梦。

这一场感冒之后的造梦，一次令我哭醒，另一次，醒来头痛欲裂。哭醒的那一次，是梦到与母亲失散，似乎，我还是一个年幼的孩子，母亲却莫名其妙地离家出走了。我确知她一定会留一个电话号码给姨妈，便去讨要联络方式。可是姨妈竟斩钉截铁地拒绝了我，好像以我为代表的所有家人犯下了伤害母亲的不可饶恕的罪行。梦中没有父亲，我是家庭的全权代表，我是我，我是弟弟，我是爸爸，我是一切……可是一个家庭，怎么可以没有妈妈？于是越想越伤心，便哭了，哭得无能为力。

哽咽着醒来，发现心扉真实地疼痛着，久久不能平息，便由着自己孤独地啜泣，发一些伤心的声音，郁郁寡欢、愤愤不平地呢喃，爆两句带哭腔的粗口，这才渐渐醒得彻底起来。知道胸腔内的疼痛源自咳嗽，摸一摸额头，依然是低烧，眼皮沉重到抬不起来，哪怕只为看一眼那个绚烂或者阴霾的世界。我便知道，太阳还未升起的凌晨，感冒的我必须靠着身体的自行发热来维持生命的如常运转，我强健的精神正在奉献给孱弱的躯体竭尽所能的支持。可是为什么要用母亲的离家出走来声张这种抵抗的激烈度？

我无法解释，只能自告，疾病会让躯体衰弱，同样，疾病会让精神萎靡。病着的人，需要依靠，以及恐惧失去依靠。

在另一场梦里，我却是一个残疾人，我让自己忧伤地飞翔着，只为一个并非必须的承诺。什么承诺却已不记得，只知道我要赶赴一所大学，在说定的时间内。梦里的大学有着一个很具体的名字，事实上它存在与否，我却并不知道，只知我确之凿凿地要去那里赴约。可是不知为什么，我竟是一个不会走路的人，一架单薄的轮椅替代了双腿。我问路，无知而热情的路人总是指给我错误的方向，一次次的错失让约定的时间无限临近。是的，无限，只要梦不醒，那个刻点总是无限紧逼着我，于是我不得不动用了极限的潜力——直觉。

关键时刻直觉起了作用，直觉让轮椅飞驰起来，如一辆加足马力的摩托车，热风从耳边掠过，刮得脸颊生疼，两条呈直角布阵的公路，二十公里轮椅滑行，终于到了。偌大的校园，学生三三两两，教学楼是一座白色巴洛克建筑，我的约会地点就在顶层。可是罗马柱鼎立的长廊下，通往大殿的台阶竟有着不可攀的高度。我的双腿是无用的，我只能用双手握住轮椅两侧，一点点朝手臂里充力气，然后，我竟提起了自己坐着的沉甸甸的轮椅，它像一只突然重拾飞行能力的母鸡一样，载着我摇摇晃晃地起飞，而后一头扑在了高高的台阶上。又高又窄的台阶，只能用一侧的轮子滑行，我平衡着残疾的身体，力大如牛，气壮如山……然而，放眼望去，白茫茫的石台阶竟是无边无际。那时刻，忽然了解到，这世上还有另一种绝境。没有路并不可怕，因为你可以用双脚踏出一条路；可当你走上一条永远走不到头的路时，你才会发现，那是一种多么绝望的遭遇。

我开始大声求救：同学——同学——请帮帮忙——那些匆匆而过的年轻人什么都听不见，听不见我自以为振聋发聩其实嘶哑破碎的呼救。我只能穷尽力量，重新提住轮椅，然后，我再一次看见了自己，我看见一个无法行走的人脱离了她的代步工具，朝着不明所以的险境纵身飞去……醒来，一身大汗淋漓，头痛欲裂，脸颊和额角火烫如炭，深夜的体热表示，我疲惫的白细胞正与致病细胞作一场殊死的奋战。

天亮以后，终于退烧。至此，我相信，梦亦是身体的宣泄口，是一种免疫机制，一面防火墙，是躯体与疾病争斗的文学性表达，是小说，是我以真实的身心通过罹患疾病来构筑的生命故事。感冒，便是一种魔法，它让平凡的心灵产生幻觉，它让短视的目光犀利到穿透人体，它让普通的听力强大到探入谷底，它让一个个漆黑深邃的夜晚，变得奇幻、神秘、多姿多彩。如此而来，感冒就又是时光隧道，它让我们进入想象中的某个纪元，进行着一场又一场追索和逃离、爱与被爱、分别和重温、遗忘与记得……

痊愈后，某一天忽然想起那个昆仑山女孩，常年住在海拔五千八百米的雪山口，一座深绿色油布帐篷里藏着小小的她，黑色皲裂的脸蛋上，一双奇大无比的眼睛瞪得专注而呆滞，藏袍领口伸出她细长黑瘦的脖子，微翘的嘴唇上面，停留着两柱凝固的鼻涕，略带淡绿的黄色。我想，那应该是昆仑玉的底色。她令我想起母亲对婴儿的我的赞誉，然而彼时，我却在想一个问题，昆仑山女孩用一年四季的鼻涕装饰着她脸上的上唇与鼻下部位，那么她以什么来装饰她的梦？她有梦吗？

依然清晰地记得，她小小的脑袋上，一头如海藻般浓密扭结的长发，竟被一支黄色圆珠笔穿了起来，穿成一团含苞的黑色雪莲——那支圆珠笔，是路过昆仑山口的旅客送的吧？也许，那就是她常年感冒淌鼻涕的无数个夜晚延续而来的——梦……

童年的那一片垃圾场

1989 年夏末，正在责任田里帮父母插秧的晓峰收到大学录取通知书。晓峰在裤腿上擦掉满手泥浆，接过邮递员递过来的信封。烈日暴晒下的水田闪烁着耀眼的光斑，晓峰的眼睛几乎无法睁开，然而，印有“上海财经大学”字样的信封还是让他确信，未来，他将告别农田，告别烈日下的劳作。

母亲惊喜的呼唤声引来乡邻的围观，浦东方言的赞叹和议论声此起彼伏，同时夹杂着对自家孩子的训斥声：

晓峰“侠扎”团！晓峰争气宝！

你看看人家晓峰，哪像你，讨债鬼！

“侠扎”，在浦东方言中，是聪明能干又懂事的意思。晓峰看了一眼与他同样站在水田里的姐姐。姐姐戴着一顶草帽，额头淌下的汗水滴到鼻尖，脸色通红，似乎，眼圈也红了。晓峰想，自己的大学录取通知刺激到了姐姐，原本，她也可以拥有同样的荣耀。

五年前，晓峰的姐姐晓燕初中毕业，晓燕成绩不错，上高中没问题。可父亲说，读书有什么用？要是考上个大学，还要养你七八年。看看隔壁毛妹妹，比你还小两岁，养长毛兔给家里挣钱，剪兔毛一年就三百元，房子都造起来了！

1984 年，没有一个农民靠种田能挣到三百元，哪怕是上海的农村。

晓燕没有再念书，她果然养起了长毛兔，家里的柴房成了兔窝，最多的时候，她养了三十只兔子。

晓峰初中毕业时，晓燕养的三十只长毛兔只剩下八只。那段日子，晓峰吃得最多的营养品是兔肉，红烧兔肉、兔肉煮土豆、风干咸兔肉……父亲不懂有关供求关系的经济规律，但他知道，村里家家养长毛兔，兔毛已卖不出价。对于兔毛的贬值，晓峰有些庆幸，他可以继续升学念高中而不需要努力说服父亲，只是，他为姐姐感到遗憾。晓燕无法靠养兔挣钱，她将与他们的父母一样，成为面朝黄土背朝天的农民。

晓峰要去中山北一路的上海财经大学报道，一家人商量着要怎么去，晓燕只说了两个字：差头……就被父亲打断：日脚不过啦？脱底棺材！

“脱底棺材”也是浦东方言，就是指那种吃光用光不留家底的烂人。那时候，上海已经有出租车，很多人知道“差头”，却从来舍不得亲自去坐一回“差头”。叫“差头”的建议还未提出就被否决，父亲说：就坐公共汽车，晓燕陪晓峰去，又不是去外地插队落户，不用全家人一起送。

临行前，母亲对一双儿女千叮万嘱：不要从陆家嘴轮渡过江，人太多，挤来挤去，要挤死人的。其实晓峰的家，远在浦东靠海的乡下，那时候，离他们家咫尺之近的东海滩正成为上海最大的垃圾场。每年暑假，晓峰坐在家里都能闻到恶臭的气味源源不断地从东海方向飘来。晓峰的母亲并不清楚，从他们所住的海边小镇去往上海财经大学，最短捷的路途是一个小时的沪川线，到达庆宁寺渡口，坐轮渡过黄浦江，他们不需要在陆家嘴摆渡。

那一年，上海率先开始房改试点，晓峰成了全国首届房地产财会专业大学生，上海财经大学成为开先河者。大学一年级，晓峰每个周末都要花费两个小时从学校回家，周日晚上再花两个小时回市区的大学。那天，晓峰在沪川线起点站排队等车，天降大雨，晓峰没带伞，但又舍不得放弃排到一半的队伍去找屋檐避雨，只好任凭雨水冲刷。排在他身后的年轻姑娘撑起一把伞，往他头顶微微倾斜。队伍缓缓前移，那把遮住一角雨帘的伞一直紧随着他，他目不斜视，不敢回头。沪川线一辆一辆开来，双节巨龙公交车接走一车车乘客，半小时后，晓峰终于上车，头顶的伞也收了起来，青涩的乡下男孩，自始至终没有回头说一声“谢谢”。

1991年初冬，晓峰正上大学二年级，南浦大桥通车，与此同时，杨浦大桥的建设正紧锣密鼓地进行。两年后，杨浦大桥通车，晓峰从家里到学校，再也不需要到庆宁寺码头换摆渡轮船，他可以坐上那班叫作“大桥四线”或者“大桥五线”的公交车，经过杨浦大桥，越过黄浦江，到达他的大学。

大学毕业后的晓峰回到了浦东，成为某房地产公司年轻的财会工作人员，他上班的公司就在陆家嘴。

那些年，世界变得有点快。晓峰迷上了迈克尔·杰克逊的霹雳舞，如木偶或者机器人般的动作完全颠覆了他对舞蹈的认知。他变得有钱了，有钱给自己买牛仔裤，买耐克鞋，买 walkman。他学会了听音乐，譬如摇滚、爵士，他甚至有些附庸风雅，他收藏的 CD 唱片里有小提琴协奏曲《梁祝》，也有莫扎特和肖邦……晓峰的父母听不懂那些音乐，在他们听来，那几乎就是嘶吼或者哼哼唧唧，但这并不妨碍他们的儿子晓峰的追求。

晓峰的第一笔巨额消费，是送给姐姐晓燕的结婚礼物——一台六千八百元的“山水”音响。他总觉得，倘若没有晓燕放弃学业去养长毛兔，获得失败的教训，父亲可能在他的升学问题上依然固执己见。

那些年，期货交易开始出现在中国的金融市场，财经大学毕业的晓峰写下论文《期货行业会计核算方法探讨》，发表在《上海会计》杂志，还被大学教材引用。晓峰的父母和姐姐依然生活在东海边，晓燕早就不养长毛兔了，她进了他们家附近一家食品企业工作，专做糖果，她的结婚喜糖，用的就是他们厂生产的那种叫“喔喔”和“佳佳”的奶糖。

那些年，横跨黄浦江的大桥一座接一座建造起来，晓峰去公司上班，每天眼见着东方明珠和金茂大厦拔节矗立起来，地铁 2 号线从黄浦江底穿越而过，浦东人要去黄浦江西岸的市区，又多了一条地铁。

晓峰谈恋爱了，结婚了，有了孩子……那时候，人们对购买商品房这样的新鲜事犹豫不决而又跃跃欲试。晓峰是房地产人，他没有犹豫，更没有向父母伸手要钱，他在陆家嘴附近买下了两室一厅的房子作为他小家庭的安居之处，他成了房改的受益者。

那些年，姐姐晓燕拥有了自己的食品公司，浦东国际机场已经通航，他们公司的产品，很大一部分专供飞机餐食。倘若说，晓燕是一名成功的创业者，那么也许，她应该感谢她曾经养长毛兔的失败经验。这话是他们的父亲说的，原话是：当年要不是我叫你养长毛兔，你后来哪能晓得要去开厂做生意?

晓峰依然在陆家嘴上班，有时候，看着身周森林般的摩天大楼，他会莫名地生出些许骄傲的情绪。他喜欢仰起头颅看那些建筑，心里默默地数：这一栋大楼，我们公司参与建设了；那个楼盘，是我们公司开发的……晓峰就是一个很普通的人，他知道，未来的历史书上不会有自己的名字，可他还是会为自己是个浦东人而悄悄地骄傲一下。

“陆家嘴”这个名字，一天比一天有名了，渐渐地，它成了中国现代金融业面向世界的窗口，成为“中国的华尔街”。那些年，大街小巷流传着一首歌，叫《春天的故事》。

三十年后的这个春天，某房地产公司财务总监晓峰带着他的妻子和十八岁的儿子，开着他的奔驰汽车，沿着中环高架路去往他位于浦东海边的父母家。每年踏青扫墓时节，晓峰都要带着老婆孩子回老家，去赏一赏属于浦东人的桃花节，吃一口属于浦东人的马兰头拌香干和酒香草头。过去，也许是沪川线一个多小时的路程，如今晓峰只用了二十分钟，就把自己送到了父母眼前。

晓峰和儿子站在父母家早已翻新的二层小洋房门口，一架正准备降落的飞机轰鸣着从他们头顶滑过。往东眺望，竟能清晰地看见浦东国际机场两栋庞大的候机楼，以及蜿蜒错综的高架路。晓峰指着远处停机坪的方向，对儿子说：我像你这么大的时候，那里还是一片垃圾场。

正念大学一年级的儿子靠在紫藤架下笑，表情似是不屑。出生在新世纪的孩子，不知道他的父亲是在垃圾场的臭味中迎来高考，走进浦东的新时代的。

街心花园

这块土地，被三个住宅区围绕。很久以前，它是一片农田，后来，在城市还未完全侵吞这里，而农民已经遗弃它的那些年，它沦为了一片荒地，它的身边，一栋高楼正拔地而起。它就这么无所事事地荒芜着，它以蓬头垢面的容貌告诉经过这里的人们，它没有袖手旁观，它与另一些土地一样繁忙，它的职责，就是忙着观望。

终于，它观望到了美好的结局——高楼造好了，那么，该关照到它了？然而，人们要紧安顿新居，高楼里传来电钻刺耳的声音和榔头敲打的钝响，它悉数地聆听了去。悬空的窗户里飞射而出的建筑垃圾，民工把它充当临时厕所，它亦是无条件地接纳。它凌乱杂沓，它宽大广博，它纵深无垠……它终于葱茏起来，杂草高过人头，藤蔓牵扯缠绕，流浪猫和自由鼠在这里享尽天伦。而人们，只是环绕着它，匆忙来去，不及看它一眼。

一只鸟儿把未经消化的红豆排泄在它的胸怀里，于是，抽芽、发叶、开花、结荚。一季的成熟飞速到来，快到不及被发现，新的种子又落进泥土。它总是宽宏大量，从不规定植物在它的身上，必须这一季生长，另一季储存体力。它顺其自然，任由雨水充沛灌溉，任由空气弥漫浸润，任由植物疯疯癫癫、不顾一切地成长、成熟、凋落、发芽……于是，它的胸怀里蔓延出大片红豆荚，更多的鸟儿来啄食，很快，这里充满了鸟鸣雀啼，这里成了鸟儿的免费餐馆。

一夜，宿于装修到一半的新居内的木工，听见窗外有两只夜游的猫男猫女以婴儿的哭声相互倾诉表白，发出此起彼伏的歌唱。劳动者的睡眠被惊扰，一块锯下的木头从窗内掷出。然，掷地无声，荒草托住了飞射而来的武器，茂密的植物保护了发生在荒野里的爱情。猫男猫女越发热烈地欢呼，星斗闪烁了多久，它们便为爱情歌唱了多久。它就这么敞开胸怀，做着一张巨大的温床，所有为爱情的来者，皆不拒之。

它不再无所事事，也不再荒芜。它有繁草密布、鸟语犬吠；它见证花开花落、生死繁衍。没有人进入它，只有一位拾荒的婆婆，偶尔进去，大群鸟儿便围着她聒噪，在她头顶和肩膀上洒落点点粪便。住进高楼的人越来越多，环形水泥路也已修好，人间的声色在环路外面日渐喧腾，它被圈在环路内，独享每一个肆无忌惮的日月星辰。那时节，它洋洋洒洒地开出了金黄的苇花，风过，摇曳成倾斜的大片。它已有了浩渺的气势，是翻滚着波浪的小海，站在这一头，望不见那一头。

人们终于发现苇花的海洋，戏称它是他们返璞归真的街心花园。它默默领受了这个称谓，一个不需人工侍弄的街心花园。它不是农田，亦不是花圃，它只是让自己在繁忙的世界中不至过于清闲。它的繁忙是悄悄的，一丝丝、一分分的繁忙，它的繁忙淹没于苇花丛中，人们从未注意到，它亦有它的繁忙。

那个秋天，一些人站在它边缘，对着它指点江山、高谈阔论。这里将要建一座商城，安居的人们必需的生活设施……推土机把红豆藤蔓、芦苇野草连根拔起时，水泥环路上站着一些围观的孩子。他们第一次看见，土地是怎样被解剖的。他们发现，土地的胸脯被机械的刀俎划开时，黑色泥浆的血液渗透而出。他们还看见，那片正被颠覆的土地上，密密匝匝的枝蔓间，三只黄白条纹的小兽，惊慌失措地滚爬而出。

人们早已忘记，几个月前的某夜，一对猫男猫女，曾经在这里发生过一场野外的爱情。时间的脚步如此之快，爱情已然结果。而今，它借着小兽的哀叫，向世界道出了最后的问候。

忧伤猴的幸福日

他和他的同族，住在海滨公园的一所房子里。房子很大，有院子，有池塘，有假山，还有秋千架和吊环。他们的卧室在假山的缝隙间，他只占据一个很小的洞穴。他有很多兄弟姐妹，他不是最小的那一个，但是，他们都比他大胆，比他有力量，比他凶悍。他们为一块可以晒到太阳的地盘打架，为人们赏赐的一颗花生相互撕咬，为得到某一位皮色正日益鲜亮的异性的青睐而遥相吼叫，继而咬得皮开肉绽，伤痕累累。

每一次群殴，他都是退在一边瑟瑟发抖的那一个。他从不参与，他最擅长的是逃跑，而不是争夺。任何降临到他面前的事物，好事，坏事，都会让他像一颗子弹一样，突然弹跳而起，射向很远的角落。直到他认定他已身处安全之地，他才停止他的逃跑，回头观望。

他自然躲过了不少石块的袭击和垃圾的羞辱，然而，如果袭击他的是一颗糖果，或者一只橘子，他却依然要躲避，要逃离。他要躲避的是他们，糖果或者橘子带来的是飞速蜂拥而至的身影，他争夺不过他们，他只要向着糖块或者橘子伸出他的手，他便会遭到锋利一爪，或者猛扑而来的巨大撞击，因此他总是躲，总是逃，他别无选择。

有时候，他看到他的兄弟姐妹们咀嚼着香气四溢的花生，嘴里吐出一瓣瓣白花花的坚果硬壳，他便黯然神伤起来。他带着哀怨的眼神，走向同样蹲在角落里的老者。那是他的母亲，她太老了，老得已经自顾不暇。她所能做的，只是观看，蹲在潮湿的角落里，如同看一群与她无关的同类，目光终是漠然。她甚至连哀怨都没有，只在他们大打出手狂奔飞驰着撞向她可怜的方寸之地时，才弓起她毛发蓬乱的老体，做着随时逃离的准备。那时候，她的目光里终于有了惊恐，她惊恐于她的子女为抢夺生存物资而不顾一切的亡命撕打，她惊恐于她的后辈为占据上层建筑的阶级地位而发起的残酷战争。她早已忘了她曾经孕育过他们，也忘了在阳光灿烂的往昔她曾经母仪天下的雍容尊贵，她早已忘了。现在，她已沦落到只能吃他们的残羹剩炙的地步，她亦自知她的沦落，便把自己安置在阴冷潮湿的角落里，做着一个冷暖自知的垂垂老者。

他在母亲那里得不到任何帮助，甚至，没有安慰。他忧郁的眼睛看着铁丝网格外面的游人，那些自由的人啊！

他总还是比他的母亲多了一丝向往，那些自由的人，不是也经常扔给他瓜子、花生吗？可他很难很难享受到他们给他的食物，他得不到。掠夺在于他，是再自然不过的生活，他生来就是被掠夺的，他没有一天不在经历着被掠夺、被殴打、被冷落。

看看那些自由的人吧，为什么他们总是喜欢活泼调皮的那几个？他的兄弟姐妹们，爬在铁丝网格上，伸出乞讨的手，油滑、敏捷、嬉皮笑脸。人们哄笑着给他们食物，他们吃起嗟来之食的样子，总是刻意的香甜可口。人们高兴了，笑了，他们便再一次伸出长长的手臂，他们是多么懂得察言观色啊！于是，他们得到了很多，很多，多到挑剔起来。他们嫌蚕豆太硬，他们嫌饭团滋味寡淡，他们嫌南瓜不够甜……他们真是被宠坏了，便学会了势利。那个衣兜里装着蚕豆的男孩，他们再也不凑到他跟前去了。男孩热情地呼喊他们，抓起一把把蚕豆引诱他们，可他们连头也不回。他们顾自拨弄着地上的蚕豆，不屑一顾地东张西望，他们的意思很明白：你看，这里有那么多，我们都不稀罕吃。

那个总是带着大白兔奶糖的女孩来了，他们认得她，便一拥而上，嬉笑着、叽叽喳喳地拍着马屁，说着他们的谄媚话语。于是，最强壮的那几个，嘴角就开始流淌出白色的奶汁，次强的那几个，不甘落后地伸着手，伸着长长的手，亮着可怜巴巴的眼神，等待女孩的赏赐。

他们终于忘了他，大白兔奶糖吸引了他们的全部注意力。他小心翼翼地靠近他们，靠近他们的身后，那里，还散落着十几颗蚕豆。他观察了一下周围的景况，没有一个注意到他，他便大起胆子，一伸手，飞快地，一颗蚕豆就被他塞进了嘴里。居然，他吃到了一颗蚕豆，他感觉到了香甜，感觉到了幸运，于是，再次伸出手，又是一颗，第三颗、第四颗……现在，他不仅感觉到了幸运，他还感觉到了一点点快乐。他简直不敢相信，他居然能安全地吃到十几颗蚕豆。他快速咀嚼着，无声无息，在他们哄抢大白兔奶糖的场景之外，一个局外的快乐者。然后，他听到了男孩的呼喊，小声的：嗨，过来，过来啊！

他意识到，男孩是在叫他。他犹豫了，他回头看那个依然在争抢奶糖的群体，小心地迈开了步子。他终于站在了铁丝网格边，他抬起头颅，仰望着男孩。男孩把小手伸进口袋，然后，拽着拳头递过来。他不会伸手，他不敢伸手接。男孩说：给你的，吃吧，吃吧！

他依然不动，晶莹到失神的眼睛，凝望着男孩。男孩有些沮丧，说了一句：笨家伙！然后，张开拳手，“哗啦——”一声。他条件反射地弹跳而起，他迅速逃离，他要躲避，他射到十米以外，才站定，回过头。然后，他竟发现，那一声“哗啦”的响声，不是一把砸向他的石子，而是，而是一把蚕豆，洒向铁丝网格里面的蚕豆。他再扭头看他们，他们依然围着女孩，耐心等待着公主赏赐给他们勾肠子的大白兔奶糖。

他终于知道，今天，他要成为真正的幸运者了，他向着男孩，一步一步走去。

现在，他忘了他已经吃了多少蚕豆了，他只记得他吃了无数颗，他抓起地上怎么吃也吃不完的蚕豆填进嘴里，他的腮帮子鼓鼓的，都来不及下咽了。他努力咀嚼着，蚕豆还在一颗颗地飞进来，他抓一颗，抬起头看看铁丝网格外面的男孩，再抓一颗，再抬头看。

现在，他感觉到了幸福，巨大的幸福。多么香甜的蚕豆啊！

今天是什么日子？为什么会这样？无穷无尽的蚕豆啊！

他简直怀疑他在做梦，他依然快速而小心地咀嚼着，生怕声响太大，把自己从梦中惊醒。美丽得像星星一样的蚕豆啊！

他悄悄地幸福着，眼睛里，充满了幸福的忧伤。

那一边，大白兔奶糖终于分完了，女孩刚一转身，围绕着女孩的群体即刻哄然而散。他们咀嚼着还未完全融化的奶糖，转过了无所事事的身躯。然后，然后他们发现了他，他们意犹未尽的目光立即变成怒目而视，与此同时，他们向着他，嘶叫着扑来。

幸好他还警惕，幸好他还敏捷，他总算躲过了大劫，但后脑上，还是遭到了某一个兄弟的一把利爪。他的腮帮子里还鼓着来不及咽下的蚕豆，身躯，却已回到了那块属于他的、太阳照不到的角落。他的后脑上掉了一块毛发，粉红的头皮裸露而出。刚走到铁丝网格边的一位游客指着他说：看啊，一只秃头猴子！

他听到了，他想，原来，他的名字叫“秃头”。随即，他咽下口腔里残留的最后一点蚕豆碎渣，满足地蹲坐在潮湿的地面上，开始为自己搜寻满身的虱子。他想，如果每天都这样，那就真的太幸福了。

美丽的水晶鞋，美丽的玻璃鞋

二十年前，三十岁的艾丽女士第一次从学生嘴里听到“LV”，是因一桩善举。一位半身不遂的残疾朋友开了爿网店，卖各类皮具。姐妹们为帮助身残志坚的朋友，纷纷慷慨解囊。艾丽挑了一个包，一周后，快递送来花费了她一百五十元的那只包，样式时髦，质量可靠。第二天便提着去学校上班，课间休息，一女学生捂嘴惊叫：哇！LV 包包耶，老师你好时尚，多少钱买的？

纯真如艾丽，竟不知“LV”乃何许东东，十六岁的女学生都比她更领略时尚风潮，令她略觉羞愧。刚想开口说“此包一百五十元”，伶牙俐齿的学生却抢先显摆以及奉承起来：我小姨有一个 LV 手包，五千多块，老师你这个包大多了，要一万块了吧？

顿时惊愕而哑然！如此，她已猜到手里的“LV”，一定是美猴王中的那个假冒伪劣。回家查过网络，才知“LV”乃一款法国皮具箱包品牌，价格之昂贵非工薪阶层所能接受。然而，一个包而已，即便把整头小牛的皮剥下来，又何以卖得出一万元的价？

上帝做证，艾丽以一百五十元人民币拥有了一样她从未生过丝毫欲望的“奢侈品”。然而此后，她再不敢用这个包，好比吃不起肉，偏偏要在出门时用一块油渍麻花的布擦一下嘴，以两片油汪汪的膏腴之唇向世人昭示“本人今日食肉”，以此来提高自尊感和社会认同度。倘若被揭穿，那就是从里到外的虚荣以及庸俗了。

此后不久，艾丽女士因学习交流出访英国，回来前照例要为家人和朋友购买礼物。走进伦敦某购物中心，几乎所有的世界顶级品牌云集此地，那些触目惊心的字母和标识如同扑面而来的暴风骤雨，毫不留情地射入她单纯与复杂兼而有之的眼帘。彼时，艾丽不断自告：我不会赶那个时髦，幼稚、浮夸、俗不可耐……然而，还是在跌进“Burberry”专卖店一屋子的经典格子时轰然崩溃。

当她抱着一只叫作“马缰”的Burberry皮包走出专卖店时，心里荡漾起一股近乎扬眉吐气的眩晕感，恰如为曾经背着一只一百五十元的假LV抛头露面而终于雪耻。奢侈品售价五百五十英镑，真奢侈！奢侈到让她稍觉心虚。由不得她想起学校要把两千元的学费涨到两千五百元，家长们大呼小叫谴责乱收费要学校出示账目；也由不得她想起去菜场买肉鸽，二十元一只她硬是讨价还价少给了两元钱，还领受了鸽贩子送给她的有关卖相与气度之间呈严重反比例关系的嘲讽话……

回到国内，艾丽竟一直找不到有必要拎着此款奢侈品出席的场合，昂贵的“Burberry马缰”就这样金屋藏娇，虚度华年。三五年眨眼过去，忽然发现，办公室里竟人手一个LV或者Gucci，连大学还未毕业的实习生也背着LV招摇过市。艾丽不禁有些慌神，好似这奢侈品也有保质期，过了这个村就没那个露面的店了，于是在某一个平凡的日子里，雪藏多年“Burberry马缰”终于华丽而淡定地秀将出来。

艾丽女士背着她那个五百五十英镑的“Burberry马缰”走在校园里时，她众多的十六岁女学生在她身后交头接耳、窃窃私语，她们议论的话题是，那个貌似很拽的“Burberry”究竟是真货还是假货？女学生们分成了两派，一派认为，艾丽老师的包包是巴黎抑或“巴黎春天”买的真品，另一派认为是网店里淘来的假货，两派女生争执不休，最后她们一致认为，既然分不清假货还是真货，不如全当假货吧，因为现在市面上，假货远比真货多，假货的“以假乱真”，也比真货的“以真乱假”，能让更多人心里生出几分平衡感和满足感……

那天，艾丽女士在办公室里与女同事们说起买这个“Burberry马缰”的经历时，很像在说一则名人传记，名人的出处是英国伦敦，而非地下工厂。女同事们仿佛是受了启发，也接二连三地说起了自己手里的LV或者Gucci的典故，恨不得把巴黎香榭丽舍大街抑或淮海路某一家专卖店的发票直接钉在包包的表皮上。那位大学还没毕业的实习生听完前辈们的故事，亮起嗓子骄傲地宣布：我这个 LV 包包，我这副 Prada 墨镜，我这件 Chanel 小西服，都是七浦路买的，加起来也没五百元，不要太格算（划算）哦！

说完，年轻的胸腔里跃出一大串得意的笑声。

艾丽女士以及她的女同事们怔了怔，随即也发出一些零零落落、哧哧窃窃的笑声，不知是笑实习生没心没肺，还是笑她既是要强撑面子，又何必露了穷酸。笑完，她们不约而同地感到口腔里有一些酸水正泛滥而上，仿佛公主忍痛穿着水晶鞋上场，倒成全了那些穿玻璃鞋的灰姑娘的公主梦。只是，她们也许不曾想过，穿水晶鞋还是玻璃鞋，与王子是否会牵住她们的手跳舞，没多大关系。

帕非福先生在金山

帕非福先生来过金山后又回了德国，紧接着要来的是凯瑟勒先生。他们是一前一后来金山的，帕非福先生是领导，凯瑟勒先生是员工，他们都是我们学校聘请的德国外教。学校给他们租了一套宿舍，在东泉新村，二室一厅，离我辰凯花苑的家很近。翻译小林的家就在东泉新村，隔了几栋楼，一抬腿，三分钟就能到。

帕非福先生到达金山的第一天，我就陪他逛了城市沙滩。3 月早春，海边很冷，我们走在长长的栈道上，灰蓝色的大海在我们身侧喧嚣翻腾，另一侧，是二十三层的滨海皇家金煦大酒店。

风很大，帕非福先生的风衣像海鸥的翅膀一样，一不小心就要扑腾起来。栈道边的小吃铺没有因为天冷风大而歇业，烤香肠、烤鱿鱼的香味被风吹去一阵，又吹来一阵。

我说：Herr 帕非福，冷不冷？

德国人不怕冷，帕非福先生使劲搓着被风吹得红彤彤的脸蛋说：很美啊，这里很美。

帕非福先生是东德人，家住德累斯顿，确切地说，是原东德。东德也很美，几年前我去德国小城马格德堡参加国家教育部与德国合作的职业学校教师培训，顺便逛了很多地方，柏林、汉堡、莱比锡、德累斯顿、波茨坦，还去了波罗的海。我见识过帕非福的家乡，那里很美，和金山的美不一样。但我觉得帕非福先生是客气，他不好意思说我们金山不美。因为他要在这里生活一个学期，要吃我们一个学期的饭，还要给我们的学生上一个学期的“数控机床”培训课。

栈道很长，走了很久还没走到尽头，我有点担心帕非福先生会不会觉得无趣。比起波罗的海，城市沙滩外面那片海，也许只能算池塘。可帕非福先生兴致盎然，他指着身旁的爆米花摊说：郊游的时候，一定要吃这个，太棒了！然后顾自掏钱买了一桶爆米花，像个孩子一样一把一把往嘴里塞。他说：在栈道上散步，就像在萨克森的国家公园里郊游。

德累斯顿是萨克森州的首府，那里有曾经毁于二战的王宫，还有原始森林和古堡牧场。看来帕非福有点喜欢上金山的城市沙滩了，虽然大海和森林牧场差别甚大，但自然给予人类释放心灵的信号，应该是一样的。

可是第二天，帕非福先生的脸色就不太好看了，原因是接他去参加“数控机床班”开班典礼的小轿车太不给力。是桑塔纳啊！一看见“大众”标志，他就乐了，尽管这辆车是学校现存最老的老爷车，但他还是喜滋滋地坐进了车。安静了一分钟，帕非福先生终于忍不住，问司机：你们，为什么要开大众的车？

司机实话实说：大众厂在上海嘛，汽车城在嘉定，上海人，买桑塔纳方便。而且，桑塔纳也结实啊！

正中下怀，帕非福小胡子一翘：是我们德国的车，很棒吧？

司机也乐了：结实是结实，不过，密封性一般，总有风漏进来，不如我家里的荣威。

帕非福明显有点受挫，愣了一小会儿，终于找到说辞：知道吗？现在有些年轻的父母会把小孩忘在车里，导致小孩窒息死亡，就是车窗密封性太好，才发生这样的悲剧……

我几乎当场笑出来。司机说的是大众车的普遍缺点，还是这部老爷车的个别问题，未可知，帕非福先生却因此受伤。不过他这想法，若提交给大众总部设计师，会不会被采纳？兴许会有防止被遗忘在车里的孩子窒息的创造性发明。

接下去，帕非福沉着脸不再说话。直到车开进学校大门，他的眼睛开始发亮，进入实训大楼，他的注意力已经转向一排排数控机床，以及众多年轻的学生。他不断地用小林教他的唯一一句中文叨叨着：慢慢来，慢慢来……目光里的兴奋止不住要流淌出来。我猜，我们这所上海市十大标志性职业学校，毕竟还是让他感觉到了些许惊艳。

可帕非福就是个特别有民族自尊心的人，这一点毋庸置疑。我请他吃丁蹄，他说德国猪手才是最美味的；我请他品尝廊下草莓，他说萨克森的蓝莓好吃到爆；我请他喝黄酒，石库门，枫泾产的，他说德国啤酒知道吗？他只喝新鲜的黑啤，慕尼黑的……

当然，帕非福是个工作特别认真的人，三个月后，他那一班五十多个中国学生，全数通过了德国数控机床的标准考核。他很高兴，终于大方地表扬了我们学校设施齐全的实训中心、高端先进的数控机床，以及聪明好学的学生们。只是，最后他用中文鼓励中国学生的话，还是那三个字：慢慢来，慢慢来……

临近学期结束，帕非福先生的太太要来中国“探亲”，他去浦东机场接太太，不要我陪同，也不要小林陪同，他说他会把太太安全接回金山的。

他果然安全地把太太接回了金山，也没有订宾馆，就在东泉新村的二室一厅里住了一个礼拜。他太太是个瘦削而严肃的人，并且非常诚实，有一次我带她逛街，她对我说：她早就想来金山看看了，帕非福在电子邮件里告诉她，金山很好，比想象中好太多太多，还没来时他认为那就是一个破败的小镇，来了才知道，是一座美丽的小城。他还说，金山的海，和波罗的海一样蓝，在海边散步，就像在萨克森的国家公园里郊游……可是，帕非福太太说，她没去过波罗的海，不知道波罗的海是什么样的，现在倒是看见了中国金山的东海，所以，她想她应该知道波罗的海是什么样的了……

我差一点又要笑出来，萨克森州没有海岸线，萨克森的国家公园就是大片原始森林，帕非福太太没去过波罗的海很正常，帕非福先生有没有去过，这也令我生出了些许怀疑。不过还是暗觉庆幸。帕非福先生在他太太面前吹的牛，倘若摆在三十年前，那是要穿帮的。那时候，金山的海还是黄泥色的，海边也没有沙滩和栈道，更没有烤鱿鱼和爆米花。幸好，帕非福吹牛吹对了时间。

帕非福先生回德国了，下一个学期要来的就是凯瑟勒先生。凯瑟勒先生是帕非福先生的部下，帕非福在我们学校打下的基础，需要凯瑟勒去继往开来。凯瑟勒先生在给我的电子邮件里说，不要用桑塔纳去接他，他要坐磁悬浮，磁悬浮知道吗？帕非福先生接他太太那一次，就坐了磁悬浮，飞一样的速度！

还有，他说要吃一种叫“tinti”的东西，帕非福先生说，比德国猪手还好吃，但是，是中国猪手。

我没有告诉他，那辆密封性不是很好的桑塔纳，已经有二十多年车龄了，老爷车快退休了。我也没有告诉他，丁蹄和猪手还是有区别的，德国人不分腿和脚，金山人分得可清楚呢，蹄髈和猪脚，是两种完全不同的东西。关于磁悬浮，我却生了疑问，本就是来自德国的技术，他们没有磁悬浮列车？查了一下资料，才知道，世界上首条投入运营的磁悬浮线，就是上海浦东机场线，采用的正是德国常导磁悬浮技术。

原来是德国的母鸡没见过自己下的蛋，要来中国见一见。怪不得，帕非福先生去浦东机场接太太，说什么都不要我们陪同，作为一只母鸡，他不想让我们看见他从未见过鸡蛋的样子。

图书在版编目(CIP)数据

止于仰慕 / 薛舒著. －－ 北京 : 中国文史出版社，2022.1

ISBN 978－7－5205－3189－4

Ⅰ. ①止… Ⅱ. ①薛… Ⅲ. ①散文集－中国－当代 Ⅳ. ①I267

中国版本图书馆CIP数据核字(2021)第186733号

责任编辑：卢祥秋

选题策划：马合省

出版发行：中国文史出版社

社　　址：北京市海淀区西八里庄路69号院　邮编：100142

电　　话：010－81136606　81136602　81136603（发行部）

传　　真：010－81136655

印　　装：廊坊市海涛印刷有限公司

经　　销：全国新华书店

开　　本：720×1020　1/16

印　　张：20.5　　字数：200千字

版　　次：2022年1月第1版

印　　次：2022年1月第1次印刷

定　　价：63.00元